Elf ebenso hinreißende wie ungewöhnliche Geschichten von Katzen und ihren Menschen. Man erfährt, warum niemand eine Katze einfach besitzen kann, wie eigenwillig diese Tiere sein können und sogar, was wirklich hinter der Legende vom Rattenfänger von Hameln steckt. Ob der opernverrückte Kater Marcel, ob Pastille, die misogyne Katze von Albert, oder ob Birbone, der Miniaturlöwe von Neapel, – die samtpfotigen Helden dieser Erzählungen sind auf beruhigend-beunruhigende Weise lebendig und wissen ganz genau, dass dieses Buch nur dank ihnen existiert und nicht etwa umgekehrt. Der Erzähler ihrer Geschichten, Hans-Jürgen Greif, erweist sich dabei nicht nur als Katzenkenner von Rang, sondern auch als ein Stilist, dessen Eleganz und Präzision seinen Protagonisten alle Ehre macht.

Hans-Jürgen Greif wurde 1941 in Völklingen geboren und arbeitet als Hochschullehrer für deutsche und französische Literatur in Québec. Er hat zahlreiche Bücher (akademische und Belletristik) veröffentlicht, vorwiegend in französischer Sprache. Auch diese Katzengeschichten erschienen zunächst auf Französisch – der Autor selbst hat sie für die hier vorliegende Ausgabe übertragen und überarbeitet.

HANS-JÜRGEN
GREIF

Auf leisen Pfoten

Geschichten von Katzen und Menschen

Berlin Verlag Taschenbuch

FSC
www.fsc.org
MIX
Papier aus verantwortungsvollen Quellen
FSC® C083411

November 2015
Die Originalausgabe erschien 2009 unter dem Titel
Le Chat Proverbial bei L'Instant même

Umschlaggestaltung: ZERO Werbeagentur, München
unter Verwendung zweier Motive von Gettyimages/© Paula Daniëlse
und FinePic®, München
Gesetzt aus der Weiss von psb, Berlin
Druck und Bindung: CPI books GmbH, Leck
Printed in Germany
ISBN 978-3-8333-1033-1

www.berlinverlag.de

Beone, Cléo, César, Saha, Anubis, Prosit
und den Namenlosen,
deren Existenz unvergessen bleibt,
meinen aufrichtigen Dank.

Alles kann man entbehren,
nur nicht Literatur und Katzen.

Graffito am Hackeschen Markt, Berlin

Inhalt

Wer seinen Wert kennt, braucht keine Orden – 11

In einem Land ohne Hund
lehrt man die Katze das Bellen – 34

Der satten Katze stinkt der Hintern der Maus – 66

Katzen verlieren Haare, aber nicht die Manieren – 91

Zwei Frauen im selben Haus,
zwei Katzen im selben Sack – 119

Undank ist der Welten Lohn – 149

Ein Blick auf die Katze sagt alles
über den Hausherrn – 175

Wer arm ist, kann nur das geben, was er hat – 205

Mit dem Deckel auf dem Topf
kann die Katze nicht an die Milch – 225

Ruf nicht die Katze, wenn sich zwei Vögel streiten – 253

Keine Katze fängt Mäuse ohne Lohn – 279

Wer seinen Wert kennt, braucht keine Orden

Trotz ihrer Heirat mit einem neapolitanischen Polizisten war Vannina De Curtis nie von den *arrabiate* akzeptiert worden, wie sie der Wärter von Poggioreale nannte, dem Friedhof auf dem gleichnamigen Hügel der ehemaligen Hauptstadt des Königreichs Neapel und Sizilien. Nennen wir sie lieber »Enthusiastinnen« statt »wilde Weiber«. Sie bildeten einen Witwenclub, dessen Mitglieder fast alle wie Vannina in einer Wohnwabe hinter der Via Nuova del Campo wohnten. Diese Frauen verband eine blinde und brennende Verehrung für die Toten, eine Art Wahn, den man nur im Süden Italiens findet. Jede pflegte »ihre« Gräber berühmter Männer, die *Monumenti degli uomini illustri*, auf die man in der Stadt von jeher stolz ist. Sie befinden sich genau in der Mitte des *Cimitero Monumentale* und tragen die Namen nationaler Berühmtheiten oder weltbekannter Stars.

Als Nanni De Curtis sein Leben bei einer Schlägerei in einem Hafengässchen verloren hatte, meinte die alte Roró, die sich als Einzige herabließ, mit Vannina am Abend vor den Briefkästen ein Schwätzchen zu halten: »Am schlimmsten ist die Leere, wenn der Mann nicht mehr da ist. Beschäftigen musst du dich. Komm mit, ich hab was für dich. Bezahlt wirst du nicht, aber zufrieden sollst du mit dir sein. Das ist wichtig.«

Die Rorò und die anderen hatten beschlossen, Vannina dürfte sich dem Philosophen, Schriftsteller, Kritiker und Politiker Benedetto Croce sowie dem Bildhauer Vincenzo Gemito widmen. Beide Ruhestätten waren in außerordentlich einfachem Stil gehalten, nur weiße, rechteckige Marmorplatten. Nichtsnutzige Kerle hatten von den Stelensockeln schon vor langer Zeit die Bronzebüsten gestohlen. Unter den etwa hundertfünfzig Grabmälern berühmter Männer waren ausgerechnet diese beiden höllisch heiß. Ende Juli hätte man Spiegeleier auf dem Marmor braten können. Nicht einmal die Katzen, um die sich die Enthusiastinnen so hingebend kümmerten wie um ihre toten Berühmtheiten, besuchten Croce oder Gemito. Aber noch soll von diesen Tieren nicht die Rede sein. Zunächst gilt es, mehr über Vannina zu wissen und zu hören, wie es sie nach Neapel verschlagen hat. Denn nur so wird die Rolle von Birbone deutlich, dem klügsten Kater von Poggioreale. Ausschließlich ihm ist zu verdanken, dass sich das Leben der zurückhaltenden Vannina von Grund auf änderte.

»Stille Wasser gründen tief«: Das Sprichwort passte genau auf unsere Heldin. Sie war in San Frediano zur Welt gekommen, dem Arbeiterviertel von Florenz, und hieß vor ihrer Heirat Vannina Vannini. Im Kalender gibt es zwar keine Heilige dieses Namens – jedenfalls keine mit zwei »n« –, aber in der Toskana lässt man oft den Vor- mit dem Familiennamen zusammenklingen, weil sich das hübsch anhört. Sie wäre gern Schauspielerin oder Sängerin geworden, aber keine Jury wollte ihr eine Chance geben: »Die Stimme trägt einfach nicht.« In Wirklichkeit rümpfte man die Nase – »Ach, Kollegin, mit *dem* Akzent …«. Dieses verflixte stimmhafte »h« anstelle des »k«-Lauts, was *harne* statt *carne* gab, *hasa* und nicht *casa*, *Hoha Hola* für *Coca Cola* und so weiter, es war ein Graus für die feinen Florentiner Ohren der sechziger Jahre. Vannina begrub folglich still ihre Träume und verdingte sich als Verkäuferin in einem Schmuckwarengeschäft, dessen Inhaber Menschenkenntnis besaß. Er wusste, dieses blonde Wesen mit den grünen Augen würde die Kunden um den Finger wickeln, ob mit oder ohne Akzent. »Sie *hat* es einfach«, meinte Signor Caciagli. Der Laden, eher ein Lädchen, befindet sich heute noch auf dem Ponte Vecchio, mitten in der Stadt, gleich neben dem Palazzo della Signoria, den Uffizien und den großen Hotels. Wer zum Pitti will, muss an den Auslagen vorbei. Eine Goldgrube, wenn man das Wort nicht zu genau nimmt. Den Touristen gefiel das schöne, modische und erschwingliche Glitzerzeug. Die wenigen gediegenen Stücke verwahrte Caciagli im Panzerschrank, und Vannina lernte rasch, die Spreu vom Weizen zu trennen. Ohne dieses Wissen hätte sie wahrscheinlich nicht die Tragweite der neapolitanischen Himmelsgabe begriffen, die ihr Jahre später vor die Füße rollen sollte. Aber wir greifen vor.

Nanni hatte sie im Lädchen getroffen. Er war zur Ausbildung in Florenz, er und ein Dutzend andere Polizeianwärter. Sie lernten Schießen, Beschattungstaktiken, wahnwitzige Autoverfolgungsjagden, eben alles, was Polizisten in der Praxis können müssen. Als er Vannina hinter der Schaufensterscheibe sah, schien sie ihm das schönste Juwel der Welt. Er trat ein und blendete sie. Prachtvolle Uniform, breite Schultern, glänzend schwarzes Haar, und ach!, wenn er lächelte und seine Zähne blitzen ließ! Sie heirateten ein paar Wochen später, auch wenn die Eltern und Vanninas Schwester Machtworte sprechen wollten: »Ein Neapolitaner? Großer Gott! *Poverina*, mit dem wirst du was erleben, der wird dir die Hölle auf Erden bereiten. Auch wenn er Polizist ist, er bleibt doch bestenfalls ein Hungerleider, der anderen ungestraft die Gurgel durchschneiden darf. Neapolitaner ...! Pfff!« Doch Vannina gab jedem Küsschen auf die Wangen und setzte sich mit Nanni in den Zug.

Die Vanninis hatten sich getäuscht. Nanni blieb seiner Frau treu, behielt sogar eine weiße Weste (aus purer Dummheit, wie seine Kollegen meinten, die ihn dabei mochten). Mit seinem mageren Gehalt würde er nie über einen armseligen Fiat *Seicento* hinauskommen und weiter in der winzigen Wohnung auf dem Poggioreale schwitzen, während etliche Brigadekollegen ihren Alfa Romeo fuhren und hübsche Häuser besaßen. Weil der erzkonservative Nanni seine Frau für sich allein wollte (»Für andere Leute arbeiten kommt nicht in Frage, da werde ich ja zum allgemeinen Gespött!«), versorgte Vannina ihn liebevoll bis zu jenem Abend, als ihm ein Messer ins Herz fuhr. Sein Tod versetzte kaum jemanden im Polizeipräsidium in Aufruhr; Morde gehören in Neapel zum Alltag. Die Untersuchung endete ergebnislos, und die Akte verstaubte in einem Archivregal. Vannina erhielt nur eine winzige Rente und versuchte, in ihrem Beruf eine Stelle zu finden, doch ohne Erfolg: Die gutaussehende Vierzigjährige konnte den neapolitanischen Dialekt immer noch nicht ganz verstehen und die Juweliere hier fanden sie zu vornehm. Dass ihr Mann sein Leben der Justiz geopfert hatte, fiel nicht ins Gewicht. In der Stadt am Vesuv gibt es seit eh und je zu viele Witwen.

Sie sprach wenig über den Toten. Ihre Augen blieben trocken, wenn man sie fragte, wie sie sich durchschlug. »*Grazie, va bene, grazie tante*«, sagte sie. Keiner ahnte, ob sie Nanni vermisste, ihn oder die Kinder, die ausgeblieben waren, obwohl sie doch, so die Enthusiastinnen, »unsres Lebens ganze Freude sind«. Dagegen meinte die Rorò eines Tages: »Hör zu, *giovinetta*, mach dir keine Gedanken wegen der Kinder. Ich hab sechs zur Welt gebracht, und wo sind sie heute? Alle weggezogen, nach Mailand, Turin, Rom, außer meiner Bicetta. Und seit die ihre Zwillinge hat, führt sie sich auf, als würde gleich der Himmel einstürzen. Sie wohnt nur eine Straßenecke von hier, aber ich sehe sie zwei Stunden zu Weihnachten und eine an Ostern. Lass die anderen schwatzen und glauben, dass eine Frau ohne Kinder nichts wert ist.«

Vannina trat Ende April in den Witwenclub ein. Etliche Mitglieder mochten sie nicht, zu jung, zu gepflegt. Sie trug schon Grau, Strohhut und Gummihandschuhe, »wie eine Prinzessin«. Eine anständige Witwe des *mezzogiorno* würde sie nie werden. Eine Woche später begegnete sie Birbone.

Wer sich auf dem Hügel von Poggioreale am Grab eines berühmten Mannes sammeln will, steht am besten früh auf, denn die Hitze dort hat nichts Himmlisches. Und doch herrscht hier, unter den Zypressen, den Palmen und bei all dem Marmor eine feierliche Heiterkeit. Die seltenen Besucher schweigen, die Seele beruhigt sich vor den harmonischen Grabmälern, der Blick schweift über die Stadt und die herrliche Bucht mit dem Vesuv im Hintergrund. Die schwarzgekleideten Enthusiastinnen waschen, schrubben, polieren die Steinplatten, entfernen Graffiti. Das Wasser zapfen die Frauen an einem rostigen Hahn neben dem Wärterhäuschen. Die misstrauischen Katzen von Poggioreale gewahrt man als magere, flüchtige Schatten, die die Stille nicht stören und geduldig darauf warten, dass sie gefüttert werden, denn nur selten fangen sie eine Maus und nie Vögel, die hier kaum etwas Essbares finden.

Jede Witwe kümmerte sich um drei oder vier Katzen. Nur einen Kater wollte keine, ein hochbeiniges Tier mit rauem orangefarbenem Fell und einem gedrungenen, narbenübersäten Körper. Sein eckiger Kopf ragte aus einer regelrechten Löwenmähne hervor, die Ohren glichen zerschlissener Spitze und die schmutzig gelben Augen – Vannina sagte »bernsteinfarben«, um ihn nicht zu kränken – sahen hochmütig umher. Er näherte sich den Frauen nur selten und höchstens einmal, wenn ihn der Hunger zu arg quälte. Auch von seinen Artgenossen hielt er sich fern, blieb im Schatten einer Zypresse und beobachtete das Treiben auf den Gräbern. Seltsamerweise schien er eine Schwäche für Vannina zu haben, womöglich wegen ihres *odore di femmina*. Er näherte sich ihr behutsam, jeden Tag ein wenig mehr, und blieb schließlich hinter ihr in der schmalen Allee auf dem Kies sitzen, neben Croce und Gemito, den Schwanz sittsam um die Vorderpfoten geschlungen. Um ihr nahe zu sein, trotzte er sogar der Hitze. Zu Anfang tat Vannina so, als sei er nicht da, sie streichelte ihn auch nicht, vielleicht weil die anderen ihr gesagt hatten, er wäre räudig. Später warf sie ihm ein paar Wörter zu, was er mit zufriedenem Gähnen quittierte. Eines Morgens brachte sie ihm selbstgekochtes Futter mit, ein Rezept ihrer Mutter, das jede Katze von San Frediano unwiderstehlich gefunden hatte: gebratene Hühnerleber und gekochte Hirse mit etwas Salz und Thymian. Er hatte lang daran gerochen und dann alles auf einmal verschlungen. Von da an wartete er jeden Morgen auf seine Ration, ganz wie ein würdiger heruntergekommener Aristokrat. Vannina nannte ihn *Birbone*, was so viel heißt wie »Galgenvogel«. Bei dem Namen blieb es. Als Einzige durfte sie ihm ein paar Klapse auf den Rücken geben und ihn hinter den Ohren oder unterm Kinn kraulen. Die anderen Frauen lachten, weil er dabei die Augen genüsslich schloss, wie ein Feinschmecker, der eine Praline im Munde zergehen lässt. Sobald Vannina kam, war er ein paar Sekunden später auch zur Stelle.

Von Woche zu Woche schlossen sie engere Freundschaft. Er lief ihr entgegen, setzte sich bei Croce und Gemito nieder, wartete, bis sie mit der Arbeit fertig war und die Handschuhe auszog. Dann stand er auf und machte sich bereit für den Schmaus, indem er kräftig mit der Zunge über seine Löwenbrust fuhr. Dem Mahl folgte eine ausgiebige Toilette, bevor er sich streicheln ließ. So vergingen der Sommer und der Herbstbeginn.

An Allerheiligen war der Himmel bewölkt, wie es sich gehört. Die Enthusiastinnen waren in aller Früh gekommen, um den Gräbern den letzten Glanz zu verleihen, denn die Stelen, Büsten, alles, was Bronze und Messing war, musste blinken wie Gold, sollten sie vor den Besuchern bestehen. Vannina war als Erste auf dem Poggioreale, denn Nanni erwartete sie auf dem Stadtfriedhof. Außerdem mochte sie nicht bleiben und zusehen, wie die Großmütter die Enkel lehrten, einen Toten nach allen Regeln der Kunst zu betrauern – Kniefall auf die Grabplatte, die Arme gen Himmel werfen, sich der Länge nach auf den polierten Marmor legen und lange Seufzer sowie eine Reihe von »A-Ï« von sich geben, Tränen vergießen und zum Schluss das schwarz gerahmte, emaillierte Bild des Toten innig küssen. Am meisten verabscheute Vannina jene Platten, in die geschickte Handwerker eine Kristallscheibe eingelassen hatten, hinter der das Antlitz des vor einem Jahrhundert Verstorbenen unversehrt zu sehen war, schön geschminkt, bereit, sich beim ersten Trompetenstoß des Jüngsten Gerichts zu erheben und körperlich völlig intakt in den Kreis der Glückseligen zu treten.

Heute wollte Vannina den Kater vor der Ankunft der Menschenmengen füttern. Sie rief ihn. Er kam auch bald und brachte ihr ein Überraschungsgeschenk, eine fette Maus, die er ihr stolz auf die Croce-Platte legte. Vannina sah zunächst gar nicht genau hin, denn Nagetiere, ob tot oder lebendig, verabscheute sie zutiefst. Doch glaubte sie einen hellen Klang zu hören, der sie an etwas aus der Vergangenheit erinnerte. Der Kater trat einen Schritt zurück und fixierte Vannina mit seinen gelben Augen, während vom Genick des Opfers Blutstropfen auf den weißen Marmor fielen. Die anderen Katzen hielten Distanz; nur die Schwanzenden zuckten.

Vannina war wie gelähmt. Erst als die ersten Enthusiastinnen eintrafen, überwand sie sich und wollte die Flecken auf dem so sorgfältig gepflegten Stein entfernen. Als sie mit der Fußspitze die kleine Leiche Birbone zuschob, hörte sie erneut den Klang, erkannte ihn diesmal sofort und entdeckte nun auch den massiven, mit einem dunkelblauen Diamanten respektabler Größe versehenen Herrenring.

Sie bückte sich, steckte das Ding rasch in die Manteltasche, aus der sie dabei demonstrativ ein Taschentuch zog, und rief die anderen herbei, um ihnen den Fang Birbones zu zeigen. Dabei prüfte sie den Ausdruck auf jedem Gesicht, las darin jedoch nur Abscheu oder Erstaunen vor dem Jäger. Der verzehrte jetzt die Maus, wobei er wie alle Katzen mit dem Hinterteil begann, denn Mäuseschinken sind Leckerbissen. In wenigen Minuten war er mit der Sache fertig und zog sich diskret zurück. Vannina aber hielt sich an die Redensart, die Geduld und Schweigen als hohe Tugenden preist.

Während sie zum Grab Nannis auf dem Stadtfriedhof fuhr, fragte sie sich zunächst, welchen der berühmten Männer die Maus wohl benagt hatte. »Unsinn«, dachte sie dann, »Mäuse fressen Körner und Wurzeln, aber doch keine Knochen.« Das Rätsel blieb ungelöst. Nach dem Besuch bei Nanni kehrte sie in ihre Wohnung zurück, säuberte und polierte den Ring und besah ihn sich genau. Neben den Stempeln auf der Innenseite entdeckte sie noch die Initialen *B. M.*; der etwa zwei Karat schwere Diamant war lupenrein. Sie dachte immer noch nach, aber unter »M« fiel ihr nur der Komponist Mercadante ein, der mit Vornamen jedoch Saverio hieß. Ein paar Sekunden lang überlegte sie, was sie mit dem Fund anfangen sollte, und lächelte beim Einfall, ihn dem Wärter zu geben. Für einen Neapolitaner ist die Herkunft von Gold völlig belanglos. Einem Priester? Ach was, der würde ein paar salbungsvolle Sätze leiern, ein Kreuz über ihr in die Luft wedeln und den Ring höchstwahrscheinlich einem Hehler geben. Im *mezzogiorno* schlägt sich jeder durch, wie er kann.

Am nächsten Morgen ließ Vannina das schwere Schmuckstück in einer alten Socke verschwinden, die sie in einen Schuh steckte. Plötzlich fehlte ihr Nanni. Mit seinem Polizistenhirn hätte er die Faktoren *Maus–Ring–B. M.* sicher in einen logischen Zusammenhang gebracht. Vielleicht hatte das Tier sein Nest in einem der Gräber eingerichtet, bei denen ein Eckchen der Marmorplatte fehlte? Oder der Ring war vom Fingerknochen gefallen und die Maus hatte sich die Sache zu nah besehen? Weil sie ihn nicht mehr von der Nase herunterbekam, war sie voller Angst ans Licht geflohen, wo sie Birbone erwischt hatte … Aber das waren nur Vermutungen. Als sie ihren Kaffee kochte, fiel ihr eine ganz andere Möglichkeit ein. Um die zu prüfen, musste sie noch einen Tag länger warten.

Am dritten November nahm das normale Leben seinen Gang wieder auf. Poggioreale war menschenleer und so einsam wie sonst. Schon um sieben stand Vannina am Portal; der Wärter wunderte sich, sie so früh zu sehen. Die Enthusiastinnen hatten ganze Arbeit geleistet, die Denkmäler strahlten in vollem Glanz. Aber nicht sie wollte Vannina sich näher besehen, sondern die von der Welt Vergessenen und deren von Gestrüpp und Efeu überwachsenen Gräber. Als sie langsam die Alleen entlangging, kamen die Katzen herbei und streckten sich in der Sonne. »Birbone!«, rief sie, »komm zur *mammina*!« Er geruhte, sich trotz der ungewohnten Stunde zu zeigen, und setzte sich neben Vannina. Aus ihrer großen Leinentasche holte sie die Plastikdose, über deren Inhalt er sich gleich hermachte. Sobald er satt war, ging sie weiter. Der Kater folgte ihr.

Sie hielt Ausschau nach etwas Ungewöhnlichem. Weil

sie nichts fand, wechselte sie auf den angrenzenden Friedhof von *Santa Maria del Pianto*, wo Enrico Caruso und der berühmte Schauspieler Totò liegen, deren grandiose Ruhestätten unter Blumen, Kränzen und Kerzen verschwanden. Aber auch dort schien alles ganz wie sonst. Ermüdet vom langen Gehen, überquerte sie die Via del Riposo und trat in den Englischen Friedhof ein, *alla Doganella*, den die Stadtverwaltung in einen Park verwandelt hatte, in dem nur noch eine pseudogotische Kapelle aus dem 19. Jahrhundert und einige neoklassizistische Denkmäler standen. Birbone schien sich hier auszukennen, denn er ging stracks auf die Kapelle zu und setzte sich neben einen Abflussrost am Wegesrand.

»Die Maus musst du hier gefunden haben«, sagte Vannina leise. »Bei den Berühmtheiten sind sie rar, weil es dort nichts zu fressen gibt, während hier der Boden locker ist, mit Blumen, Samenkörnern, Wurzeln und jeder Menge Insekten. Aber woher kommt der Ring?«

Die Polizistenwitwe streichelte Birbone. »Na? Wo hast du das Mäuschen gefangen? Zeig mir doch das Grab, und du bekommst noch mal was Feines!« Während sie sprach, fiel ihr plötzlich etwas auf, ungefähr zwanzig Zentimeter unterhalb des Rostes. Sie vergewisserte sich, dass niemand in der Nähe war, schob die Finger in die Rillen, zog kräftig, denn das Eisen war nicht eben leicht, legte das Gitter aufs Gras und schaute nach.

Es sah aus wie ein großes Etui für die Nagelpflege. Das schwarze, von der Feuchtigkeit stark angegriffene Lederkästchen war mit einem Bindfaden an einen in die enge Schachtwand gerammten Metallstab geknotet. Vannina kniete sich hin, während der Kater aufstand und ihre

Hände beobachtete. Sie ergriff das überraschend schwere Paket, zerriss den Faden und wickelte es in die Lappen ein, mit denen sie sonst den Marmor polierte. Sie verstaute es in der Einkaufstasche, schob den Rost auf seinen Platz, verwischte ihre Spuren im Sand und vergewisserte sich, dass alles so aussah wie bei ihrer Ankunft. Sie machte ein paar Schritte auf dem Rasen, kniete sich neben die Tasche, nahm das Etui aus den Poliertüchern, öffnete es und warf einen kurzen Blick auf den Inhalt. »*Madonna santa!* Ali Baba. Wie in der Höhle von Ali Baba!«, murmelte sie und schloss rasch wieder den Deckel.

Sie stand auf. »Komm, *carino*«, sagte sie zu Birbone, der sich nicht von der Stelle gerührt hatte, »wir haben eine Menge zu tun. Von jetzt an sitzen wir beide im selben Boot.« Sie schob den Kater in die Tasche, zog rasch den Reißverschluss zu, denn schon führte er sich wie der Teufel auf, mit Fauchen, Kreischen, Tatzenhieben, Sprüngen, wildem Kratzen. Er beruhigte sich erst, als er eine Pfote zwischen Taschenseite und Reißverschluss gezwängt hatte.

Vannina schlug den Heimweg ein, vermied wegen des starken Verkehrs die Via Monfalcone, durchquerte den Friedhof der Berühmtheiten und stieß zu ihrem Schrecken auf die Rorò und ihr Scheuerzubehör, setzte die Tasche ab und eine freundliche Miene auf, während Birbone schon wieder Theater machte. »*'n giorno!*«, krächzte die Alte. »Was hast du denn in der Tasche? Könnten zwei wild gewordene Affen sein!« Vannina antwortete scheinbar ungerührt: »*Macchè! È soltanto il Birbone, sa.*« Weil die andere Luft holte und ein langes Gespräch anfangen wollte, beeilte sich Vannina: »Ich muss Ihnen was Wichtiges sagen, *s'iora* Rorò. In der letzten Zeit hab ich viel über mein Leben nachgedacht und mich entschieden. Wissen Sie, nach dem, was Nanni passiert ist, hält mich eigentlich nichts in Neapel, nur sein Grab. Die Stadt ist zwar schön, aber ich fühl mich hier nicht zu Hause.« Die Alte nickte beifällig. »Ich meine, ich gehe zurück nach Florenz. Da hab ich noch ein paar Freundinnen, meine Schwester ist auch da, verheiratet, zwei Buben, die ich nur von Bildern kenne. Auf Poggioreale hab ich doch bloß Sie. Die anderen reden kaum mit mir.« Sie fügte hastig hinzu: »Sie meinen es nicht böse, gewiss nicht, aber sehen Sie, ich hab jede eingeladen, keine hat mich besucht. Ich versteh das ja, alle haben Familie und so weiter. Nur Sie, *s'iora*, wollten mir helfen, aber mich um Gräber kümmern, bis man mich in meins legt, dafür bin ich noch zu jung, mit Verlaub. Als Andenken an den Friedhof und Poggioreale hätt ich gern den Birbone mitgenommen. Er mag mich und ich ihn. In Neapel find ich keine Arbeit, vielleicht klappt's besser da oben in der Toskana, wo ich mich gut auskenne.«

»Ja, Gesellschaft brauchst du, *figlia mia*, als Witwe ist man ganz allein. Aber ich finde es schade, dich überhaupt nicht mehr zu sehen.« Sie machte eine Pause und lachte über den in der Tasche rumorenden Kater. »Und du hast recht, ihn mitzunehmen, er ist ganz verliebt in dich. Ich hätte auch gern eine Katze, aber die würde mir meinen Kanarienvogel fressen, den besten Sänger, den ich je hatte. Nein, du tust schon das Richtige, geh, vertrau deinem Schutzengel.«

Vannina und die Alte küssten sich mehrfach, es folgten viele *»ciao!«* und *»portatevi bene!«*, während die Rorò weiterschwatzte. Birbone war mittlerweile fuchsteufelswild. »Er wird ungeduldig, ich muss gehn. *Arrivederci, s'iora* Rorò, *coraggio e forza, mi ricommando, eh?* Und grüßen Sie die anderen von mir!«

Sie verließ das Geviert der berühmten Männer unter den Segenssprüchen der Alten.

Sobald sie zu Hause war, öffnete Vannina die Tasche. Birbone machte einen Riesensatz, fauchte noch einmal mit angelegten Ohren und besah sich rasch das Zimmer. Seine gesträubte Mähne legte sich langsam. Vielleicht befand er sich zum ersten Mal in einer menschlichen Behausung.

Vannina zog die Vorhänge des Küchenfensters zu, schaltete die Lampe ein und holte das Etui aus der Tasche. Der Kater hatte das dünne Leder völlig zerfetzt, die Schachtel bestand nur noch aus einigermaßen soliden Kartonstücken, feuchten Wattebäuschen und zerrissenem Stoff, der vielleicht weiße Seide gewesen war. In einer Ecke fand sie ein Nest aus trockenem Gras und Blättern sowie eine Menge Mäusedreck. Das roch seltsam, eine Mischung aus fauligem Leder und dem für Nagetiere so charakteristischen süßlich-faden Duft. Nun konnte sie sich die Szene deutlich vorstellen: Die Maus hatte bei Herbstbeginn Zuflucht vor dem kühlen Wetter gesucht, sich durch die Seite Zugang verschafft, und einige Wochen in dem Kästchen gelebt, bis sie die Nase zufällig zu weit in den Ring gesteckt hatte und am Bindfaden nach oben und aus dem Schacht geklettert war. Der Ring fiel erst ab, als Birbone sie auf die Grabplatte von Croce legte. Aber das Kästchen enthielt nicht nur Mäusedreck.

Vannina atmete tief durch und legte Stück für Stück einen Schatz vor sich auf den Tisch, während sie gleichzeitig eine Liste aufstellte, ganz wie vor zwanzig Jahren im Lädchen auf dem Ponte Vecchio: vier Goldarmbänder mit Smaragden, Aquamarinen und Topasen erster Qualität, sechs Siegelringe, drei alte Taschenuhren, zwei Halsketten, die eine aus Zucht-, die andere aus besonders wertvollen »Tropfenperlen«, ein halbes Dutzend schwere Eheringe, fünf Broschen sowie neun edelsteinbesetzte Anhänger, acht Paar Ohrringe, mehrere Broschen und antike Kameen, eine herrliche Elfenbeinrose auf rosaroter Koralle, ein gutes Dutzend atemberaubend schön gefasste Saphire, Rubine, Diamanten, alles in allem über fünfzig Stücke, massiv und schwer, in Platin, Gelb- oder Rotgold. Als sie eine Waschschüssel mit warmem Seifenwasser auf den Tisch stellte, fuhr sie zusammen: Der Kater scheuerte sich an ihrer Wade. Sie hatte ihn völlig vergessen, fühlte sich schuldig, lächelte ihm zu: »Deinen Namen verdienst du schon, mein Guter! Deinetwegen bin ich jetzt zur Diebin geworden! Und stell dir vor, das fällt mir gar nicht schwer!« Während sie ihren Fund weiter begutachtete, erkannte sie auf einer großen Krawattennadel die Initialen B. M., in derselben Gravur wie auf dem Ring. »Also die gleiche Herkunft, das dachte ich mir schon. Dasselbe Gold, und ein zweikarätiger blauer Diamant. Wenigstens weiß ich jetzt, dass das alles nicht an einem Toten hing. Irgendwie finde ich das doch beruhigend.« Sie sah auf die Uhr. »Lieber Himmel, ich hab fürchterlichen Hunger, und du sicher auch. Wie wär's mit einem guten Happen?«

Aber der Kater verließ die Küche, sprang auf ein Fensterbrett im Wohnzimmer, lief dann zur Wohnungstür und fing ein gebieterisches Miauen an, während er seine Bernsteinaugen auf sie heftete. »Kommt gar nicht in Frage! Du kannst mir noch so schöne Augen machen, hinaus darfst du nicht. Wir stecken beide bis zum Hals in dieser Geschichte. Stell dir vor, die Diebe kommen! Denen könnt ich Gott weiß was erzählen, aber meinst du, die würden mir auch nur ein Wort glauben?« Jetzt miaute er kläglich und kratzte an der Tür. »Sei still, *lazzarone*! Du schaffst mir noch die Nachbarn her! Pssst!« Sie riss Zeitungspapier in kleine Fetzen und warf sie in einen Karton, den sie ans Ende des Flurs stellte. »Genier dich nicht. Morgen gibt's was Besseres. Von heute an können wir uns einiges leisten. Vielleicht ziehen wir schon morgen um.« Der Kater tat wie geheißen, doch erst, als sie aus dem Flur weggegangen war und die Küchentür angelehnt hatte. Dann hörte sie ihn eifrig im Papier herumrascheln. Bald kam er mit zufriedener Miene zu ihr zurück.

Vannina dachte, Birbone würde sich in der Nacht beklagen oder unruhig sein. Aber er sprang gleich aufs Bett, das er genau erforschte. Bevor er sich zum Schlafen einrichtete, gab er etliche tiefe Schnaufer von sich. Sie dachte an das, was ihr morgen bevorstand, an Neapel, das ihr immer unsympathisch gewesen war, an ihr Leben mit dem schönen, furchtbar langweiligen Nanni, einem Mann ohne Ehrgeiz und kleinkariert, dem sein mageres Gehalt, seine kleine Wohnung, sein kleines Auto, seine kleine Frau genügten, die er wie seine früh verstorbene Mutter auf einen Altar hob und anbetete. Vannina hatte ihm nie etwas vorwerfen können, denn er war gewissenhaft, anständig und ehrlich. Andernfalls wäre sie ihm wahrscheinlich bald davongelaufen. Aber sie gehörte nun einmal zu ihm und in diese chaotische, lärmende, verrückte Stadt, dem genauen Gegenteil von Florenz. Zu Haus gab es niemanden mehr, sie hatte die Rorò belogen. Auch ihre Eltern waren tot, keine Freundin wartete auf sie. Ihre Schwester war mit einem Lehrer verheiratet; sie hatten zwei Söhne, lebten aber in San Gimignano und ließen nur selten von sich hören. Vannina fühlte sich frei. Mit diesem Schatz auf dem Küchentisch konnte sie überall ein neues Leben beginnen, nur hier natürlich nicht. Es war wie eine Entschädigung des Himmels für all die verlorenen Jahre.

Über die Herkunft des Schmucks bestand kein Zweifel. Der Zustand des Etuis bewies, dass es ziemlich lange unter dem Rost gehangen hatte. Ein gut gewähltes Versteck. Die Diebe konnten ihre Beute nicht abholen, wahrscheinlich weil die Polizei sie geschnappt hatte und sie ihre Strafe noch absaßen. Vielleicht gehörten sie auch zu einer Bande und waren von einer anderen ins Jenseits befördert worden, wer weiß. Egal, für Vannina gab es nur eins – nichts wie weg von hier, und das so schnell wie möglich.

Früh am Morgen nahm sie den Bus in die Stadt und kehrte mit einem großen Reisekäfig für Birbone, einem Plastikbehälter und einem Säckchen Katzenstreu zurück. Sie bat ihre Nachbarin, einen Wohltätigkeitsverein anzurufen, dem sie alle Möbel und das Geschirr schenkte. Wann und ob sie wiederkäme, sei ungewiss.

Sie nahmen den Nachtzug. Der Kater verhielt sich erstaunlich ruhig und beklagte sich nur, wenn sie zu arg durcheinandergerüttelt wurden. Die Schmuckstücke hatte Vannina in ihre Kleidung genäht.

In Florenz brachte sie den Käfig und den großen Koffer zur Gepäckaufbewahrung, schrieb sich unter einem falschen Namen in einem bescheidenen Hotel ein, duschte, schminkte sich dezent und ging zum Ponte Vecchio in der Hoffnung, ihren früheren Chef zu treffen. Die Auslage, die bequemen Polsterstühle für die Kunden, der Blick auf den Arno und die Paläste längs des Flusses, nichts im Lädchen hatte sich geändert. Die Verkäuferin sagte ihr, Signor Caciagli käme nur noch selten, er hätte jetzt außerdem ein schönes Geschäft neben der Kathedrale Santa Maria del Fiore, wo er auch wohne. Vannina fand die Adresse ohne Mühe. Ihr ehemaliger Chef, jetzt Anfang achtzig, elegant, gepflegt, höflich, stand hinter den Schaukästen einer luxuriösen Boutique, ganz in rotem Samt und Rosenholz gehalten. Er erkannte sie sofort und fragte sie nach ihrem Leben. Sie erzählte ihm alles, von Neapel, ihrem Leben mit Nanni, dem für sie immer noch schwierigen Dialekt, vom Witwenclub der Enthusiastinnen und zu guter Letzt die Geschichte von ihrem Fund. Signor Caciagli amüsierte sich köstlich. »*Perbacco!* Den Birbone würde ich gern kennenlernen. Und ein Besuch bei Ali Baba! Kannst du mir etwas davon zeigen, mein Kind?«

Sie zögerte kurz. Ob sie einen Augenblick ins Hinterzimmer ...?

Er verstand. »Sehr klug und vorsichtig von dir. Geh schon!«

Einige Minuten später zeigte sie ihm ein halbes Dutzend Schmuckstücke, die er unter der Lupe prüfte. »Beste Ware. Die Steine sind fabelhafte Qualität, die Smaragde sind umwerfend. Gute Arbeit, Ende des vorigen Jahrhunderts. Aus Rom, Florenz, Mailand, Venedig. Aber du weißt, ich bin kein Hehler. Auch wenn die Sachen alt sind, rühre ich sie nicht an.«

Sie sprachen lange miteinander. Sie war seine beste Verkäuferin gewesen. Er spürte sein Alter und brauchte jemanden im Geschäft. »Hier geht es viel langsamer zu als bei dem Touristenzeug in der Bude auf der Brücke. Das hier ist seriös, ich habe Ware im Wert von einigen Milliarden Lire. Und natürlich gute Goldschmiede, die mich eine Menge Geld kosten. Alles ist horrend teuer geworden. Trotzdem komme ich zurecht. Aber ohne meine Stammkunden, Schweizer und Deutsche, ab und zu Amerikaner und Engländer, müsste ich in drei Monaten schließen. Du siehst ja selbst, seit einer Stunde ist niemand in den Laden gekommen. Ich fahre oft direkt zum Käufer. Hör zu: Willst du zur Probe wieder bei mir einsteigen? Hier, nicht in dem Kramladen?«

Sie nahm an, unter einer Bedingung: Birbone musste mit ins Geschäft kommen dürfen. »Wenn ich wieder in Florenz bin, dann habe ich das nur ihm zu verdanken.«

Der Juwelier verzog das Gesicht. Ein Tier, hier? Und nicht besonders hübsch? Na, man könnte es ja versuchen. Dann gab er ihr die Adresse eines Hehlers, der die Steine herausnehmen und das Gold einschmelzen würde. »Er ist einigermaßen ehrlich und streicht nicht neunzig Prozent vom Wert ein. Aber du verlierst viel dabei. Nenne mich auf keinen Fall.«

Vannina wäre ihm am liebsten um den Hals gefallen. Sie freute sich auf Florenz, die eleganten Straßen, das Viertel zwischen den Uffizien und der Piazza di Roma, die Besucher aus aller Welt, die auf so ganz andere Art lebhaften Bewohner als die Neapolitaner und ihre scharfe Zunge. In zwei Stunden fielen zwanzig Jahre im Süden von ihr ab und sie fühlte sich leicht und unternehmungslustig. Signor Caciagli hatte sie »*figlia mia*« genannt, was bei ihm einen anderen Klang hatte, als wenn es die Rorò sagte. Blieb die Wohnungsfrage. »Auch da sind die Preise gestiegen, und wie! Aber ich werde sehen, was sich machen lässt«, hatte er gemeint.

Als er in der Hinterstube verschwand, trat ein Herr in einem eleganten Maßanzug ein. Er suchte ein Armband für seine Frau. Die alten Gesten kamen zurück, sie zeigte, erklärte, zurückhaltend und ohne den Kunden zu beeinflussen. Der wollte etwas Ausgefallenes, nichts Modernes. Plötzlich sah er eins der Armbänder Vanninas, das sie auf dem Arbeitstisch hinter den Schaukästen vergessen hatte. »Das dort«, rief er. »Zeigen Sie es mir, bitte!« Errötend brachte sie es ihm. Der Schmuck war schwer. Der Herr prüfte, wog den Reif anerkennend in der Hand, bat Vannina, ihn anzulegen, zeigte sich begeistert. »Können wir über den Preis sprechen?«

Sie klopfte an die Tür zur Hinterstube, kam mit dem Juwelier zurück, der den Kunden herzlich begrüßte, ihm Vannina vorstellte und anstandshalber versuchte, ihn von dem Kauf abzubringen (»Gänzlich veraltet, Ihre Frau würde so etwas nicht mögen«). Doch der andere blieb fest: Dieses Armband oder nichts. Signor Caciagli schlug eine Summe vor, die Vannina den Atem raubte. Sie hatte sich diskret zurückgezogen und blieb hinter der Schaufensterauslage, vor der ein Mann in Uniform stand. Sie erschrak und sah sich schon auf der Anklagebank, bis sie begriff, dass es sich um den Chauffeur des Herrn handelte. Hinter ihr wurden noch einige höfliche Sätze gewechselt. Während der Juwelier das Gold aufpolierte, fand Vannina eine passende Schachtel und verpackte das Geschenk, als hätte sie nie etwas anderes im Leben getan. Der Kunde zahlte und ging höchst zufrieden mit seinem Kauf hinaus.

»Vannina Vannini, du bist schrecklich. Und ich könnte mich ohrfeigen. Aber ein Zurück gibt es nicht. Dein erster Verkauf bringt dir genug ein, um das nächste Jahr über bequem zu leben. Ist dir das klar?«

Sie lachte.

Der Rest der Geschichte ist rasch erzählt. Vannina verkaufte ihren Schatz, ein Stück nach dem anderen, fand eine schön renovierte Wohnung in der Via Ricasoli, die sie geschmackvoll einrichtete. Sie wurde unentbehrlich im Geschäft und führte das Leben einer wohlhabenden Frau.

Und Birbone? Der Chef war bald ganz verrückt nach ihm; er nannte ihn seinen »goldenen Kater«. Als das Tier zum ersten Mal in den Laden gekommen war, hatte es sofort den Platz gewählt, den es bis an sein Lebensende mit Beschlag belegen sollte – einen hohen Schemel mit Blick auf die Straße und die Passanten, die vor dem Schaufenster stehen blieben. Wer eintrat, fand ihn »ungewöhnlich« oder »interessant« mit seinem eckigen Kopf, der dichten Mähne, den halbgeschlossenen Augen, dem hellrot-goldbraunen, kurzen Pelz. Stundenlang saß er völlig reglos da.

Vannina hatte versucht, ihm ein feines Goldkettchen um den Hals zu legen. Aber er mochte das nicht, sein langes Nackenhaar verwickelte sich darin.

Nach dem Tod des Juweliers kaufte Vannina das Geschäft sowie das Lädchen auf dem Ponte Vecchio und führte beides mit fester Hand. Einige Jahre später zeigte auch Birbone Zeichen des Alterns. Der Tierarzt behandelte ihn gegen Nierensteine, Verstopfung, Rheuma. Vannina hatte ihm eingeschärft, alles Menschenmögliche für Birbone zu tun. Als der Kater endlich sanft entschlummerte, war er sicher über zwanzig Jahre alt. Vannina beweinte ihn noch mehr als ihren Chef. Die Asche verwahrte sie in einer herrlich gearbeiteten, mit Edelsteinen besetzten goldenen Dose, auf deren Deckel ein kunstvoll graviertes »B« prangte.

Nach ihrem fünfundsiebzigsten Geburtstag fühlte auch sie ihre Kräfte langsam schwinden. Bei schwierigen Kunden verlor sie die Geduld, ihre Sehkraft ließ nach. Freunde, die alle zur Juweliersgilde gehörten, halfen, so gut sie konnten. Den »k«-Laut sprach sie immer noch wie »h« aus, was aber niemanden mehr störte. Es war Mode geworden, sich als Kind der Stadt durch die regionale Färbung der Sprache auszuweisen.

Sie starb zwei Jahre später während ihrer Geburtstagsfeier in der angesehenen *Buca dell'órafo*, dem Vorzugslokal der Gilde, bekannt für deftig-einfache, doch erlesene Küche, gerade als ein Kollege seine Lobrede auf sie hielt. Sie war eine schöne Frau geblieben und hatte auch im Alter ihre aristokratischen Manieren behalten, ganz wie ein Star der sechziger Jahre.

Vannina Vannini-De Curtis hatte kein Testament hinterlassen. Ihr gesamtes Vermögen fiel den beiden Neffen zu, um die sie sich nie gekümmert hatte. Vom Geschäft ihrer Tante verstanden sie nichts und verkauften das Inventar. Als sie das Goldkästchen öffneten und nur etwas Asche fanden, schütteten sie diese in den Mülleimer. Das kleine

Meisterwerk erwarb das Museum der Florentiner Goldschmiede, dessen Direktor, ein alter Freund von Signor Caciagli und Vannina, als Einziger die Geschichte von Birbone kannte. Das Stück war in seinem Atelier entstanden. Das majestätische »B« ist von der Lilie und den Bällen der Medici umrahmt, während darüber in Hochrelief das Wappen von Neapel zu sehen ist. Im oberen Teil erkennt man die Stadtmauern mit den fünf Türmen, Symbol der Königskrone, wie sie unserem edlen Miniaturlöwen gebührt.

In einem Land ohne Hund lehrt man die Katze das Bellen

Erinnern Sie sich noch an Leona Helmsley, eine der reichsten Frauen von New York? Sie hat ihrer Hündin Trouble sage und schreibe zwölf Millionen Dollar vermacht. Leona liebte das Tier zärtlich und wollte sichergehen, dass es auch nach ihrem Ableben den gewohnten Lebensstil hätte: den besten Tierarzt, exklusive Kliniken, Masseure, Frisiersalons, eine Mietwohnung nur für den kleinen Liebling.

Eine verantwortungsbewusste Frau. Den Statistiken zufolge kommen auf hundert Haustiere, die ihr Herrchen oder Frauchen überleben, nur zwei Hunde und neun Katzen, für die vorgesorgt wurde. Die anderen neunundachtzig Prozent – Hunde und Katzen, Papageien, Chamäleons, Pferde, Miniaturschweine, Schlangen usw. – gehen leer aus und müssen sehen, wo sie bleiben.

Doch nicht nur alte Damen denken an die Zukunft ihres Begleiters. Der Kater, von dem wir hier berichten, verfügte zwar nicht über zwölf Millionen, doch gehörte er zu den reichsten Katzen Nordamerikas. Er entschlief friedlich im Alter von etwa neunzehn Jahren und verließ unsere Welt unter denselben würdevollen Umständen, die er sein Leben lang genossen hatte. Außer einem kurzen denkwürdigen Zeitraum, den wir hier nachzeichnen wollen.

Ernest Bolduc bewohnte in Sainte-Foy, einer Vorstadt von Québec, einen der Allerweltsbungalows der fünfziger Jahre, wie es sie dort zu Tausenden gibt. Nach seiner Pensionierung (er war Büroleiter in irgendeinem Ministerium) hatte kein einziger seiner früheren Mitarbeiter versucht, ihn anzurufen oder wiederzusehen. Über sein Privatleben ist so gut wie nichts bekannt. Vielleicht hatte er keins, denn außer dem Briefträger und dem Angestellten von Hydro-Québec, der alle zwei Monate seinen Zähler ablas, kam niemand zu ihm. Ein Einsiedler, eine Auster, die beharrlich geschlossen blieb. Seine Familie beschränkte sich auf einen Bruder und dessen Frau, die ihn schon seit langem nicht mehr besuchten. Deren Kinder, seine ledige Nichte, sein Neffe und dessen Lebensgefährtin, hatten nie das geringste Interesse für ihn gezeigt. Jetzt denken Sie, dieser Ernest Bolduc war ein seltsamer Kauz, der sich nicht um seine Mitmenschen scherte. Weit gefehlt. Leute wie er, von der Welt vernachlässigt oder vergessen, gibt es überall. Sehen Sie sich nur einmal um: Sie werden feststellen, dass es auch in Ihrem Bekanntenkreis Menschen seines Schlags gibt.

Es war Anfang der neunziger Jahre, Mitte Februar, im tiefsten Winter. Weil der Briefkasten nicht mehr geleert wurde, hatte der Postbote einem Notar Bescheid gesagt, dem einzigen Nachbarn, mit dem Ernest womöglich Kontakte pflegte. Nach einem Schneesturm ließ dieser manchmal die Autoeinfahrt von Herrn Bolduc mit freischaufeln, zu arm, dachte er, sich den Luxus leisten zu können, und zu alt, um selbst zu schippen. Sommers hatten sie über den Zaun Ratschläge über die Pflege von Blumen und Sträuchern ausgetauscht. Dabei blieb es. Der Notar hatte noch nie das Heim des diskreten, höflichen, wortkargen Beamten im Ruhestand betreten.

An diesem eisigen Morgen also trat Herr Turgeon zum ersten Mal bei Ernest ein, gefolgt vom Briefträger. Die Haustür war nicht abgeschlossen. Die fünf Räume des schwach geheizten Erdgeschosses waren pieksauber und spärlich, doch geschmackvoll möbliert. Als er ins Schlafzimmer kam, lag der alte Herr wie zu einem beruflichen Termin angekleidet auf seinem Bett: weißes Hemd, Schlips, dunkler Anzug, blankgeputzte Schuhe. Eine Katze saß neben dem Bett, ein schlankes, kurzhaariges graues Tier mit hellgrünen Augen. Sie schüttelte sich, gähnte, sprang von dem Stuhl, auf dem sie die Totenwache gehalten hatte, lief stracks in die Küche und setzte sich vor ihre leeren Näpfe. Der Briefträger goss Wasser in den einen und schüttete aus der auf einer Anrichte stehenden Tüte Trockenfutter in den anderen. Die Katze trank gierig und lange; sie war wohl seit Tagen nicht mehr versorgt worden. Währenddessen hatte der Notar den Tod des alten Herrn festgestellt. Obwohl der Anblick des Mannes keinen Zweifel ließ – glatte wächserne Haut, schwärzliche Lider, bläuliche Lippen –, hatte er als methodischer Jurist zuerst nach dem Puls gesucht. Die große, scharfkantige Nase des Toten, das fliehende Kinn, der gewölbte Brustkasten und die knochigen Hände mit den krummen Fingern erinnerten an einen riesigen Geier. In der kalten Luft des Raums roch es leicht nach Verwesung.

Auf dem blitzblanken Arbeitstisch eines kleinen Zimmers, in dem zwei niedrige, mit A und B bezeichnete Aktenschränke sowie ein paar mit zerlesenen Büchern vollgestopfte Regale standen, entdeckte der Notar einen einsamen versiegelten Umschlag auf der gewachsten Eichenplatte, mit der Aufschrift *Herrn Jacques Turgeon, Notar*. Es sah ganz so aus, als hätte der Mann den Tod anklopfen hören, denn alles war geordnet und er hinterließ nur diese eine Nachricht. Dann hatte er sich angekleidet, um seinen letzten Besucher so zu empfangen, wie es ihm gebührte.

Der Notar war überrascht, seinen Namen zu lesen, öffnete den Umschlag, der ein einziges Blatt enthielt. Dem Datum nach hatte er das Testament vor zwei Wochen abgefasst; die Handschrift war sicher, der Text ohne Verbesserungen – die Schrift eines Beamten, der tadellos arbeitet. Die Ausdrucksweise verriet die Fähigkeit des Erblassers, seine Gedanken knapp und klar zu formulieren.

Sainte-Foy, den 1. Februar 1992

Mein Letzter Wille
Ich, Joseph Ernest Bolduc, an Geist und Körper gesund, verfasse hiermit mein Testament. Ich empfehle meine Seele Gott und möchte, dass jedes Jahr an meinem Todestag eine Messe für mich gelesen wird.
Ich bitte meinen Nachbarn, Herrn Jacques Turgeon, Notar, mein Testamentsvollstrecker zu sein. Sein Honorar wird aus der Hinterlassenschaft beglichen.
Alle meine Güter werden verkauft. Mein Gesamtvermögen soll zum bestmöglichen Zinssatz von meiner Bank angelegt werden. Die Unterlagen der Bankgeschäfte befinden sich im ersten, mit »A« bezeichneten Aktenschrank.
Meinen mich überlebenden Kater Honoré vermache ich dem ersten blutsverwandten Nachkommen meiner Eltern, und zwar mit der Verpflichtung, ihn zu hegen und zu pflegen wie sein

eigenes Kind. Zur Entschädigung erhält er am Ende jedes erfolgreich abgeschlossenen Pflegejahres die Gesamtzinsen meines Vermögens für ebendieses Jahr, unter dem Vorbehalt, dass das Tier noch in seinem Hause lebt. Der Gesundheitszustand von Honoré wird alle drei Monate von einem Tierarzt überprüft (hier folgten der Name und die Anschrift einer bekannten Klinik in Sainte-Foy). Sollte der erste Nachkomme ablehnen oder außerstande sein, diese Aufgabe zu übernehmen, wird Honoré dem nächsten Verwandten zu den gleichen Bedingungen anvertraut usw. Herrn Turgeon wäre ich sehr verbunden, wenn er Honoré bis zum Tag der Übergabe an besagten Verwandten bei sich aufnähme. Entstandene Pflegekosten werden ihm aus meinem Nachlass erstattet.
Nach dem Tod Honorés fällt die gesamte Erbmasse an den hiesigen Tierschutzverein.

Eigenhändige Unterschrift:

J. Ernest Bolduc

Als wäre er allein in seinem Büro, brummte der Notar:

»Rechtsgültig. Ich muss nur noch die Schrift beglaubigen lassen. Ein Kinderspiel.«

Er wandte sich an den Briefträger, der nach einer langen Betrachtung des Toten eingetreten war:

»Ah, schauen Sie sich das an! Auf diesen Regalen nur Bücher über Gartenkultur. Und hier (er atmete tief ein, als er den Rest überflog), ausschließlich Fachbücher über Finanzen. Sehr merkwürdig, Blumen und Geld. Die einen duften, das andere stinkt, wie man bei uns sagt. Wirklich seltsam, nicht?« Er schüttelte den Kopf, riss sich von seinen Gedanken los und schloss: »Jetzt aber an die dringendsten Aufgaben. Alles der Reihe nach.«

Kurz nach seinem Anruf kamen zwei Polizisten. Während sie sich den Toten ansahen, klingelte die Sekretärin des Notars an der Tür und erinnerte ihn an einen Mandanten, der auf ihn wartete. Er bat sie herein:

»Zunächst müssen wir uns um einen Kater hier kümmern. Könnten Sie mal bitte nachsehen, wo er ist? Ich nehme an, in der Küche. Sobald ich kann, komme ich in die Kanzlei. Und entschuldigen Sie mich doch derweil wegen der Verspätung. Es dauert vielleicht noch zehn Minuten.«

Sie kam mit Honoré auf den Armen zurück: »Schauen Sie sich das an! Sanft wie ein Lämmchen. Ich bin ganz verrückt nach Katzen. Den würde ich gern behalten, er scheint ganz reizend zu sein.«

Tatsächlich hatte Honoré es sich an der Brust der jungen Frau bequem gemacht und beobachtete den Notar. Als Herr Turgeon, seine Sekretärin und Honoré in die klirrende Kälte traten, fuhr ein Ambulanzwagen vor. Zwei Männer stiegen aus und klappten eine Bahre auf.

»So geht es uns allen am Ende«, meinte der Notar. »Eine Bahre und ein Sack, so silbern wie der Anzug für eine Reise ins Weltall. Unsere bescheidenen Überreste sind unwichtig. Nur, was wir schriftlich angeordnet haben, zählt noch. Nach der Autopsie soll Herr Bolduc seine Bestattung in geweihter Erde haben. Danach werde ich sehen, auf welchen Betrag sich sein Vermögen beläuft. Zuletzt kümmere ich mich um die testamentarischen Verfügungen hinsichtlich des Katers, die sehr klar sind. Selbst wenn Sie ihn aufnehmen wollten, wäre das leider unmöglich. Weil ich von Herrn Bolduc als Testamentsvollstrecker bestimmt wurde, bleibt das Tier bei mir, bis ich die Mitglieder seiner Familie ausfindig gemacht habe.«

Er warf einen Blick auf Briefträger und Ambulanzfahrer, die vor der Haustür ein Schwätzchen hielten, und fuhr dann fort: »Keine Ahnung, um welchen Betrag es sich handeln könnte. Aber Vorsicht ist geboten. Kann sein, dass der Kater eine Menge Geld wert ist. Jedenfalls werde ich mich gut um ihn kümmern.«

Gemeinsam gingen sie zurück in die Kanzlei. Im Sprechzimmer setzte die Sekretärin Honoré auf einen der beiden für Besucher bestimmten Ledersessel, so vorsichtig, als handelte es sich um eine kostbare Nippesfigur – sehr zum Erstaunen des Mandanten, der dem Notar einen unsicheren Blick zuwarf.

Im Autopsiebericht, der eine Woche später eintraf, war zu lesen, dass Ernest Bolduc einem massiven Herzinfarkt erlegen war, offenbar dem dritten; die ersten beiden waren Warnungen gewesen. Nach Erhalt des Totenscheins veröffentlichte der Notar eine Anzeige in den beiden wichtigsten Tageszeitungen der Stadt, mit der Aufforderung an jedwedes Mitglied der Familie Bolduc, mit ihm Kontakt bezüglich der Erbschaft von Ernest aufzunehmen, der kürzlich im Alter von achtundsiebzig Jahren gestorben war. Nach vierzehn Tagen hatte sich noch niemand gemeldet. Er schloss daraus, dass kein Mitglied der Bolduc-Sippe (zumindest dem Zweig des Klans, dem Ernest angehörte) die ohne Foto des Beamten erschienene Kleinanzeige bemerkt hatte. Gleich nach der Bestattung machte sich Herr Turgeon an die Feststellung des Vermögens. Diese Arbeit dauerte über vier Monate.

So konnte Honoré sein Leben im weitläufigen alten Haus des Notars genießen, einem Katzenparadies, mit einer Menge Treppen, Zimmerchen, Abstellkammern, unerwarteten Schlupfwinkeln. Der Kater hatte den ruhigen, nachsichtigen und freundlichen Mann Anfang sechzig gern. Herr Turgeon ließ ihn alles besichtigen, was er wollte, Akten- und Bücherschränke, Kartonkisten voller Papierkram. Als er eines Morgens die unterste Schublade seines Schreibtischs öffnete, entdeckte er Honoré, den er aus Versehen am Vorabend eingeschlossen hatte. Der Kater nahm es ihm keineswegs übel und rollte sich neben dem Sessel seines neuen Freundes zusammen. Anfangs wollte er nicht aus dem Haus, sicher wegen der Kälte. Mitte April jedoch ließ er sich vom Notar den Garten zeigen, in Wirklichkeit ein Park mit schmalen Pfaden aus weißem Kies, Bäumen und Sträuchern. Mitte Mai kamen die ersten warmen Sonnentage, in den Beeten erwachten die Blumen wieder zum Leben und die Büsche grünten zart. Später kümmerte sich Herr Turgeon um eine Gemüseecke, wo Honoré gern länger blieb: Die duftenden Kräuter und vor allem die jungen Tomatenpflanzen fand er unwiderstehlich. Er knabberte an ihnen, um sie kurz danach in Würstchenform wieder herauszuwürgen, wobei er sich gleichzeitig seiner verschluckten Haare entledigte.

Im Lauf der Monate wurden Notar und Kater unzertrennlich. Honoré folgte ihm auf Schritt und Tritt. Seit dem Tod seiner Frau lebte Turgeon allein im ersten Stock des väterlichen Hauses. Er sah es gern, dass das Tier die Backen an jedem Möbelstück rieb und so seine Besitzansprüche hinterließ, keinen Kratzbaum brauchte, seine Krallen weder an Möbeln noch an den Teppichen schärfte, sondern zu diesem Zweck einen ausgedienten Korbsessel gewählt hatte.

Und so beeilte sich Herr Tugeon auch nicht übermäßig, die Bolducs zu finden. Er liebte die Gesellschaft des Katers und fürchtete den Tag, an dem er das Tier seinem testamentarisch bestimmten Besitzer überantworten musste. Doch das »Dossier Bolduc« wurde allmählich dringend: Die Bank hatte tatsächlich die letzten Schätzungen bestätigt, die das Vermögen auf über zwei Millionen Dollar ansetzten, ungerechnet den Wert des Hauses, der Möbel, Bilder und des Autos. Im Wesentlichen bestand das Erbe aus hochverzinslichen Spareinlagen, Staatsobligationen, Pfandbriefen und klugen Geldanlagen, die einen guten Einblick in den Charakter von Ernest Bolduc gewährten, der sein Leben lang gegen den Strom geschwommen war. Seine Hypothek hatte er 1964 abbezahlt; im selben Jahr entwickelte er seine Finanzstrategie. Der Notar, der die ungewöhnlich hohen Zinssätze Ende der siebziger Jahre vergessen hatte, traute seinen Augen kaum: Im Schrank »A« fand er alle Belege, die den Beginn des Vermögens bewiesen. Bolduc musste das Anhäufen von Geld wie eine Sportart mit einfachen Regeln betrachtet haben, deren einfachste lautete, nie überstürzt zu investieren. Schon bevor er die Hypothekenschuld getilgt hatte, lieh er sich von der Bank einige Tausend Dollar, um Gold zu kaufen, das er zehn Jahre später zum zwanzigfachen Preis wieder abstieß. Von diesem ersten Schritt an beschrieb sein Vermögen eine exponentielle Kurve. Als der Notar die Einlagen von einem Jahr zum anderen, von einem Jahrzehnt zum anderen prüfte, folgte er der fast magischen Aufwärtsbewegung des Vermögens, das aus dem Nichts geboren war und dem Spiel der springenden Zahl ähnelte. Manchmal, wenn er sich einer symbolischen Grenze näherte, beispielsweise der ersten halben Million, hatte sich der eigensinnige Finanzexperte drei Viertel seines Gehalts vom Mund abgespart. Er träumte wohl davon, sieben Zahlen zu sehen, seine erste Million. Denn als er dieses Ziel erreicht hatte, rundete er die Eintragungen nicht mehr mit seinem Gehalt auf. Nach dreißig Jahren dieses Spiels vergrößerte sich das Kapital zusehends von selbst. Die Erträge und Zinsen seiner Anlagen zeigten ihre gebieterische, fast schamlose Potenz.

Der Notar war sprachlos: Bolduc hatte immer den Eindruck eines verschrobenen, verknöcherten und etwas ärmlichen Junggesellen gemacht, doch konnte er bei seiner Ankunft in der Vorstadt kaum älter als vierzig Jahre gewesen sein. Bis zu seinem Tod fuhr er einen Ford, den er Ende der fünfziger Jahre gekauft und so gepflegt hatte, dass er wie neu aussah. Nicht ohne einen gewissen Respekt spürte Turgeon der Sammelleidenschaft des »Geiers« nach, wie er den toten Beamten nun insgeheim nannte. Denn ein Sammler war er gewesen, der sein Treiben sorgfältig versteckte. Er hatte einfach gelebt, doch nicht knauserig oder karg, wie seine Anzüge aus gutem Stoff bewiesen, die teuren Möbel, das Dutzend Meisterwerke zeitgenössischer Maler, deren Wahl eine gute Nase und Geschmack verrieten und zum Zeitpunkt seines Todes beachtliche Preise erzielten. Je tiefer Turgeon in die Aktenordner stieg, desto deutlicher wurde das Bild eines Mannes, der kein einfacher Geizkragen gewesen war, für den Geld so viel wie Macht bedeutet, sondern ein Spieler, der in seiner Parallelwelt den schönsten Zeitvertreib findet.

Turgeon sah buchstäblich, wie der Zeigefinger des anderen den Zahlenspalten bedächtig gefolgt sein musste, hier und da am Rand einen Haken gemacht und ein Ausrufezeichen hinzugefügt hatte, wenn die Zahl eine besondere Hürde genommen hatte. Die Bankhefter in den Schubläden des ersten Aktenschranks (der andere enthielt vorbildlich geordnete Kopien des gesamten Finanzverkehrs) hatten deutliche Abnutzungsspuren, wie die stark beriebenen, bräunlichen Ecken und Deckel sowie die verblasste Tinte der Einträge bewiesen. »Ein merkwürdiger Mensch«, sagte sich der Notar. »Andere hätten ihr Gehalt für Frauen, Autos oder Reisen ausgegeben. Er aber liebte Zahlen. Jedem Tierchen sein Pläsierchen, wie es heißt. Er hat nie etwas abgehoben, kein einziges Mal. Ich bin gespannt, aus welchem Holz die Familie ist. Wenn der Geier dieses seltsame Testament geschrieben hat, dann nicht ohne Grund.«

Zur Beerdigung, deren Ort und Datum der Notar in Großanzeigen veröffentlicht hatte, war zwar niemand gekommen, aber Turgeon machte sich keine Sorgen, denn er wusste inzwischen, wo der Bruder von Ernest wohnte. Er zögerte die amtliche Beglaubigung des handschriftlichen Testaments so lange hinaus wie möglich, um Honorés Gegenwart zu genießen. Doch dann regte sich sein Gewissen, und Mitte Juni hielt er dem Kater eine kurze Rede:

»Es wird nicht leicht sein, uns zu trennen, aber so ist halt das Leben. Ich habe jetzt alle Unterlagen beisammen, die sich auf das Vermögen deines alten Meisters beziehen. Die Familienmitglieder habe ich auch gefunden, und sobald ich mit dem Bruder vom Geier, entschuldige, ich meine, deines seligen Freundes, gesprochen habe ...«

Der Kater hatte ihm in die Augen geschaut, als hätte er verstanden, was der andere ihm sagte. Der Notar seufzte traurig, starrte auf einen Punkt in der mit Bücherregalen tapezierten Wand, wobei er zerstreut den auf seinem Schoß liegenden Kater streichelte. Und er beorderte den einzigen Bruder des Geiers in seine Praxis.

Omer Bolduc war Anfang siebzig, strahlte vor ländlicher Gesundheit und guter Laune, während er aufmerksam der Verlesung des Testaments folgte. »Dass mich der Teufel!«, lachte er. »Wir haben alle geglaubt, mein Bruder wär arm wie 'ne Kirchenmaus, mit seinem Allerweltshäuschen. Bei uns daheim war er zu nichts nutze, zwei linke Daumen! Deshalb hab ich den Hof geerbt, und er ist in die Stadt gezogen. Aber zwei Millionen! Ein einfacher Beamter! Wie hat er bloß das ganze Geld zusammengescharrt?« Er rieb sich die Hände, wartete nicht auf die Antwort: »Halten Sie mich nicht für einen undankbaren und herzlosen Kerl. Wir haben uns immer so furchtbar bei ihm gelangweilt. Er machte praktisch nie den Mund auf, und eines Tages haben wir es aufgegeben, zu ihm zu fahren. Meine Frau und ich, wir kommen nicht oft in die Stadt. Meine Tochter lebt hier, mein Sohn auch. Aber nur, weil sie hier Arbeit gefunden haben. Québec mögen sie beide nicht, die Stadt ist ihnen zu groß. Was würden sie wohl sagen, wenn sie in Montréal leben müssten?« Er legte wieder eine Pause ein, dachte laut: »Zwei Millionen! Ein Witz, was? Und ich kriege den Zaster, ja? Meine Frau wird sich wundern.«

Die Miene des Notars war undurchdringlich. Omer hatte nicht einmal einen Schatten von Trauer geheuchelt.

Nur seine Augen leuchteten, als er von den »Penunzen auf dem Tisch« sprach.

»Vergessen Sie den Kater nicht. Sie bekommen nur die Zinsen des Vermögens. Bei etwa viereinhalb Prozent sind das an die neunzigtausend Dollar pro Jahr. Nehmen Sie an? Wenn nicht, muss ich das nächste Familienmitglied bitten.«

»Eine Katze, die zwei Millionen wert ist, sagen Sie?« Er räusperte sich. »Und zirka neunzigtausend pro Jahr?«

»Ja, in der Größenordnung. Aber wenn Sie Honoré verlieren, ihn nicht bestens behandeln oder sich aus irgendeinem Grund von ihm trennen müssen, sehen Sie keinen Cent. Ich rate Ihnen, das Tier im Haus zu halten und ihm den Zugang zum freien Feld zu verwehren. Ein Unglück geschieht schnell, ein streunender Hund, ein Fuchs, eine Krankheit, was weiß ich. Der Veterinär schätzt das Alter des Katers auf etwa sieben Jahre. Honoré ist freundlich und angenehm. Bei guter Pflege kann er noch zehn, zwölf Jahre leben, vielleicht sogar länger.« Er machte eine Pause und beobachtete aufmerksam seinen Besucher. Nicht ohne eine Prise Spott fügte er hinzu: »Eine hübsche Summe, ja. Vergessen Sie nicht, viermal im Jahr muss Honoré von einem Tierarzt untersucht werden, den Ihr Bruder bereits bestimmt hat.«

Omer begann, sich unbehaglich im Sessel zu winden. »Ich muss Ihnen was Komisches beichten. Meine Frau mag Katzen nicht. Außerdem haben wir zwei große Wachhunde. Wenn die ihn vor die Mäuler kriegen, machen sie Hackfleisch aus ihm. Warum hat Ernest diese Klausel eingefügt? Kann man das Testament nicht anfechten? Vielleicht war er nicht mehr ganz richtig im Kopf?« Er wartete, senkte jedoch die Augen vor dem kalten Blick des Notars, überlegte lang und meinte: »Wenn's so ist, müssen wir die Köter loswerden. Sie tun ja nichts als bellen, wenn Besuch kommt oder nachts andere Viecher ums Haus schleichen, Waschbären, Murmeltiere und so. Aber mit knapp hunderttausend« – er ließ die Zahl auf der Zunge zergehen – »können wir uns ein prima Alarmsystem leisten. Ich glaub, es gibt sogar welche, die Hundegebell nachmachen. Wenn nicht, lehren wir den Kater das Bellen, hahaha! Ich krieg mich nicht wieder ein! Zirkusnummer: Der bellende Kater! Hahaha!«

Der Notar teilte Omers Sinn für Humor keineswegs. »Sie nehmen Honoré also mit? Dann hüten Sie ihn wie Ihren Augapfel. Wenn er stirbt, bekommen Sie nichts. Haben Sie mich verstanden? Kein Kater, kein Geld. Alles fällt dem Tierschutzverein zu. Ich werde darauf achten, dass der Letzte Wille Ihres Bruders genauestens befolgt wird. Ich kann Ihnen jetzt schon versichern, dass jede Anfechtung des Testaments hinsichtlich des Geisteszustands Ihres Bruders fehlschlagen würde; wir waren jahrzehntelang Nachbarn. Er dachte so vernünftig und logisch wie Sie und ich. Bedenken Sie, wie lang so eine Klage dauern kann und dass sie mehr kostet, als Ihnen die Zinsen einbringen.«

Der andere schwitzte. »Schon gut, okay, alles kapiert. Geben Sie mir das Prachtstück. Ich weiß bloß nicht, was meine Alte dazu sagen wird.« Er unterschrieb die Quittung, schob den Käfig mit Honoré auf den Beifahrersitz und fuhr ab.

Am nächsten Morgen war er wieder da, bleich und niedergeschlagen. Er stellte den Käfig auf den Schreibtisch und flüsterte: »Sie will nicht. Wenn ich die Hunde abknalle oder sie verschenke, lässt sie sich scheiden. Sie sagt, mein Bruder hat sich das aus Rache ausgedacht. Schon der Name bringt sie in Rage. Honoré! Er will uns damit bestrafen, sagt sie, weil wir ihm nie Honig um den Bart geschmiert haben. Eigentlich ist es ja zum Lachen, aber am liebsten würd ich heulen. Die halbe Nacht lang haben wir uns gestritten. Hunderttausend, das ist eine Stange Geld. Aber meine Alte ist bockig. Sie wiederholt dauernd, das ist Judasgeld, sie will nichts davon wissen. Ich kenn sie. Sie würde wirklich auf und davon gehen.« Er wischte sich den Schweiß vom Gesicht. Der Kampf war sicher hart gewesen. »Vielleicht könnte meine Tochter … Sie arbeitet nicht weit von hier. Als wir das letzte Mal bei ihr waren, hab ich bei ihr kein Haustier gesehen. Früher hatte sie einen Sittich. Geheiratet hat sie nie, in dieser Stadt gibt's wegen der Ministerien zu viele Frauen. Bestimmt fühlt sie sich einsam, sie wird ihn schon nehmen.«

»Das werden wir später sehen. Hat Honoré sein Futter gehabt? Hat er getrunken? Seine Streukiste aufgesucht?«

»Äh, nein. Er war die Nacht über im Käfig. Meine Frau wollte ihn nicht rauslassen. Sie kann Katzen eben nicht ausstehen. Sie hört sie nicht hinter sich, und das geht ihr gegen den Strich. Und sie hat ja auch recht, nur der Teufel weiß, was sie denken. Außerdem machen sie eine Menge Arbeit, verlieren überall Haare, schlimmer als unsere Hunde, die wir nur ins Haus lassen, wenn's vierzig unter null sind. Er soll Mäuse fangen, aber nicht bei uns.«

»Mir scheint, die Zukunft fängt schlecht an für Honoré. Ihre Tochter ist das älteste Ihrer beiden Kinder, nicht wahr? Dann muss ich Honoré ihr vorschlagen. Meine Sekretärin schickt Ihnen die Rechnung für die beiden Konsultationen. Schade, dass Ihre Frau … Aber das geht mich nichts an.«

Als Omer Bolduc das Sprechzimmer verließ, fluchte er zwischen den Zähnen. Er hatte soeben die Verzichterklärung unterschrieben. Zuerst war der Traum von den Millionen zerflossen, dann die hunderttausend, zwölf, dreizehn Jahre lang, vielleicht länger! Ein Geschenk des Himmels. Nichts von alldem war ihm geblieben, außer einer deftigen Rechnung. Notare sind nicht billig. Und das alles nur wegen des blödsinnigen Testaments und seiner verflixten Alten.

Kaum war Omer abgefahren, öffnete Herr Turgeon den Käfig. Honoré ließ sich das Streicheln gern gefallen, schnurrte laut, frühstückte und trottete ins Nebenzimmer, wo seine Streu wartete. Er musste sich von einer aufregenden Nacht erholen. Auf dem Hof angelangt, hatte er sich im Käfig ganz klein gemacht. Als er aus dem Wagen gehoben wurde, musste er den stinkenden Atem und das Toben der Monsterhunde ertragen. Bis in den frühen Morgen hatte er kein Auge zugetan, die keifende Frau durchbohrte ihm die Trommelfelle. Schade, das Haus hätte er gern erkundet. Eine wahre Orgie von widersprüchlichen Gerüchen.

Pierrette, Omers Tochter, arbeitete als Sekretärin bei der Postverwaltung, neben dem größten Einkaufszentrum von Sainte-Foy. Sie führte ein geruhsames Leben. Ab und zu einen Film abends oder ein Mittagessen im Restaurant, am liebsten mit ihren Bürofreundinnen, die ebenfalls die Suche nach dem Märchenprinzen aufgegeben hatten. Sie bildeten eine Art Verein mit einer Grundregel: Sobald eine von ihnen verbandelt war, wurde sie automatisch ausgeschlossen, bis zum Ende ihres Ausrutschers. Danach nahm man das verlorene Schäfchen im Lauf einer Feier ebenso rituell wie gnädig wieder auf. Sie erzählten sich alles, insbesondere die Enttäuschungen, die der jeweilige Mann ihnen bereitet hatte, wie froh sie waren, nicht mehr das Männerjoch zu spüren. Pierrette Bolduc war Gründerin und Vorsitzende des Vereins und wachte über das Beachten seiner Statuten.

Das Geld, von dem ihr der Notar erzählt hatte, war ihr gleichgültig, auch wenn das Gesamtvermögen beträchtlich gestiegen war, denn der Bungalow hatte einen überraschend hohen Preis erzielt, ganz wie der perfekt erhaltene Ford, hinter dessen Steuer jetzt ein Liebhaber von Oldtimern saß, der sich am Wochenende auf der Grande Allée den jungen Damen vor den Restaurants und Cafés in dem chromblitzenden Kasten zeigte. Pierrette hatte ihren Onkel nie besucht, obwohl ihr Arbeitsplatz ganz in der Nähe seines Hauses war. Aber sie verliebte sich sofort sterblich in Honoré.

»So was Süßes!«, gluckste sie. »Intelligent, gute Manieren, lässt sich wie ein Baby baden, heizt mein Bett und wärmt mir die Füße, eine wahre Wonne, sag ich euch!« Allmählich fiel sie den Genossinnen auf die Nerven, denn der Kater hatte dies oder jenes getan, ein wahrer Ausbund an menschenähnlichen Tugenden. Bald wurden die Kolleginnen scharfzüngig und spöttisch, der Prinz wäre schließlich kein Märchenfrosch, sondern ein grauer Allerweltskater und sie warteten auf den Kuss, durch den sich sein wahres Wesen zeigen würde.

Das Glück von Pierrette dauerte neun Monate. Im Juni war Honoré in die hübsche Dreizimmerwohnung eingezogen. Sie befolgte genauestens die Anweisungen des Tierarztes und des Notars: ausgewogene Diät, besondere Duftnote für die Streu im Katzenklo. Sie hatte ihm einen schön geflochtenen Korb geschenkt, ein mit Samt überzogenes Daunenkissen und eine Menge Spielzeug, Plastikmäuschen, Schmetterlinge am Ende eines dünnen Drahts und was es sonst noch gibt. Doch zog Honoré nach gründlicher Inspektion seines neuen Zuhauses vor, sich zwischen zwei Kopfkissen einzunisten, während er sich von Pierrette kraulen und bürsten ließ. Hier war er König. Aber trotz aller Pflege und der brennenden Liebe von Pierrette schnurrte er nie. Von acht in der Früh bis halb nach fünf war er wochentags über allein im Bett. Abends bekam er eine gehörige Portion Schmusen, worauf es Feinschmeckerhäppchen gab. Nach der ausgiebigen Toilette galoppierte er von einem Zimmer ins andere, zeigte ihr bei Streck- und Dehnübungen, wie schön er war, widmete sich zum Schluss der unendlich langen Entfernung überflüssiger Haare. Pierrette war glücklich. Sie glaubte, er sei es auch.

Anfang Dezember plagte sie eine Bronchitis, die einfach nicht verschwinden wollte. Alle im Büro hatten gehustet. »Die Grippe ist schlimm in diesem Jahr«, hieß es allgemein. Aber bei Pierrette war es wie ein böses, trockenes Bellen, das sich als besonders hartnäckig erwies. Sie ging zum Arzt. »Das gefällt mir gar nicht«, sagte der. Das Röntgenbild zeigte nichts. Einen Monat später weinte sie wegen einer Bindehautentzündung, vergoss Tränenbäche, ließ sich krankschreiben, saß im Sessel mit Honoré auf dem Schoß oder hatte ihn im Bett neben ihrem Kopfkissen liegen. Sie litt unter rasenden Kopfschmerzen, wurde zum Nervenbündel: »Sobald es dir bessergeht, gehen wir wieder zusammen essen, ja?«, sagten die anderen. Trotz starker Dosen etlicher Medikamente blieben die Nase, die Augen, die Lider rot und geschwollen, das leichte Fieber wich nicht. »Es muss eine heftige Allergie sein. Irgendetwas stimmt in Ihrer Umgebung nicht«, sagte der Arzt. Sie dachte angestrengt nach, aber ihr fiel nichts ein. Als sie Honoré erwähnte, triumphierte der Doktor: »Da haben wir's!«

Sie rief erschreckt: »Ach was, unmöglich, ich hab ihn doch so gern! Das muss Staub sein, vielleicht Milben oder Gott weiß was, aber nicht er!«

Als sie endlich ins Krankenhaus ging, war sie am Ende ihrer Kraft. Der Spezialist machte ein paar Tests und sagte ihr auf den Kopf zu: »Sie reagieren allergisch auf Pollen, Staub, Wolle, Daunen, aber am stärksten auf Katzenspeichel. Ich bin sicher, in Ihrer Nähe lebt so ein hübsches Tier. Bei Ihnen?! Hab ich mir gleich gedacht. Die tränenden Augen, die chronische Laufnase, den Husten, das Kopfweh und so weiter fanden Sie nach einer Bronchitis normal? Sie müssen sich sofort von ihm trennen!«

Sie sträubte sich, er wurde ärgerlich: »Hören Sie, Ihnen bleibt keine Wahl. Entweder Sie oder er. Sie wollen doch sicher nicht mit einer Pumpe herumlaufen, um Ihre Bronchien zu erweitern, wenn Sie genau wissen, warum Sie keine Luft bekommen? Ich bitte Sie: Sehen Sie doch mal in den Spiegel!«

Auch der Tierarzt bestätigte das Urteil seines Kollegen

für Menschenkrankheiten. Doch Pierrette kämpfte bis zuletzt. Wie konnte der Liebling und Gefährte ihr dies antun, der wunderschöne Prinz, sanft, höflich, diskret, elegant und vor allem so sauber? Da schlug ihr ein Vereinsmitglied vor, Pierrette eine Woche lang bei sich aufzunehmen; um Honoré kümmerte sich eine andere. »Wir sind doch für dich da. Wenigstens weißt du danach endgültig, ob der Arzt recht hat!«

Schon nach zwei Tagen bei ihrer Freundin ging es Pierrette viel besser. Als sie eine Woche später in ihre Wohnung trat, wartete Honoré hinter der Tür. Auf der Fußmatte kniend, betete sie, »dass es nicht an ihm liegt«. Kaum eine Stunde später brannten ihr die Augen, die Nase lief, sie nieste, rang nach Atem, bekam Kopfschmerzen. Sie fügte sich in ihr Schicksal und rief eine der Freundinnen an. »Kannst du mit mir zum Notar gehen? Allein schaff ich das nicht!«

Die ganze Nacht weinte sie. Honoré aufzugeben war der schlimmste Schlag, den ihr das Leben bisher bereitet hatte.

Für Herrn Turgeon war es offensichtlich, dass die arme Frau den Kater wirklich liebte. Deshalb sagte er ihr die warmherzigsten Trostworte. Gleichzeitig konnte er die Freude nicht ganz verhehlen, Honoré wiederzusehen. Die Freundinnen würden Pierrette schon über ihre Witwenschaft hinweghelfen und ihren Kummer lindern.

Als Honoré aus seinem Käfig trat und sich gemächlich Jacques Turgeon näherte, hatte er Pierrette und die letzten Monate schon vergessen. Er suchte sie nicht, miaute nicht kläglich, lief im Gegenteil zu seinen Näpfen, trank und fraß mit Appetit. Eine volle Stunde widmete er

Sprechzimmer und Haus, fand die alten Gerüche wieder. Worauf er in seine Lieblingsschublade sprang und vor Behagen laut schnurrte.

Ein paar Tage später war die Reihe an Grégoire, Omer Bolducs einzigem Sohn.

Grégoire war nur im Sommer genießbar, da musste er abstinent sein. Versteht sich auch, denn ein Dachdecker darf nicht an der Flasche hängen, wenn er hoch in der Luft arbeitet. Ende April, als Honoré eintraf, war Grégoire gerade wieder »im Normalzustand«, wie seine Freunde sagten. Eine Kollegin seiner Schwester hatte bei ihm den Käfig und eine riesengroße Pappschachtel mit der persönlichen Habe Honorés abgeliefert.

»Ich versteh jetzt, warum du ihn nie besuchst. Das Viertel da in der Unterstadt ist mies, alt und verkommen. Keine Bäume, kein Gras, keine Blumen, nichts. Im Sommer muss es da furchtbar stickig sein. Ich war vorher noch nie dort – wer in Sainte-Foy wohnt, fährt eben nur in diese Gegend, wenn er muss. Man besteigt eine Außentreppe, die seit Neujahr nicht gefegt worden ist. Die Müllsäcke häufen sich und stinken, keiner bringt sie nach unten. Die Wohnung, ein Durcheinander. Und erst die Küche! Der Herd ist verdreckt, überall steht Geschirr herum, haufenweise Zeitungen, Pizzakartons, halbtote Pflanzen in Töpfen mit vertrockneter Erde, dazwischen Socken und Wäsche, der Fernseher voll aufgedreht, und seine … na, Ginette, um elf Uhr noch im Bett. Die Zwillinge hab ich nicht gesehen, Maxime und William. Ein Glück, sie können zur Schule gehen. Die Ferien sind für die beiden bestimmt kein Zuckerlecken. In dem Saustall!

Eine Riesenschande! So was hab ich noch nie im Leben gesehen. Und das ist dein Bruder?«

Pierrette seufzte: »Den hättest du mit vierzehn sehen sollen. Wenn unsere Mutter sein Zimmer aufräumen wollte, hat er sie rausgeworfen und getobt wie verrückt, wenn er was nicht finden konnte. Für Honoré schwant mir nichts Gutes. Er mag Lärm überhaupt nicht, er braucht sein Kissen, sein Spielzeug und seine Ruhe. Ach, mein armer kleiner Prinz! Im Winter streiten sich Ginette und mein Bruder von früh bis spät. Heiraten wollen sie nicht. Die Zwillinge sind nicht von ihm. Ginette wollte schon zigmal weglaufen. Im Sommer ist Grégoire ja ganz in Ordnung, aber im Winter … Furchtbar!« Sie weinte wieder.

Der Notar mochte Grégoire nicht. Der hatte sich in den bequemsten Sessel geflegelt, die Arme gekreuzt, Dreitagebart, unsteter Blick, schmutzige Jeans. Er roch stark nach Teer. Als Herr Turgeon ihm seine Verpflichtungen Honoré gegenüber erläutern wollte, war er ihm ins Wort gefallen: »Mein Alter hat mir alles erklärt. Geben Sie das Vieh schon her.«

Doch der Notar hatte weitergesprochen, während er Grégoire scharf beobachtete: »Herr Bolduc, ich weiß nicht, was Ihnen Ihr Vater erzählt hat. Ich habe die Pflicht, Sie darauf hinzuweisen, dass Sie persönlich über das Wohl des Tieres wachen müssen, wenn Sie die Zinsen des Vermögens Ihres verstorbenen Onkels genießen wollen. Sollte der Tierarzt eine Verschlechterung von Honorés Gesundheitszustand feststellen, wird Ihnen der Kater weggenommen und Sie bekommen keinen roten Heller. Ist das klar?«

Grégoire machte eine beruhigende Handbewegung: »Für hunderttausend Kröten pro Jahr würd ich einen ganzen Katzenzoo betreuen. Den Scheck fürs nächste Jahr können Sie jetzt schon ausstellen. Der ist mir sicher.«

In den Augen des Besuchers hatte der Notar dasselbe Blitzen wie beim Vater bemerkt, nur stärker. Er sagte sich: »Diesen Leuten ist Honoré völlig gleichgültig, sie sehen nur das Geld. Zwei Hyänen, die sich an den Zinsen satt fressen wollen. Gierig, widerwärtig, geizig, kleinlich, aber vor allem, der Apfel fällt nicht weit vom Stamm. Ich bin sicher, der da schafft's nicht, genau wie sein Vater.« Er lächelte kühl und höflich: »Gut. Sie sind der letzte unmittelbare Blutsverwandte Ihres Onkels, denn die Zwillinge, die in Ihrer Wohnung leben, sind nicht Ihre Kinder. Wenn Ihnen an dem Geld liegt, verspielen Sie Ihre Chance nicht.«

Weil die Unterhaltung im Frühjahr stattgefunden hatte, sah die unmittelbare Zukunft Honorés bei dem jungen Bolduc eher rosig aus. Erst zu Winterbeginn würde Grégoire wieder arbeitslos zu Hause hocken, sich langweilen und saufen. Ginette, die eigentlich ein Herz für Katzen hatte, tanzte das ganze Jahr über in einem Nachtclub. Tagsüber schlief sie. Im Februar fuhren die zwei jedes Jahr drei Wochen lang nach Florida, und zwar ohne Maxime und William, um die sich dann die Nachbarn kümmerten.

Im Sommer war Grégoire mundfaul; der Winter machte ihn so zänkisch wie eine Elster. Mit seinen Kumpanen wurde über Frauen, Sport, Politiker und dumme Entscheidungen der Vorarbeiter hergezogen. Wenn er genug getrunken hatte, tönte er, im nächsten Jahr werde er seine eigene Firma gründen. Weil aber nie etwas daraus wurde, höhnten die anderen: »Ja, das Lied kennen wir. Du wirst

Boss, wenn Ostern und Pfingsten auf einen Tag fallen und den Hühnern Zähne wachsen!« Das machte ihn wütend. Auf dem Heimweg fluchte er über den Schnee, die Kälte, die Feuchtigkeit, den Matsch auf den Bürgersteigen, seine Kameraden, alles Blödiane und Waschlappen. In seinem vernebelten Hirn, mit blutunterlaufenen Augen, ließ er in der Wohnung dann oft seine Wut an Ginette und den Kindern aus, schlug, was ihm unter die Hände kam, kurz und klein und beruhigte sich erst, wenn die Polizei an die Tür klopfte.

Als der Kater die Wohnung im Frühsommer bezog, fand er das Durcheinander höchst aufregend. Ginette war unfähig, auch nur einen Hauch von Ordnung zu schaffen, abgesehen davon, dass Grégoire seine Rumpelkammern lieb waren. Aber für Honoré gab es hier so viel zu lernen! Er war ganz vernarrt in die Wolke unwiderstehlichen Teergeruchs, der von Grégoire ausging, eine wahre Droge. Er kuschelte sich in den Korb für Schmutzwäsche, sprang dem Mann auf den Schoß, begleitete ihn zur Tür und rieb sich an dessen Hosenbeinen. Ginette und die Zwillinge interessierten ihn keinen Deut, er hing ausschließlich an Grégoire, gewöhnte sich an den Dauerlärm, schlief, wo er gerade wollte. (Pierrette hatte sich nicht getäuscht, das rote Samtkissen war schon am zweiten Tag unauffindbar gewesen, seine Spielzeuge verschwanden irgendwo, was Honoré aber nicht im Mindesten störte.) Er spazierte auf den Balkon, wo er seiner Schwäche für junge Tomatenpflanzen frönte (ohne dass sich Ginette aufregte, denn einem Millionenkater verzeiht man alles). Nur eins war zu bemängeln. Weil seine Gastgeber nicht an Katzen gewöhnt waren, vergaßen sie, seine Streu zu erneuern, was bald einen neuen, durchdringenden Gestank in die Wohnung brachte. Das blieb aber ein unwichtiges Detail. Der Tierarzt war ganz erstaunt, »ein derart verwöhntes Tier unter solchen Bedingungen« in Topform und offensichtlich glücklich zu finden. William und Maxime gingen vorsichtig mit Honoré um, denn die Mutter hatte ihnen erklärt, der schöne Kater wäre ein Vermögen wert und dürfte unter keinen Umständen auf die Straße. Wegen Honoré könnten sie nächsten Mai wahrscheinlich alle umziehen oder sich sogar ein richtiges Häuschen kaufen.

Mitte November nahm das Idyll ein Ende. Bei den ersten Schlägen, dem Geschrei der Frau und der Kinder (sie übertrieben natürlich, denn der Mann beruhigte sich schneller, wenn sie gleich laut heulten) und dem Geklirr von zerbrechendem Geschirr floh der Kater ins Bad, wo er sich unter der Schmutzwäsche versteckte. Nach Weihnachten verschlimmerten sich die Wutanfälle Grégoires noch. Eines Nachts rettete sich Honoré auf den Balkon, dessen Tür nur angelehnt war, damit es im Zimmer nicht so nach Alkohol stank. Am nächsten Nachmittag fand ihn Ginette dort mit erfrorenen Ohrenspitzen. Sie schrie Grégoire an: »Stell dir vor, wenn dem Tier ein größeres Unglück zustößt! In einem Jahr hunderttausend Dollar, doppelt so viel, wie du und ich verdienen! Wenn du so weitersäufst, verfaulen wir in diesem Loch!«

Im Sommer hatte Grégoire den Kater noch manchmal gestreichelt, ungeschickt, aber immerhin. Er schämte sich, dass ihm »das Vieh« so offen seine Zuneigung zeigte. Ein großer Hund, eine richtige Bestie, das wäre schon eher was. Wenn seine Freunde erfuhren, sein Onkel, der ihm völlig egal gewesen war, hätte ihm einen Kater vermacht und unter welchen Bedingungen, würden die sich halb totlachen. Auch den arroganten Ton des Notars konnte er nicht vergessen. Honoré störte ihn. Er nannte ihn übrigens nie beim Namen, denn den fand er lächerlich geschraubt. »Mit so was unter einem Dach, das bin ich nicht!«, sagte er, worauf Ginette ihn jedes Mal an die knapp hunderttausend Dollar erinnerte, fällig in wenigen Monaten.

Nach Ginettes Vorwürfen und noch fast nüchtern, warf Grégoire Honoré einen bösen Blick zu, schwieg jedoch. Der Kater hielt sich jetzt fern von ihm, denn der Mann roch nicht mehr so gut, sondern nach Alkohol und Zigarettenrauch. Außerdem hatte er die eisige Nacht auf dem Balkon nicht vergessen. Wer glaubt, Katzen hätten weder ein Gewissen noch ein Gedächtnis, täuscht sich gründlich. Honoré lernte schnell und vergaß nichts. Seit dem Ehekrach beim alten Omer wusste er, dass Streit Spannungen schafft, die wie eine Drohung noch lange in der Luft hängen. Bei Grégoire begann es immer mit wildem Gerenne, Stolpern, Tränen und vor allem dem erstickenden Geruch von Angstschweiß, den die anderen verströmten. Seit Winterbeginn misstraute er dem Dachdecker und ließ ihn nicht aus den Augen, war immer auf der Hut. Darüber vernachlässigte er sein Äußeres, sein Fell verlor an Glanz. Oft musste er um Futter betteln, miaute vor dem leeren Napf, was ihm Fußtritte von Grégoire einbrachte (keine ernstgemeinten, dazu fehlte ihm noch der Mut). Ständig musste er sich mit Resten zufriedengeben. Er verschlang sogar fetttriefende Pommes frites, die er gleich wieder erbrach.

Und dann ereignete sich genau das, was Pierrette und

Ginette so sehr befürchtet hatten. Die beiden Erwachsenen waren gegen zwei Uhr morgens nach Hause gekommen. Bis gegen zehn Uhr am Abend hatten Honoré, William und Maxime miteinander gespielt. Die Kinder mochten das sanfte Tier mit den schnellen Reflexen. Wenn sie es zuweilen ein wenig arg trieben, wandte der Kater ihnen einfach den Rücken zu.

Als sich die Wohnungstür öffnete, spürte er sofort die Spannung und verbarg sich in seinem Lieblingsversteck, dem Wäscheberg. Die Zwillinge schliefen fest. Grégoire, der aufs Geratewohl jemanden verprügeln wollte, nahm zuerst die Kinder aufs Korn, die sofort Reißaus nahmen und durch die Wohnung rasten. Weil er zu alkoholisiert war, um sie zu erwischen, rannte er der ebenfalls ziemlich betrunkenen Ginette ins Bad nach. Sie stolperte über die Wäsche, fiel der Länge nach hin, worauf Honoré sich ins Kinderzimmer retten wollte. Aber ein schwerer Stiefel trat ihm auf den Schwanz, ein unerträglicher Schmerz brannte in seinem Rücken. Der Kater fauchte böse und drehte sich auf den Rücken, alle Krallen gezückt. »Du willst Streit? Wart nur, verdammtes Luder!«, tobte Grégoire. Er griff nach dem Tier, das ihm eine Reihe gut gezielter Hiebe verabreichte. Zwei Sekunden später bluteten die tiefen Kratzwunden. Grégoire hielt überrascht inne, besah sich seine Hände, biss die Zähne zusammen, packte das wild strampelnde und kreischende Tier an Gurgel und Bauch, stieß die Balkontür auf, und während Ginette »Nein, bloß nicht, hör auf!« rief, warf er den Millionenkater in die eisige Nacht. Ginette und die Zwillinge rannten sofort auf die Straße. Von Honoré keine Spur.

Alles, was Bolduc hieß, wurde trotz der nachtschlafenden Zeit von Ginette zusammengetrommelt, sogar die beiden Monsterhunde kamen mit. Die Mutter verpasste Grégoire eine gepfefferte Ohrfeige: »Du Mistkerl. Du und deine Sauferei, die dich jetzt um all das schöne Geld bringt! Ich wollte das Tier nicht im Haus haben, weil ich Katzen auf den Tod nicht ausstehen kann. Aber du! Du hättest in ein paar Monaten reich sein können, auch wenn's Teufelsgeld ist. Ein Kater, der goldenen Dreck scheißt, was? (Es folgte eine zweite anständige Backpfeife.) Eine ruhige Kugel hättest du schieben können! Aber ich kenn dich ja! Säufer bleibt Säufer. Mach nur so weiter. Wir holen dich nicht aus diesem Drecksloch, dein Vater und ich! Mach, dass du mir aus den Augen gehst! Ich will dich nicht mehr sehen!« Und haute ihm rechts und links noch eine runter.

Den Hunden hielt sie Wäschestücke vor die Nase: »Los, sucht, sucht!« Sie wedelten mit dem Schwanz und sprangen bald an Ginette, bald an den Zwillingen hoch. Aber es schneite seit einer Stunde, und alle Mühe war vergebens.

Ginette und Pierrette hefteten auf alle Anschlagtafeln der umliegenden Geschäfte ein Foto von Honoré und versprachen einen guten Finderlohn. Ginette schüttete Pierrette ihr Herz aus: Das Leben mit Grégoire war unmöglich geworden: Jede Nacht dasselbe Theater, die Kinder hatten eine Heidenangst, wenn er nur in ihre Nähe kam. Außerdem wollten sie auf eine andere Schule in einer besseren Gegend gehen. Die Nachbarn waren es satt, dauernd die Polizei zu rufen; sie könnte bald nicht mehr strippen, denn die Kunden wollen keine blauen

Flecken sehen. Am liebsten würde sie mit den Kindern einfach weggehen und noch mal von vorn anfangen.

Pierrette erwiderte nicht allzu mitleidig: »Wer nicht hören will, muss fühlen.« Sagte dann, wenn Ginette Vereinsmitglied wäre, würden ihr alle helfen. Aber erst hieße es: Weg von Grégoire und raus aus dem Barmilieu! Sie müsse sich etwas ganz anderes suchen.

Zwei Wochen später gestand Grégoire dem Notar, Honoré sei verschwunden. Während der junge Bolduc, der so jung nicht mehr war, emsig seine Stiefelspitzen musterte, verlor Turgeon beinah die Beherrschung: »Schon Ihrem Vater habe ich meine Befürchtungen hinsichtlich der Zukunft des Tieres mitgeteilt. Honoré musste von einem zum anderen. Die Einzige, die ihn wirklich geschätzt hat, ist Ihre Schwester. Man konnte ja leider nicht wissen, dass sie allergisch auf Katzen reagiert. Also kommt er zu Ihnen. Und Sie, was tun Sie, nachdem er bei Ihnen gelandet ist? Sie werfen ihn mitten im Winter aus dem dritten Stock! Ich sage Ihnen klipp und klar: Ihrer Grausamkeit und Dummheit wegen haben Sie sich und Ihre Familie um ein beträchtliches Einkommen gebracht. Sie hätten ein gutes Dutzend Jahre lang eine ruhige Kugel schieben können!« Grégoire protestierte: »Recht hatte meine Alte. An allem ist nur der blöde Onkel schuld.«

Der Notar holte tief Luft. »Der Letzte Wille eines Menschen ist unantastbar. Sie haben den Mund zu halten und nicht nach den Gründen zu fragen, warum Ihr Onkel dies oder jenes bestimmt hat. Er trug Ihnen einen ganz kleinen Dienst auf, den er königlich entlohnen wollte. Was braucht schon eine Katze? Futter, Wasser, eine saubere Wohnstatt und etwas Zärtlichkeit. Sie aber haben buchstäblich ein Vermögen aus dem Fenster geworfen. Ich kannte Honoré. Er war sanft und anhänglich. Ohne Nahrung überlebt er die Kälte nicht. Und jetzt: Verlassen Sie mein Haus! Unterschreiben Sie im Vorzimmer die Verlusterklärung, meine Sekretärin hat sie schon vorbereitet. Die Rechnung für Ihren Besuch kommt nächste Woche per Post.«

Grégoire unterzeichnete die Verlustmitteilung und den Erbschaftsverzicht. Er schien geschrumpft. Beim Hinausgehen zischte er: »Alles wegen dem verdammten Vieh!«

Selbigen Abends betrank er sich dermaßen, dass er zwei Tage lang auf einer Trage im Notdienst des nächsten Krankenhauses lag. Als er nach Hause kam, waren Ginette und die Kinder verschwunden.

Das Ende der Geschichte wäre beinah ein wenig zu sehr wie das Happy End eines Kinderfilms, wo der Menschenfresser endlich tot ist und der Däumling seine Eltern wiederfindet, würden wir nicht Herrn Turgeon vertrauen, der nie lügt und schon gar nichts erfindet.

Ende Mai machte der Notar einen Rundgang in seinem Park, um sich die Arbeit des Gärtners nach dem Winter anzusehen. Er liebte diese Insel des Friedens, wo er das Brausen der Stadt kaum hörte. Die gekiesten Pfade führten ihn bis zur Grenzmauer seines Besitzes. Hier glitt sein Blick über die kugelförmig geschnittenen Büsche, als er die Augen einer grauen Katze unter den tiefsten Zweigen entdeckte. »Honoré?! Bist du das? Wirklich?«, fragte er und trat näher.

Das Tier rührte sich nicht. Es war schmutzig, unsagbar mager, die Ohrränder offene Wunden, es hatte Löcher im

Fell, an der Nase klebte dunkler krustiger Schleim. Aber über die Augenfarbe konnte kein Zweifel bestehen. »Du lieber Himmel! Wie siehst du aus! Auf Rosen solltest du gebettet sein, und nun so ein Elend! Was hast du wohl alles durchgemacht, um zu überleben!« Dann ging er in die Hocke und lächelte: »Jetzt bist du ein Streuner unter vielen. Das Vermögen deines früheren Meisters hat der Tierschutzverein. Vor einem Monat haben wir dich für tot erklärt. Nach dem Abenteuer mit diesem Unmenschen war der Kreis geschlossen. Aber du bist zu mir zurückgekommen. Du hast keine Ahnung, wie mich das freut!«

Jacques Turgeon war tief bewegt. Er streichelte Honoré, nahm ihn schließlich sanft hoch und trug das federleichte Tier ins Haus. »Zunächst musst du zum Doktor. Danach bleibst du bei mir. Früher haben mich Katzen nie sehr interessiert, aber seit ich dich kenne … Du bist etwas ganz Besonderes. Du magst Papier und Schubladen. Ich meine immer, du verstehst ganz genau, was ich dir sage. Warte nur, du wirst schon sehen, es wird alles so wie früher, nur viel schöner, weil du nicht mehr wegmusst.«

Als Honoré eine Woche später vom Tierarzt zurückkam, war er wie verwandelt. Anstelle der Wunden sah man helle kahle Flecken, die bald wieder gesundes Fell bedecken würde. Der Tierarzt hatte die Ohren stutzen müssen, was Honoré einen seltsamen Gesichtsausdruck gab. Monatelang blieb er schreckhaft; beim kleinsten unbekannten Geräusch verschwand er oder machte sich so klein wie möglich. Der Notar sprach ihm oft gut zu. Nur langsam fand Honoré die alten Gewohnheiten wieder und verlor seine Scheu.

Einigen Mandanten schien der graue Kater auf dem

Schoß von Herrn Turgeon eine Marotte. Wenn sie zu laut sprachen, machte der Notar eine Geste, als wollte er sagen: »Entschuldigen Sie, aber es wäre ungehörig, die Ruhe meines Freundes zu stören.« Andere hingegen waren der Meinung, die ständige Gegenwart Honorés hätte etwas Apartes.

Der Kater lebte noch vierzehn Jahre. Herr Turgeon bestattete ihn unter den Kugelbüschen und legte einen glatten hellgrauen Stein auf das Grab. HONORÉ steht darauf in Bronzebuchstaben geschrieben. Der Notar trauerte lange um seinen Freund und hat ihn nie ersetzen wollen.

Der Tierschutzverein baute zwei Heime für herrenlose Katzen und Hunde, die den Namen »J. Ernest Bolduc« tragen. Mit den Zinsen des restlichen Vermögens werden ein Tierarzt und das Futter für die Tiere bezahlt.

Omer starb Jahre vor Honoré. Noch heute wechselt Pierrette regelmäßig die Straßenseite, wenn ihr eine Katze entgegenkommt. Was aus Ginette und den Zwillingen geworden ist, weiß Herr Turgeon nicht. Auch über Grégoire ist ihm nichts bekannt. Er meint jedoch: »Er wird so leben wie eh und je. Die Wut, dass er ein Vermögen aus dem Fenster geworfen hat, frisst ihm sicher so viele Löcher in die Leber wie der Alkohol.«

Der satten Katze stinkt der Hintern der Maus

In der folgenden Geschichte gibt es nur einen Mann, eine Frau und einen Kater, dem es eigentlich nicht besser gehen könnte und doch fehlt ihm etwas. Was er will? Das Einfachste auf Erden, Zärtlichkeit oder, wenn möglich, Liebe. »Liebe!«, höre ich manche von Ihnen sagen und sehe sie mit den Schultern zucken. »Ist das nicht ein bisschen übertrieben? Was interessiert uns eine Geschichte von einem verzärtelten und verwöhnten Kater, der Liebe will? Man erspare uns bitte ein rührendes Melodram wie aus einem dieser unerträglichen Liebesromane! Darüber vergießen wir keine einzige Träne! Katzenliebhaber, wir riechen Lunte! Eurem vergötterten Stubentiger verleiht ihr menschliche Gefühle. Im Grunde seid ihr nicht besser als eure Gegenspieler, die bestimmten Hunden die Intelligenz von dreijährigen Kindern zuschreiben.«

Eile mit Weile. Eins ist sicher: Der Kater, um den es hier geht, hat einen besonderen Charakter. Wer Katzen mag, begreift sofort, worum es in der folgenden Erzählung geht. Und denjenigen, für die eine Katz eine Katz bleibt, sei versprochen: Sie werden sich trotzdem amüsieren!

Eine Duftwolke und ihre Stilettoabsätze hatten die Frau angekündigt. Nun sagte sie der Besitzerin der Zoohandlung, indem sie mit dem Finger auf ein Kätzchen zeigte:

»Das da. Es gefällt mir. Ich nehm es.«

»Ist das Ihre erste Katze? Vielleicht keine gute Idee, sich eine auszusuchen. Eher geschieht das Gegenteil. Lassen Sie die Katze auf sich zukommen. Sonst klappt es zwischen Ihnen und ihr wahrscheinlich nicht. Bestenfalls bleibt das Tier höflich, aber es wird Sie nicht lieben.«

»Mein Freund hat mir dasselbe erzählt. Ich glaub aber nicht an so einen Unsinn wie zum Beispiel, dass es bei der ersten Begegnung zwischen Katze und Herrn Funken sprüht. Nein, ich will das da. Es ist das Schönste, das Sie haben. Die anderen sprechen mich überhaupt nicht an. Aber das Graue sieht aus wie die Katze, von der mir mein Freund ein Bild gezeigt hat, so eine mit langem silbrigem Fell und einem hübschen Kopf. Ich hoffe, es ist gesund?«

»Aber natürlich. Es ist schon gegen Katzenhusten geimpft. Außerdem haben Sie auf all unsere Kätzchen eine Woche Garantie. Fast zwei Monate alt ist es. Sie kommen gerade richtig für die Adoption.«

»Und was frisst es?«

»Ich habe es schon an Trockenfutter gewöhnt. Das ist praktischer als Dosennahrung.«

»Das trifft sich gut. Ich arbeite tagsüber, ich kann nicht auch noch Kindermädchen spielen. Für Probleme aller Art ist mein Freund zuständig, ein Katzenexperte. Er will aber keine mehr, weil er letztes Jahr seine uralte Katze verloren hat, eben diese Silberfarbene. Das hier wird ihn an sie erinnern. Stellen Sie sich vor: Wenn wir auf der Straße einer Katze begegnen, kann er einfach nicht anders und redet mit ihr. Er bleibt immer so lange stehen, dass mich die

Leute schon schief ansehen. Ich kauf's, um ihm eine Freude zu machen. Ich mach mir eigentlich nichts aus Tieren, aber ich werd's schon lernen.«

Sie sah auf die Uhr.

»Verflixt! Ich müsste längst im Büro sein. Immer diese Hetze.«

Mit einem zerstreuten Blick auf das kleine Ding, das unbeweglich auf der Verkaufstheke saß und sie musterte: »Wie viel kostet es?«

Die Besitzerin des Tiergeschäfts nannte eine lächerliche Summe für ein so hübsches Tierchen und gab der Frau einige Ratschläge für die Nahrung. Sie sollte zwei Näpfe mitnehmen (»Sie haben weniger Arbeit, als wenn Sie Untertassen benutzen«), eine rechteckige Plastikschüssel für die Streu (»Keine Sorge, es ist längst sauber«) und schließlich einen leichten tragbaren Käfig (»Für die Besuche beim Tierarzt«). Sie betonte nachdrücklich: »Wissen Sie, keine zwei Katzen gleichen sich. Die Kleine hier ist intelligent (die Kundin verzog das Gesicht) und von ihrer Mutter gut erzogen (erneute Grimasse). Doch, ich kenne sie seit Jahren. Wir hatten nie Schwierigkeiten mit einem Wurf von ihr, keine Klagen.«

Die Frau beglich die Rechnung, klemmte sich das Kätzchen unter den Arm, verließ den Laden, öffnete die Wagentür, setzte es auf den Beifahrersitz, betrachtete es eine Weile und meinte: »Ich hoffe, dass du ihm gefällst.« Sie rannte zurück ins Geschäft, um den Käfig sowie die Tasche mit dem Futter, den Näpfen und der Streu zu holen, warf alles in den Kofferraum, startete und fuhr los wie der Teufel. Das Tierchen krallte sich auf dem Sitz fest.

»He!«, rief sie, »zerkratz mir nicht das Leder! Hat eine Menge Geld gekostet!« Sie unterbrach sich und zischte dann durch die Zähne: »So weit ist es schon gekommen. Da sitz ich und red mit einer Katze.«

Einige Minuten später hielt sie vor dem Hochhaus, in dem sie wohnte. Sie nahm den Aufzug, die schwere Tasche mit den Einkäufen in der linken Hand, das Silbergraue unterm rechten Ellbogen. Vor ihrer Wohnungstür ließ sie es fallen und musste ihm nachlaufen, denn es galoppierte schon weit hinten im Korridor.

»Bei mir musst du gleich einiges lernen. Hier im Haus sind Hunde nicht erlaubt, Katzen werden geduldet, solang sie in der Wohnung bleiben.«

Sie quetschte es stärker unter den Arm. Weil es kaum mehr Luft bekam, ruderte es mit den Pfötchen in der Luft, machte Telleraugen und piepste ängstlich.

Sie schloss die Tür, setzte es auf die glatten Fliesen in der engen Diele, brachte die Plastikschüssel mit der Streu ins Bad, lief in die Küche, goss Wasser in einen Napf, in den anderen das Futter in Form von winzigen Fischen. Als sie das Tierchen holen wollte, um ihm den Weg zu seiner Mahlzeit zu zeigen, war es verschwunden. Sie sah auf die Uhr, zuckte wieder die Achseln und schloss hastig von außen die Tür ab.

Endlich allein, wartete das Kätzchen eine Weile, bevor es sich aus seinem vorläufigen Versteck herauswagte, einer Kommode, deren Füße gerade so hoch waren, dass es sich unter das schwere Möbelstück zwängen konnte. Es hörte bisher unbekannte Geräusche: Leise Schritte im Gang, irgendwo im Gebäude lief Wasser durch ein Rohr, auf der

Straße hupten Autos. Später erkundete es das Schlafzimmer, in dem es unangenehm roch – dieses Parfüm hatte es schon verschreckt, als sie ins Geschäft gekommen war. Im Badezimmer war der Geruch weniger penetrant. Es fand die saubere Streu und machte gleich ein Geschäftchen. Jetzt gehörte ihm wenigstens die Schüssel. Es fühlte sich allein, hier gab es keine gleichaltrigen Spielkameraden wie in der Zoohandlung. Da miaute es eine Weile, als riefe es nach ihnen oder der Mutter.

Nach dem Bad entdeckte es ein anderes Zimmer mit Stapeln von Papier auf dem Fußboden, neben dem Schreibtisch. Es sprang auf einen ledergepolsterten Stuhl, der die Duftnote der Frau trug, verließ ihn sofort und schlich den kurzen Gang entlang. Es entdeckte das Wohnzimmer, legte sich unter den Fenstern auf den hellen Spannteppich mitten in die Sonne und ruhte sich aus, bevor es die großen Töpfe mit den Pflanzen in der Ecke untersuchte, deren Blattwerk ihm eine hervorragende Versteck- und Fluchtmöglichkeit schien. Schließlich kam es in die Küche. Der Geruch dort gefiel ihm nicht übel, denn die Frau benutzte das gleiche Putzmittel wie die Ladenbesitzerin. Die Näpfe erkannte es gleich. Wegen der Aufregung während der Reise und der Wärme in der Wohnung trank es Wasser, rührte aber das Futter nicht an.

Es zog sich unter die Pflanzen zurück und rollte sich zusammen; von hier aus konnte es alles gut überblicken. Die neuen Geräusche störten schon nicht mehr, es tat einen tiefen Atemzug, schloss die Augen und schlief ein.

Der Schlüssel im Schloss riss es aus einem Traum. Als die Tür zufiel, war es alarmbereit, rührte sich jedoch nicht.

Die Frau rief: »Miezmiezmiez, wo bist du?«

Sie lief durch die Wohnung, ohne es zu finden, und knurrte: »Stimmt doch gar nicht, dass einen die Katze schon an der Tür erwartet und eine großartige Gesellschafterin ist!« Im Bad stellte sie fest: »Aha! Es hat die Streu benutzt. Wenigstens hat es nicht den Teppich schmutzig gemacht.«

Das Kätzchen hörte sie im Schlafzimmer fuhrwerken, spürte die schwachen Erschütterungen im Fußboden, als sie in die Küche ging.

Sie machte Licht. »Hat nichts gefressen und auch wohl kein Wasser getrunken. Wenn's krank ist, bring ich es sofort zurück. Hat ja noch Garantie.« Dann suchte sie nicht mehr weiter nach ihm.

Dabei wartete das Kleine reglos in seiner Ecke ab, das Kinn auf dem Teppich, die Ohren in dauernder Bewegung, um besser den Geräuschen von Pfannen und Töpfen zu folgen. Es musste die Frau erst einmal beobachten.

Neben der Küche stand ein runder Esstisch mit vier Stühlen, auf deren Sitzen Samtkissen lagen. Die Frau legte Teller und Bestecke auf die Tischplatte. Das Silbergraue rührte sich nicht. Dann kam ein Mann herein und mit ihm ein vertrauter Geruch, der es an etwas Angenehmes erinnerte: Im Hinterzimmer der Zoohandlung, wo die Besitzerin ihm die erste Impfung verabreicht hatte, gab es einen großen Aschenbecher, dessen Inhalt es regelmäßig herausklaubte. Die Zigarettenstummel waren dann an den unwahrscheinlichsten Plätzen wieder aufgetaucht ... Die Erinnerung entspannte das Tierchen, es freute sich auf Spiele und begann leise zu schnurren.

»Wo ist denn dein Kätzchen?«, fragte der Mann.

»Keine Ahnung, es hat sich wohl versteckt. Seit ich

von der Arbeit zurück bin, hab ich es noch nicht gesehen.«

Nach einer Weile meinte der Mann: »Aber da ist es ja, in der Ecke. Du hast es nicht entdeckt, weil es ein bisschen heller als der graue Teppich ist! Du könntest es Grisou taufen, das passt prima. Ein Name, der weich klingt. Katzen mögen keine Laute wie ein scharfes *s* oder ein *t*, das tut ihren empfindlichen Ohren weh.«

Er legte sich der Länge nach auf den Boden, ein paar Schritte vor dem Kleinen, das ihn aufmerksam beobachtete. Der Mann grub den Zeigefinger in den Flor des Teppichs. Nach kurzem Zögern kam es näher: Dieses Spiel kannte es noch nicht. Es ging langsam um die Hand herum und schätzte den besten Angriffswinkel ab. Der Mann ergriff es sanft und blies ihm sachte aufs Fell. Einen Augenblick lang blieben beide so liegen. Menschenfingerspitzen glitten über Kätzchenrücken. Da schnurrte es wieder. »Grisou, was? Grisou, wir passen großartig zusammen, du und ich. Was meinst du, Grisou?« Seine Stimme war leise, und er roch gut.

»Ich sehe, du hast das Katzenkind schon verführt«, sagte die Frau, die Gläser und eine Schüssel auf den Tisch stellte. »Du und Katzen! Keine Ahnung, was du mit ihnen machst, aber es klappt immer. Sobald du dich ihnen näherst, kommen sie nicht mehr von dir los. Du musst mir deine Kniffe zeigen. Lass jetzt, das Essen ist fertig.«

Der Mann setzte das Kätzchen auf den Teppich und ging in die Küche zum Händewaschen. Es wollte ihm folgen, blieb dann aber stehen, um der Frau nicht zu nahe zu kommen.

Als er am Tisch saß, sagte der Mann: »Zunächst einmal, das ist kein Fräulein, sondern ein junger Bursche. Bei dem dichten Pelz ist es aber auch schwierig, den Unterschied zu erkennen. Hast du im Geschäft nicht danach gefragt?« Er machte eine kurze Pause, kaute hastig, murmelte, das Essen sei gut wie immer, und meinte dann: »Ich glaube, dein Katerchen stört etwas.«

Zwischen zwei Bissen antwortete die Frau: »Ob männlich oder weiblich, war mir egal. Ich hab's wegen der Farbe gekauft. Wenn du mich fragst, er muss sich erst noch an die Wohnung gewöhnen. Aber jetzt iss erst mal, sonst wird alles kalt. Später könnt ihr beide miteinander spielen, so lang ihr wollt.« Der Rest der Mahlzeit verlief schweigend, nur die Augen des Mannes und des Katers begegneten sich immer wieder.

Nach dem Essen half der Mann beim Tischabdecken. In der Küche knallte sie die Teller auf die Arbeitsplatte; der Mann räumte das Geschirr in die Spülmaschine. »Vorsicht – wie schon gesagt, Katzen mögen keinen Lärm. Sie haben ein überaus feines und empfindliches Gehör. Geh sacht mit ihm um und sprich leise.«

»Du nervst! Ich hab keine Porzellanfigur gekauft, sondern ein Tier, das mir Gesellschaft leisten soll. Ich werd mich schon an ihn gewöhnen, genau wie er sich an mich. Ende der Diskussion.« Als sie seine Überraschung über die Schärfe ihrer Bemerkung sah, fügte sie in versöhnlichem Ton hinzu: »Ich kauf ihm was zum Spielen. Tagsüber kann er hier nach Herzenslust toben. Und abends bist du ja mit ihm zusammen. Einverstanden? Ich seh schon, ihr zwei seid ein Herz und eine Seele.«

Der Mann hatte sich auf den Fußboden gesetzt und rauchte eine Zigarette. Vor ihm lag der Kleine auf dem

Rücken und zerfetzte ein Papiertaschentuch, sprang danach auf alle viere, versteckte sich hinter den Pflanzen und wartete gespannt auf das nächste Spiel.

Das war im März gewesen. Im Herbst war Grisou ein kräftiger, noch etwas tapsiger Kater geworden, der sich der Frau gegenüber höflich, doch reserviert benahm, auch wenn sie allein waren. Sie konnte ihn zigmal rufen, er kam nicht, wollte nicht von ihr gestreichelt werden und hielt auf Distanz. Sie hatte ihm Spielzeug gekauft: eine ständig nickende Katzenpuppe, eine mit Katzenminze ausgestopfte Maus, eine niedliche weiße Samtratte. Er rührte die Sachen nur in Gesellschaft des Mannes an. Setzte sie Grisou auf die Küchenablage zum Bürsten, gab er kaum einen Muckser von sich, auch wenn sie brüsk mit dem Metallkamm umging oder ihm verfilzte Haarbüschel ausriss. »Das könnt ich sammeln«, sagte sie zu ihm. »Im Nu hätt ich genug, mir einen Schal zu stricken. Dein Silbergrau ist jetzt noch schicker als im Frühjahr. Dabei lang, weich und glänzend. Fast wie Chinchilla.«

Sie sprach mit ihm nur während dieser Sitzungen. Ihrem Freund sagte sie: »Ich komm mir doch zu blöd vor, wenn ich mit ihm rede. Er sieht mich an und versteht absolut nichts, glaub mir. Und ich hab keinen blassen Schimmer, was er will, wenn er miaut, was er übrigens selten tut. Ich hab offenbar nicht dein Händchen. Auf jeden Fall, der ist ganz anders als deine heißgeliebte Zazou! Die war ja praktisch dein Baby. Am Anfang hab ich dir nicht geglaubt, aber dann ist mir auf einmal klargeworden, dass sie wirklich alles verstand, was du gesagt hast. Als es zum

Tierarzt ging, um sie einzuschläfern, hätt ich schwören können, sie wusste, was ihr bevorstand.«

Der Mann zog ein schmerzliches Gesicht und streichelte Grisou, ging aber nicht auf die Bemerkung ein. Er sprach selten von Zazou oder den anderen Katzen, die seinen Lebensweg gekreuzt hatten.

Bevor die Frau morgens die Tür hinter sich abschloss, stellte sie Grisou zwei gefüllte Näpfe hin, begutachtete den Zustand der Streu – die der Kater nur im Notfall in ihrer Gegenwart benutzte und nie, wenn sie duschte oder sich schminkte –, schloss die Fenster und die Balkontür. Dass er tagsüber allein war, störte ihn nicht, die ganze Wohnung war ja sein Revier. Er hatte seine Backen an allen strategischen Punkten gerieben, Wandecken, Wohnzimmerschrank, Tischbeinen, und seine Duftmarke hinterlassen, die er sofort erneuerte, wenn die Frau samstags beim Putzen die dunklen Spuren abwischte.

Einen Monat nach seinem Einzug hatte sie ihm eine Strafpredigt gehalten: Der untere Teil eines Vorhangs und das Kissen des Stuhls, auf den sich der Mann meistens setzte, waren zerrissen. Sie hatte den Kater in den Käfig verfrachtet und zum Tierarzt gebracht, der ihm die Krallen zog und, »das machen wir in einem Aufwasch«, seine Männlichkeit raubte. Einen Tag später hatte ihm der Mann lang und kopfschüttelnd auf die verbundenen Pfoten geblasen und versucht, ihn wegen der anderen Operation zu trösten. Das hatte dem Kater gutgetan. Schon bald bearbeitete er Vorhang und Kissen, als hätte es nie eine Operation gegeben. Tagsüber konnte er vom Stuhl des Mannes aus, seinem Lieblingsplatz, den Balkon beobachten, denn nur dort tat sich zuweilen etwas. Dann wurden auch das Flattern von Vögeln und der Tanz der Herbstblätter vor der großen Glastür langweilig.

Wenn sie nicht dieses Parfüm getragen hätte, wäre er ihr vielleicht nähergekommen. (Es kann durchaus sein, dass der unüberwindliche Widerwille gegen diesen Geruch – reine Spekulation unsererseits – die Ursache aller Schwierigkeiten war, die noch kommen sollten. Doch wollen wir nicht vorgreifen.) Er wartete bis zum Mittag, bevor er seine Kiste aufsuchte; dann hatte sich der garstige Geruch im Bad verflüchtigt. Ins Schlafzimmer ging er so gut wie nie, denn dort steckte das Parfüm sogar im Teppichboden. Seine Zuflucht war der Stuhl des Mannes, und mit der Tischplatte über ihm fühlte er sich so sicher wie in einer Höhle. Sobald er den Schlüssel im Schloss hörte, lief er in die Pflanzenecke, wo er bis zur Ankunft seines Freundes blieb, denn er kannte bald die verschiedenen Arbeitsstadien an den Geräuschen in der Küche. Wenn die Teller auf dem Tisch standen, huschte er zur Eingangstür, wo er seinen Freund begrüßen wollte. Sobald die Frau die Tür öffnete – »Aber komm doch herein! Ich versteh nicht, warum du immer noch klopfst – du hast doch einen Schlüssel!« –, beschrieb der Kater um und zwischen den Füßen des Mannes Kreise und Achten, rieb sich an den Hosenbeinen und schnupperte nach Neuem: Straßenstaub, Wichse und Wolltuch zum Schuhpolieren, feuchtem Laub. Dann kam das tägliche Programm im Wohnzimmer: Spiele und Herumrennen. Nach ein paar leichten Klapsen hatte Grisou begriffen, dass Hände kein gewöhnliches Spielzeug sind. Für ihn stand auch fest, dass der Mann Manieren hatte, im Gegensatz zur Frau.

Einmal sagte sie ihrem Freund mit grämlicher Miene: »Du kommst ja nicht meinetwegen, sondern weil du mein Essen magst und gern mit dem Tier spielst. Ich bin bloß euer Dienstmädchen. Für dich jeden Abend eine anständige Mahlzeit, für deinen Spielkameraden Kroketten, Quellwasser, Bürsten, Streu, regelmäßige und teure Besuche beim Tierarzt.« Sie fügte hinzu, mit einem Hauch von Eifersucht: »Er kommt sofort, wenn du ihn rufst. Ich versteh nicht, warum er bei mir auf Distanz bleibt. Dabei umsorge ich ihn doch. Ich mach alles genau so, wie du es mir gesagt hast. Wenn er dir gegenüber auch so verschlossen wäre, würde ich sagen, er ist eben stur und bockig. Aber kaum bist du in der Wohnung, hängt er an dir wie eine Klette.«

Der Mann lächelte kurz und warf einen Blick auf Grisou, der auf seinem Schoß lag. »Du bist halt etwas temperamentvoll! Das schätze ich an dir, wie du weißt. Aber mit dem Katerchen darfst du nicht laut sein. Außerdem, *ich* mag zwar dein Parfüm, aber Katzen und Menschen haben nicht die gleichen Vorstellungen davon, was gut riecht.« Sie schmollte, er setzte Grisou auf den Teppich und gab ihr einen Kuss. Dann spielte sich etwas ab, das sich oft nach dem Essen wiederholte: Der Mann und die Frau gingen ins Schlafzimmer und schlossen die Tür. (»Wenn er dabei wäre, würde ich mich schämen. Ehrlich!«, sagte sie.) Ein paar Minuten später hörte der Kater, wie sie sich auszogen, Flüstern, Bewegungen. Noch später war alles ruhig, er roch Tabakrauch, die Tür ging wieder auf und die beiden duschten zusammen. Gegen elf verabschiedete sich der Mann, vergaß aber nie, Grisou noch einmal zu streicheln, bevor er die Wohnung verließ.

Ende Februar packte die Frau einen Koffer. Den halben Tag lang leerte sie den Kleiderschrank, probierte an, stellte sich vor den Spiegel und musterte sich von oben bis unten. Der Kater beobachtete sie unruhig von der Türschwelle aus. Als sie ausging, um ein paar Einkäufe zu machen, überwand er seinen Abscheu und prüfte, was auf dem Bett verstreut lag. Alles uninteressant. Er fand das Benehmen der Frau seltsam, war jedoch weniger als gewöhnlich auf der Hut, denn er sah nirgends den Käfig, der immer einen Besuch beim Tierarzt versprach, und der würde ihm weh tun. (Letztes Mal war es allerdings nicht so schlimm gewesen, er hatte ihn nur abgetastet, sich die Pfoten und das Hinterteil angesehen.)

Bald kam die Frau mit ein paar großen Papiertüten zurück. Grisou hörte die Schritte des Mannes im Korridor und setzte sich wie gewohnt erwartungsvoll in die Diele. Aber diesmal bekam er nur ein kurzes Kraulen unterm Kinn. Der Mann ging ins Schlafzimmer.

»Alles fertig, wie ich sehe. Ich wäre ja gern mitgekommen, aber so wie die Dinge nun einmal stehen, werde ich hier Trübsal blasen und zur Arbeit gehen. Und das bei der Kälte! Wenigstens kann ich mich um Grisou kümmern.«

»Verhätscheln wirst du ihn, ich kenn dich doch. Du kannst ja kaum erwarten, dass ich aus dem Haus bin, um damit anzufangen.«

»Ach was. Ich bin den ganzen Tag bei der Arbeit, wie du. Abends werde ich früh schlafen gehen. Du weißt ja, im Winter verwandle ich mich in ein Murmeltier. Du hast es gut, diese widerwärtige Jahreszeit mit deiner Reise in den Süden zu unterbrechen.«

»Du hättest nur energischer auftreten müssen, um ein

paar Tage Ferien zu bekommen. Aber du bist viel zu nett, du lässt anderen den Vortritt und bist so immer zuletzt an der Reihe.«

Etwas später fragte sie:

»Was machst du denn abends? Gehst du wieder ins Restaurant?«

»Ja, das ist das Einfachste. Deine gute Küche wird mir fehlen. Aber es sind ja nur vierzehn Tage. Wenn du zurückkommst, bin ich topfit. Jeden Abend einen Spaziergang.«

»Wer's glaubt, wird selig. Du und Spazierengehen in Schnee und Eis, mit gefrorenen Ohren? Wie heißt es doch? Richtig, am Sankt Nimmerleinstag! Hol dir das Kleine, wann es dir passt.«

Sie hatte die Gewohnheit beibehalten, Grisou »das Kleine« zu nennen, vielleicht um ihrem Freund zu zeigen, der Kater sei für sie wie ihr Kind. Weil wir aber ihre Gedanken nicht kennen, wollen wir ihr auch nichts unterstellen.

Am folgenden Tag kam der Mann schon früh am Morgen und trug Stiefel, Mantel und Mütze. Er war ungeduldig und klimperte mit den Schlüsseln, während sie aus der Küche rief, wo sie noch ihr Frühstücksgeschirr abwusch: »Bin fertig, komme sofort!« Sie schlüpfte in hübsche Schuhe und warf sich einen Sommermantel über, wobei sie meinte, die Wärme im Süden würde ihr guttun. Wäre er mitgefahren, hätte sie Grisou beim Tierarzt lassen können. »Aber davon hast du ja nichts wissen wollen. Schade.« Dann wandte sie sich an den Kater und trug ihm mit gespieltem Ernst auf, brav zu sein. »Lass dich bloß nicht von ihm so um den Finger wickeln, wie er das mit uns Frauen tut.«

Am Abend kam der Mann zur gewohnten Zeit, ließ jedoch die Tür weit offen. Der Kater wagte sich bis zur Schwelle vor, die er nicht überschritt, er hatte die Lektion am Tag seiner Ankunft gelernt. Aus der Küche holte der Mann die Näpfe, die Futtertüte, und aus dem Bad die Streu. »Komm mit. Wir machen eine große Reise, zuerst den Korridor entlang, dann nehmen wir den Aufzug, danach gibt es noch mal einen Gang. Das wird ein Spaß, zwei Wochen lang nur du und ich. Na, was meinst du?«

Das Leben des Katers wurde umgestülpt wie ein Handschuh. Obwohl die neue Wohnung der seinen ähnlich sah, war doch alles anders, von den Gerüchen bis zum Bezug der Polster. Der Mann las viel und setzte sich immer in den gleichen Sessel; es gab weder Radio noch Fernsehen. Er bewegte sich langsam, war leise. Der Kater machte genauestens seine Runde, um sich jede Einzelheit einzuprägen, sprang aufs Bett, streckte sich kurz auf dem Kopfkissen aus, wo der Duft des Mannes stärker war als anderswo, schlüpfte ins Bad, denn da roch es gut nach Tabak, fand seine Kiste mit Streu in einer Küchenecke sowie die Näpfe vor der doppelt verglasten Schiebetür, der einzige Unterschied zur Wohnung der Frau. Als er ins Wohnzimmer kam, rieb er sich gewissenhaft an den spärlichen Allerweltsmöbeln, näherte sich schließlich dem Mann, sprang ihm auf den Schoß und knetete den Stoff der Hose eine Weile durch wie ein Bäcker seinen Teig.

Der erste Abend wurde nur von einem Anruf unterbrochen.

»Wie war die Reise? Bist du mit dem Hotel zufrieden? ... Wie ist das Wetter bei dir? Ah, freu mich für dich, du hast

Glück … Nein, nichts Besonderes. Wir haben es uns gemütlich gemacht … Er schläft gerade. Wo? Auf meinem Schoß natürlich … Was machst du morgen? Na, hast du ein Glück! … Nein, meinen Spaziergang habe ich nicht gemacht, ich möchte, dass er sich an die Wohnung gewöhnt … Ich weiß, bloß eine Ausrede, nicht hinauszugehen. Gute Nacht. Küsschen … Ja, ich dich auch.«

Auch während des Anrufs hatte er Grisou, der aufgewacht war und ihn beobachtete, gestreichelt. Danach las er weiter.

Von einem Tag zum andern verlor der Kater seine Scheu und verwandelte sich wieder in ein Kätzchen. Aus einer Porzellanfigur wurde die Seele des neuen Heims. Gleich in der ersten Nacht schlief er im Bett, ganz dicht neben dem Kopf des Mannes. Sobald der sich nach dem Aufwachen streckte und die Pantoffeln anzog, lief der Kater in die Küche. Trödelte der Mann, kam er ins Schlafzimmer zurück und beschwerte sich, weil er mit ihm frühstücken wollte. Vorher wusch der Mann die Näpfe aus, füllte sie für den Tag und stellte sie neben den Tisch. Dann röstete er Brotscheiben, bestrich sie mit Butter und Marmelade, machte Kaffee. Beim Essen hörte er, wie die Kroketten unter den Zähnen seines Gastes knackten. Danach gab es ein neues Fest: Der Mann zündete sich die erste Zigarette an, Grisou sprang ihm auf den Schoß, ließ sich zur Seite fallen und wartete auf die Hand, die sich in sein Fell vergrub. Dann streckte er sich, schloss die Augen, ganz Hingabe und Zutrauen.

Sie taten alles gleichzeitig: Während sich der Mann duschte oder rasierte, saß Grisou auf der Schwelle und machte Toilette, wobei seine raue Zunge ausgiebig sein glänzendes Fell bearbeitete. Schickte sich der Mann an, die Toilette zu benutzen, zog sich der Kater diskret zurück und erledigte sein eigenes Geschäft. Er kam pünktlich zum letzten Morgenspiel zurück, der Krawattenwahl. Der Mann nahm mehrere mit vor den Spiegel, verwarf eine nach der anderen und schleuderte sie aufs Bett, was Grisou ganz verrückt vor Wonne machte. Vor dem Binden der letzten brachte der Mann sie zum Tanzen, beschrieb Kreise in der Luft, schleifte sie über die Stuhllehne. Hatte er das Haus verlassen, kehrte der Kater ins Schlafzimmer zurück und richtete sich bequem auf seinem Kopfkissen ein, schlief, träumte, stand ab und zu auf, um sich zu versichern, dass alles in der Wohnung noch an seinem Platz war, fraß und trank tüchtig. Dunkelheit bedeutete, bald den vertrauten Schritt des Mannes im Korridor zu hören.

Eines Morgens lud ihn der Mann ein, ihm zu folgen. Ohne Zögern fuhr er mit ihm nach unten. Als sich der Fahrstuhl öffnete, sauste er in den Korridor, blieb abrupt vor einer Tür stehen. Kein Zweifel: Hier war der Geruch, den er verabscheute. Der Mann öffnete, um ihn einzulassen, aber Grisou war schon wieder an der Aufzugstür.

»Nein, Grisou«, sagte der Mann, der ihm gefolgt war, »die Ferien sind vorbei. Heute Nachmittag werde ich sie vom Flughafen abholen. Du musst wieder nach Hause. Tut mir leid, mein Lieber.« Er nahm ihn auf, streichelte den Kopf. Die Pupillen des Tieres waren weit geöffnet. »Aber was denn, du brauchst keine Angst zu haben. Sie ist wirklich nett, ich kenne sie. Sie hat bloß noch nicht den Bogen bei dir heraus. Kommt Zeit, kommt Rat, wie es heißt. Hab Geduld.«

Das große Wiedersehen fiel eisig aus. Als Grisou den Schlüssel im Schloss hörte, versteckte er sich hinter den Papierstapeln neben dem Schreibtisch, kam auch nicht, als ihn der Mann rief. Er hörte, wie sie ins Schlafzimmer gingen, sie mit der großen Tasche, er trug den Reisekoffer. Sie gönnten sich ein paar Minuten ganz für sich und gingen dann ans Auspacken.

Der Mann meinte, Grisou würde ihr wohl ein paar Tage lang die kalte Schulter zeigen. »Viele Katzen tun das, einfach weil sie Ortswechsel schlecht vertragen.« Wobei er sie mit der Wahrheit verschonte: Eine Zeitlang hatte Grisou im Paradies gelebt, in seiner Wohnung war die Erinnerung an die Frau rasch verblasst. Nach diesem neuen Leben musste er nun wieder ins ungeliebte alte Heim zurück. Was seinen Komfort betraf, konnte er nichts daran aussetzen, alles war weicher und kuscheliger als beim Mann. Das war ihm aber völlig gleichgültig. Als einziger Trost blieb ihm das abendliche Glück. Doch daran dachte er jetzt nicht.

Als der Mann zu ihm ins Arbeitszimmer kam, hatte sich Grisou in eine Ecke zurückgezogen, gleich neben dem Fenster. Sein Schwanz peitschte, schlug gegen die Wand, während er zu grollen begann.

»Oh! Oho!«, machte der Mann und ging rückwärts aus dem Zimmer.

»Was hat er denn?«, fragte die Frau, die an ihren Schreibtisch wollte.

»Hm, ich weiß nicht recht. Vielleicht fühlt er sich ein bisschen verloren. Ich bin sicher, dass er deine Möbel und alles andere wiedererkennt. Lass ihm Zeit, kümmere dich nicht darum. Er will seine Ruhe haben.«

Sie gingen ins Schlafzimmer und schlossen die Tür. Später ließ der Mann die Frau allein, ohne sich mit dem Kater zu beschäftigen. Die ganze Nacht blieb Grisou in seiner Ecke.

Am Morgen machte die Frau Toilette wie immer und frühstückte. Sie sah, ohne sich weiter etwas dabei zu denken, wie der Kater aus dem Arbeits- ins Schlafzimmer huschte, dort eine Minute blieb und sich dann wieder in seinen Schlupfwinkel verzog. Nach dem Kaffee rief sie mit kindlich-hoher Stimme, denn ihr Freund hatte gesagt, dass Katzen diese Stimmlage mögen, sie gebe ihnen Selbstvertrauen: »Miezmiezmiez! Komm, schau! Ich hab dir was Schönes mitgebracht, ein neues Spielzeug!«

Sie wartete ein Weilchen. Dann tat sie so, als suchte sie nach ihm. Sie ging dabei auch ins Schlafzimmer, machte auf dem Absatz kehrt und schrie: »Aber … aber …! Mir *das* anzutun! *Mir!*« Sie holte den Besen aus dem Schrank.

»Ich werd dir schon zeigen, dass ich mir das nicht bieten lasse! So was von … Du dreckiges … Ich hasse dich, ich schmeiß dich raus! Du Satansbraten!« Mit dem Besenstiel stocherte sie in der Ecke, wo der Kater saß. »Raus da! Sofort raus mit dir, raus!« Er fauchte, zeigte die Zähne. »Du machst mich nicht bange. Schon gar nicht nach dem, was du angestellt hast. Raus! Raus mit dir!«

Plötzlich schrie Grisou. So einen Schrei hatte sie noch nie gehört, fast ein Brüllen. Der Kater stand jetzt in Angriffshaltung vor ihr, fauchte, das Maul weit aufgerissen, fuchsteufelswild – riesige Pupillen, gesträubtes Fell, bereit, sie anzuspringen.

Die Frau erschrak zutiefst. Eine zornige Katze hatte sie noch nie erlebt. Grisou war nicht mehr das hübsche

»Kleine« oder »Miezmiezmiez«, sondern ein bedrohliches Raubtier. Sie wich ins Schlafzimmer zurück, schloss die Tür und suchte nach ihrem Handy, während Grisou vor der Tür weiter zeterte. Sie rief den Mann an:

»Wenn du das Vieh sehen würdest! Ich schwör dir, er ist total ausgerastet! Hörst du, wie er tobt? Du, ich hab wirklich Angst. Die Tür zum Schlafzimmer hab ich gerade noch zumachen können. Er wartet auf mich. Er will mich anfallen und beißen! Und rate mal, was mir dein Kater angetan hat! Mein Kopfkissen kann ich in den Müll schmeißen. Mit deinem hat er natürlich nichts angestellt. Komm her, sieh dir's selbst an, wenn du mir nicht glaubst. Ekelhaft! Unfassbar!«

Der Mann traute seinen Ohren nicht. Er zögerte mit der Antwort und versuchte, sie zu beruhigen: »Ohne einen schweren Schock dreht keine Katze von einer Sekunde zur anderen durch. Hast du ihn ausgeschimpft oder geschlagen? Sind auf dem Teppich nasse Spuren? Schweiß auf den Pfotenballen ist ein Zeichen einer ernsten Krise oder großer Angst.« Sie wurde wütend:

»Gar nichts hab ich getan! Ich wollt ihm das Mobile mit den geflügelten Katzen zeigen, das ich im Urlaub gekauft hab. Ich bin ins Schlafzimmer gegangen, um ihm sein neues Spielzeug zu zeigen. Und da sehe – und *rieche*! – ich natürlich sofort, was er mir aufs Kopfkissen gepflanzt hat. Widerlich! Ich wusste gar nicht, wie abscheulich Katzendreck stinkt! Ich kapier gar nichts mehr. Das ist der Gipfel, der absolute Gipfel! Ich hab ihn mit dem Besen aus seiner Ecke im Arbeitszimmer scheuchen wollen, das ist doch wohl verständlich? Wenn deine süße Zazou dir so was angetan hätte … Auf feuchte Spuren hab ich natürlich nicht aufgepasst, bei der Horrorshow! Wenn jemand hier einen Schock hat, dann *ich*, ist dir das klar?«

Er antwortete nicht.

Sie rang nach Atem. Dann sagte sie, etwas ruhiger: »Was soll ich tun? Eins schwör ich dir: Ich bleib nicht in der Wohnung mit dieser durchgedrehten Katze. Ich könnte bei dir übernachten, wenn du nichts dagegen hast.«

Der Mann dachte nach und schlug ihr vor: »Ich komme und nehme ihn mit zu mir. Wir werden ja sehen, wie das ausgeht.«

Sie war dagegen: »Du willst ihn zu dir holen? Und wenn er da den gleichen Zirkus macht?«

Er sagte beschwichtigend: »Warten wir's ab.« Ein paar Minuten später war er da. Grisou ließ sich problemlos von ihm in den Käfig bugsieren, der jetzt unter den Pflanzen stand. Der Mann bat die Frau, näher zu kommen. Sofort erhob sich erbostes Fauchen, gefolgt von wildem Geschrei, das erst dann aufhörte, als sich der Mann vor das vergitterte Türchen setzte.

»Da hast du den Beweis! Ich übertreib nicht! Ganz klar, er ist übergeschnappt. Morgen früh schaffst du ihn zum Tierarzt. Der soll mit ihm machen, was er für richtig hält. Aber so was will ich nicht mehr um mich haben. Das ist doch das Letzte: eine wahnsinnige Bestie, die mir jeden Augenblick an die Gurgel springen kann. Ich hab keinen Hang zum Selbstmord. Und mit dem Besenstiel hab ich ihn noch nicht mal berührt! Aber mich grundlos so zu beleidigen! Ja, eine schwere Beleidigung ist das! Umsorgt und gehätschelt hab ich ihn. Einen Haufen Spielzeug hab ich ihm gekauft. Ich schwöre dir noch einmal, deine Ratschläge und Anweisungen hab ich alle genauestens befolgt! Keine Ahnung, warum er mich so hasst!«

»Das hast du wirklich gespürt? Du glaubst, dass er dich hasst? Wenn das wahr ist, dann gibt es einen Grund. Und ich glaube, dass ich ihn kenne. Was den Tierarzt betrifft … Eine Katze lässt man nicht wegen einer Nervenkrise umbringen. Ich hole ihn für die kommende Nacht zu mir.«

»Ich will die Sache ein für alle Mal hinter mich bringen. Raus mit ihm. Er kommt mir nicht mehr in die Wohnung. Verstanden?«

Sie zählte noch eine Reihe zusammenhangloser Anklagepunkte auf: seinen Verrat an ihr, denn er hätte Grisou während des Urlaubs mit seinen Tricks verführt; seine »maßlose, übertriebene, krankhafte« Liebe zu Katzen. Innerhalb von vierzehn Tagen hätte er das zurückhaltende und gleichgültige Tier dazu gebracht, sie zu verabscheuen. Dabei hatte sie mit dem Kauf – »Was für eine dumme Gans ich doch war!« – nur *ihm* eine Freude machen wollen, nicht sich selbst, um ihn ein wenig über den Tod von Zazou hinwegzutrösten.

Der Mann nickte und meinte: »Überschlafen wir das alles erst einmal, ja?«

Aber sie zitterte immer noch und wiederholte: »Morgen wirst du das verrückte Vieh los. Wenn nicht, sehen wir uns nie wieder. Das ist mein letztes Wort.«

Seien wir gerecht: Die Sache mit dem Tod von Zazou, einer Perserin der Gattung *silver shaded*, übertrieb die Frau nicht. Eines Abends hatte er beim Bürsten harte Knoten an ihrem Bauch gespürt. Der Tierarzt schlug ihm vor, sie zu operieren, konnte aber nicht sagen, ob damit das

Leben von Zazou bedeutend verlängert würde. Der Mann hatte den sofortigen Eingriff gewünscht, aber die Operation verschaffte ihr nur einen Aufschub von zehn Monaten. Zazou und ihr feiner Kopf, ihr seidiges Kleid, dessen Silber auf den Flanken dunkler wurde ... Sie wusste, wie schön sie war. So viel Eleganz, Takt, aristokratische Lässigkeit hatte er noch nie bei einer seiner Katzen erlebt. Der Krebs hatte sich dann anderswo mit furchtbarer Schnelligkeit ausgebreitet, in den Lungen, den Knochen. Im Laufe weniger Tage war Zazou zum Schatten ihrer selbst geworden, still und regungslos. Sie hatte die schönsten Leckerbissen verweigert. Als der Arzt ihr die Spritze mit dem tödlichen Beruhigungsmittel gab, hatte der Mann sie in seinen Armen gehalten. Während er den früher so schönen Körper liebkoste, musste er aus dem Fenster sehen, um seine Tränen zu verbergen.

Der Mann brachte Grisou in sein Schlafzimmer, öffnete die Käfigtür. Der Kater zögerte lange, bevor er sich hinauswagte, verschwand in einem Schrank. Der Mann ging zu Bett. Nach einer Weile stand er wieder auf, holte Grisou, trug ihn zum Bett und legte ihn auf seinen gewohnten Platz. Sie sahen sich an.

Der Mann lächelte: »Ich muss schon sagen, das hast du ganz gerissen eingefädelt. Noch nie habe ich eine Katze gesehen, die sich so deutlich ausdrückt! Aber meine ehemalige Freundin – ich glaube wirklich, wir werden uns nicht mehr sehen – hat nie begriffen, dass man dich nicht einfach *kaufen* kann wie ein Paar Handschuhe! Vorhin hat sie mir eine ordentliche Szene gemacht, findest du nicht? Tränen, Geschrei, Drohungen, das ganze Tamtam. Leider weiß sie nicht, dass es mir ganz nach Katzenart um meine Würde geht. Wenn das Vertrauen einmal weg ist, kann man nicht mehr zurück. Unglaublich: Weil du sie nicht erträgst – ich glaube, ich sehe das richtig, du hast ihr nie die geringste Zuneigung bewiesen –, will sie mich zum Tierarzt schicken, damit der dich umbringt. Du bist doch kein Spielzeug, das man wegwirft, wenn es einem nicht mehr gefällt!«

Er redete dem Kater zu, bis der sich entspannte.

»Ein afrikanisches Sprichwort besagt, eine vollgefressene Katze ist wählerisch und riecht nicht mal am Hintern einer Maus, dem besten Häppchen. Das stimmt nur teilweise. Auch wirklich hungrige Katzen sind *immer* mäkelig. Vorsichtig, wie ihr seid, wisst ihr doch genau, was ihr wollt. Und gerade deshalb lieben wir euch.«

Er kraulte sacht die Stirn des Katers, dessen Augen geschlossen waren.

»Die Probezeit, wie man es nennt, haben wir glänzend hinter uns gebracht, meinst du nicht auch? Ich wollte keine Katze mehr. Aber es scheint, man soll eben niemals ›nie‹ sagen. Zazou ähnelst du kaum, auch wenn *sie* das meint. Zazou war Zazou, und du bist du. So ist das eben.«

Als er die Hand zurückzog, biss ihn Grisou kräftig in den Zeigefinger. Der Mann besah sich die Spuren der nadelspitzen Reißzähne und leckte ein paar Blutstropfen ab. Er lachte. »*Capito.* Blutsbrüder, was? Einverstanden.« Und dann murmelte er: »Ich hätte vorsichtiger sein sollen. Wer keine Tiere mag, und vor allem keine Katzen, vor dem soll man sich hüten. Ich glaube, du und ich haben noch mal Glück gehabt.«

Er löschte das Licht und sagte, während er sich den

schmerzenden Finger rieb: »Ich würde ganz gern die Dame aus dem neunten Stock kennenlernen. Sie ist letzten Monat eingezogen. Sie hat mir viel von ihrer Schildpattkatze erzählt. Beide heißen Natascha. Stell dir vor: Ich rufe den Namen, und sie und ihre Katze kommen angelaufen. Witzig, nicht? Sollen wir sie einladen?«

Um sich zu vergewissern, dass Grisou noch da war, streckte er den Arm aus. Ein wunderbares Gefühl vor dem Schlaf: das weiche Fell seiner Katze zu spüren.

Katzen verlieren Haare, aber nicht die Manieren

Das Altersheim trug einen ermutigenden Namen, *Lebenslust*. Die Besitzerin hatte Rose Bonnefoy ein Blatt Papier hingeschoben: »Wissen Sie, zu Anfang haben Sie vielleicht das Gefühl, wieder im Pensionat zu sein. Aber wir sind hier viel toleranter als die Nonnen in Ihrer Jugend.«

Die Frau war Anfang vierzig und hatte keine Ahnung von der Vergangenheit dieser neuen Insassin, die mit zweiundsiebzig »ihren Hausstand auflösen musste«, wie man sagt, und froh sein musste, dass in diesem hässlichen großen Gebäude noch ein Platz für sie frei war. Nach einem schweren Herzinfarkt hatte ihr der Arzt gesagt, sie dürfe ihr Leben nicht mehr so führen wie bisher, zum Einkaufen gehen, putzen, bügeln, kochen, baden, alles ohne Hilfe.

»Sie sind schwer angeknackst. Sie leben allein, Ihre Kinder kommen nicht oft zu Besuch, Ihre Wohnung liegt im zweiten Stock. In Ihrem Alter müssen Sie doch wissen, wann ein Kapitel zu Ende geht und wann ein neues beginnt. Für Menschen in Ihrer Situation gibt es Heime mit Krankenschwestern, gutem Essen und allen Dienstleistungen. Außerdem werden Sie andere Leute kennenlernen und Freundschaften schließen.«

Der hatte gut reden, jung und glücklich, wie er war, mit seinem glänzenden neuen Ehering. Was verstand er schon vom Alter? Von ihrer größten Sorge hatte sie ihm gar nicht erst erzählt: Was würde dann aus dem Kater, der seit sieben Jahren mit ihr die Wohnung teilte? Sie wusste im Voraus, dass der Doktor ungeduldig werden würde. Die Erfahrung der letzten Jahre hatte sie gelehrt, schnell zu schalten, zu bewerten, Schlüsse zu ziehen. Sie wusste auch, wem sie ihr Vertrauen schenken konnte und wem nicht. Was bedeutete diesem Mann schon ein Tier? Er ahnte ja nicht, wie wichtig dieser Kater für sie war, den sie Arachide, »Erdnuss«, getauft hatte. Es war nur ein einfacher schwarzer Straßenkater mit einer weißen Krawatte. Er war vielleicht nicht besonders schön, aber so lieb!

Seit zehn Jahren war sie Witwe. Ihre Söhne lebten in Montréal, kamen selten zu ihr ins Dorf, es war zu weit weg nach ihrem Geschmack. Aber sie wollte ihnen keine Vorwürfe machen. Alle drei mussten viel arbeiten, und heutzutage ist es nicht einfach mit den Kindern. Sie besuchten sie wenigstens zu Ostern und Weihnachten. Da kochte sie ihnen ihr Lieblingsessen, während die Schwiegertöchter und die sieben Enkel nur widerwillig und mit gelangweilten Mienen aßen und kaum etwas sagten. Und man fuhr gleich nach diesen Pflichtbesuchen wieder ab.

Die anderen Mieter kannte sie kaum, einen Junggesellen und ein kinderloses Ehepaar, die früh zur Arbeit gingen und spät nach Hause kamen. Als sie den verletzten Kater mit einem Abszess über dem rechten Auge, so groß wie eine Erdnuss, in der Hintergasse streunen sah, hatte sie ihn bei sich aufgenommen. Nach dem Besuch beim Tierarzt konnte er ein ruhigeres Leben führen. Er musste nun nicht mehr wegen der Leidenschaft zu einer Schönen mit anderen kämpfen. Die Rechnung für die Operation war gesalzen gewesen. Vom Staat bekam sie nur eine kleine Rente, aber sie konnte mit wenig auskommen. Und Arachide hatte nun ein Heim, ein Kissen in einer Pappschachtel mit Löchern, durch die er beobachten konnte, was um ihn herum geschah. Dazu gutes Futter, auf das er sich zu Anfang so gierig stürzte, als hätte er seit einem Monat nichts mehr in den Magen bekommen. Was wahrscheinlich stimmte.

Wie alle streunenden Katzen war er in den ersten Wochen misstrauisch. Er beobachtete sie, wahrte Abstand. Als ihn die Nähte juckten, riss er den Verband ab und verlor das Air eines Piraten. Er wurde fülliger. Eines Abends sprang er Rose Bonnefoy auf den Schoß, als sie ihrer Lieblingssendung am Fernsehen folgte. Sie streichelte ihn, er schnurrte und leckte ihr die Hand, folgte ihr von da an überall in der Wohnung. Vielleicht fürchtete er, sie zu verlieren. Er liebte sie voller Zurückhaltung. Seine gelbgrünen Augen sah sie im Traum.

Eines Nachts wachte sie mit einem so scharfen Schmerz in der Brust auf, dass sie kaum atmen und bald nicht mehr den linken Arm heben konnte. Sie stöhnte, zog sich an, biss die Zähne zusammen und ging zu Fuß zur Klinik. Ein Ambulanzwagen war zu teuer, und das ganze Trara wäre ihr unangenehm gewesen, Sirene, Blaulicht, Zuschlagen von Türen. Sie hätte die Nachbarn geweckt, die Schaulustigen hinter den Vorhängen wären wieder zu Bett gegangen, ohne sich weiter zu fragen, wen man da wohl weggebracht hatte.

Sie bat die nette Krankenschwester, nach Arachide zu sehen. Seit zwei Tagen war er allein, ohne Futter. Er brauchte frisches Wasser und neue Streu.

Bald ging es ihr besser. Als sie nach Hause kam, stieg sie die Treppen hoch, blieb aber zweimal stehen, um eine Dosis Nitro zu inhalieren. Seit dem Tod des Vaters hatten ihre Söhne sie immer wieder ermahnt, sich eine andere Wohnung zu suchen, aber sie hatte sich gewehrt: »So leicht lässt man vierzig Jahre seines Lebens nicht hinter sich.«

»Frau Bonnefoy, Sie hatten einen bösen Infarkt. Über zwei Drittel des Herzmuskels sind abgestorben. Sie können von einer Minute zur anderen umfallen. Da ist unbedingte Vorsicht geboten!« Der Arzt hatte recht, sie konnte nicht mehr hierbleiben. Aber was sollte sie mit Arachide tun? Sie brauchten einander. Sie musste ein Altersheim finden, wo man sie beide aufnahm.

Sie verbrachte Tage am Telefon. Manche Häuser trugen hochtrabende Namen, Manoir de ... Château du ... Man sagte ihr, Katzen würden geduldet. Aber diese Heime waren unerschwinglich. Von den billigeren Häusern bekam sie ein kategorisches Nein zu hören. Frau Bonnefoy wollte ihre Söhne nicht um finanzielle Hilfe bitten, auch wenn sie gut verdienten. Die Schwiegertöchter, die Enkel hätten ihre eigenen Ansprüche vorgetragen, die viel dringlicher waren als die einer nutzlosen alten Frau. Sie musste sich nach einem neuen Zuhause für Arachide umsehen, und das gestaltete sich schwierig. Sie heftete ihre Anzeige auf die Anschlagtafeln in den Supermärkten, Schulen, der Kirche, sprach mit den Nachbarn, all ihren Bekannten, ohne Erfolg. Nach über vierzig Jahren im selben Ort hatte sie offenbar keine Freunde, die ihr hätten helfen können. Einige waren tot, andere lebten in Britisch Kolumbien, wo der Winter mild ist. Die meisten waren von ihren Kindern in einem »Seniorenhaus« untergebracht worden, wie man heutzutage Altersheime nennt. Von ihnen hatte sie nie wieder etwas gehört.

Weil sie ihren Mietvertrag gekündigt hatte, musste sie die Wohnung zum 1. Juli räumen. Ihre Söhne hatten sich ein paar Möbelstücke ausgesucht. Der Rest des Inventars ging »an die Armen«. Am Morgen des letzten Tages in ihrem Zuhause – ihr Bett wurde dem Ältesten noch am selben Nachmittag geliefert – nahm sie Arachide auf den Arm und stieg mit ihm in ein Taxi. Als ihm der Tierarzt die Spritze gab, entspannte sich sein Körper. Er hatte sich nicht gefürchtet, er lag ja auf ihrem Schoß. Die Assistentin fragte sie, welche Bestattungsart sie wollte. Frau Bonnefoy wählte die billigste, die Einäscherung. Tränen vergoss sie nicht. Im Heim hätte sie Zeit genug dazu.

Auf dem Blatt, das ihr die Besitzerin der *Lebenslust* gegeben hatte, las sie:

Willkommen bei uns!

Stundenplan:
5 Uhr: Aufstehen. Frühstück im Gemeinschaftsraum, gegen 6 Uhr.
7 Uhr: Frühstück für BewohnerInnen, die sich aus gesundheitlichen Gründen den anderen nicht anschließen konnten.
7.15 Uhr: Rundgang der Krankenschwester. Die BewohnerInnen werden gebeten, auf ihren Zimmern zu bleiben, bis die Krankenschwester ihren Besuch abgeschlossen hat.
11.30 bis 12.30 Uhr: Mittagessen. Zwei Menüs zur Wahl. Die BewohnerInnen können auch ein Sandwich bestellen.

13.30 bis 15.30: Spiele. Montag: Tanzstunde. Dienstag: Bingo. Mittwoch: Sackwerfen. Donnerstag: Bingo. Freitag: Hl. Messe. Samstags und sonntags kein Programm.
15.30: Die BewohnerInnen gehen auf ihre Zimmer und machen sich frisch. Das Küchenpersonal deckt die Tische im Gemeinschaftsraum für das Abendessen. Eine Angestellte bietet einen kleinen Imbiss an (Fruchtsaft, Obst).
16.30 bis 17.15 Uhr: Abendessen. Die BewohnerInnen ziehen sich auf ihre Zimmer zurück. Das Personal richtet den Gemeinschaftsraum für den Morgen her.
19 Uhr: Das Pflegepersonal für die Nacht hilft den bewegungseingeschränkten BewohnerInnen bei der Vorbereitung zur Nachtruhe. Die BewohnerInnen werden gebeten, keinen Lärm zu machen und die Kranken nicht zu stören.

Beachten Sie bitte:
Je nach Disponibilität eines/einer Angestellten wird einmal pro Woche ein Bad in dessen/deren Anwesenheit (obligatorisch) angeboten. Anweisung der Versicherungsgesellschaft der Lebenslust.
Übergeben Sie Ihre Schmutzwäsche den Angestellten (rechnen Sie fünf Arbeitstage bis zur Rückgabe Ihrer Wäsche).
Ihr Zimmer wird einmal wöchentlich gesäubert. Für kleine Reparaturen (verstopftes Waschbecken, defekter Ventilator usw.) steht Ihnen jemand vom Personal zur Verfügung. Rechnen Sie fünf Arbeitstage bis zu seinem Besuch.

Wir wünschen Ihnen einen schönen Aufenthalt!

Die Leitung

Frau Bonnefoy bekam ein freies Zimmer im Erdgeschoss.

»Wir haben es Ihnen gegeben, damit Sie nicht auf den Fahrstuhl zu warten brauchen. In Ihrem Zustand dürfen Sie nicht lange stehen, das ermüdet Sie zu sehr.« Die Besitzerin war wirklich nett. »Das Bad teilen Sie mit einer anderen, sehr alten Dame. Manchmal vergisst sie, nach Benutzung die Tür auf Ihrer Seite zu öffnen. Sie brauchen nur zu klopfen, sie macht gleich auf.« Dann fragte sie noch: »Gefällt Ihnen das Zimmer?«

Rose Bonnefoy nickte und senkte den Kopf. Die andere war groß und konnte die Enttäuschung in den Augen der neuen Insassin nicht sehen. Der Unterschied zwischen ihrer alten Fünfzimmerwohnung und diesem Verlies war gar zu krass: überall Ecken und Kanten, ein weißlackierter Nachttisch, eine Kommode mit Spiegel, zwei Stühle, ein Klapptisch, ein winziges Waschbecken neben dem Einbauschrank für ihre Kleider und sonstigen Habseligkeiten. Sie hatte sich nicht von den Sporttrophäen ihrer Söhne trennen können und einigen anderen, ihr wichtigen Erinnerungsstücken. Das dunkle Zimmerchen entmutigte sie. Deshalb machte sie einen Erkundungsgang durch das Haus, ging langsam den schwach erleuchteten Korridor entlang, zählte die Türen, las die Namen, fuhr mit der Hand über die dicke Holzleiste für die Gehbehinderten, auf der stellenweise die Farbe abgeblättert war, suchte ein Fenster, fand keins.

»Hier riecht es nach Alter«, dachte sie. »Dem Atem von alten Menschen und nach schlechtem Essen. Ich möchte gern wissen, was es heute Abend gibt.« Sie stieß zwei Schwingtüren auf und stand im Gemeinschaftsraum, der zugleich als Speisezimmer und Kapelle diente. Reihen aus nackten Tischen, Stühlen mit verchromten Beinen und Sitzflächen aus Kunstleder, große Fenster mit Blick auf den Parkplatz. In einer Ecke standen eine Gipsmadonna und ein Kerzenleuchter mit elektrischen Birnen auf einem winzigen Altar. Bräunliches, spiegelblankes Linoleum. »Wenigstens sieht es halbwegs sauber aus.« Nirgends ein Hinweis auf das Abendmenü. Sie kreuzte einige Heimbewohner im Morgenrock oder Pyjama. Manche blieben stehen und sahen sie verwirrt an. Viele hielten sich an der Leiste fest, andere stützten sich auf Krücken oder saßen im Rollstuhl, starrten vor sich hin.

Als sie wieder in ihrem Zimmer war, glaubte sie zu ersticken. Es schien ihr noch kleiner als vorhin. Neben dem Bett entdeckte sie ein weißes Plastiktäfelchen mit der Aufschrift »Notruf«, einen roten Knopf und rundherum dunkelgrauen Schmutz, als hätte man oft um Hilfe geklingelt. Der verchromte Wasserhahn war blind, im Becken fand sie Kalkstein. Sie fuhr mit dem Finger über die verstaubte Kommode. Im »Bad« gab es weder Dusche noch Wanne, nur eine Toilette mit verschmutzter Brille, vor der sie sich ekelte. Wieder im Zimmer, hievte sie ihren Koffer auf einen Stuhl, ruhte sich nach der Anstrengung aus, säuberte die gläserne Ablage über dem Waschbecken mit einem Taschentuch, frischte ihre Frisur vor dem Spiegel auf.

Sie ging auf den Gang, klopfte an die Tür ihrer Nachbarin, hörte keine Antwort, trat ein. Auf dem Bett lag eine weißhaarige Frau in einem viel zu großen himmelblauen Morgenrock. Frau Bonnefoy trat näher. Die andere schien zu schlafen, ihr Mund stand offen, sie sah wie eine Mumie aus. In einem Wasserglas auf dem Nachttisch lag ihr Gebiss. Daneben eine Armbanduhr, ein Kamm. Hier roch es besonders stark nach Langeweile und Einsamkeit, nach schlechter Suppe, Kohl, Pizza, ranzigem Schweiß. Bald würde sich der Geruch auch in ihren Kleidern festsetzen. Er hing im Mosaikmuster des Formikatischs, den Stuhlpolstern, der Matratze, dem Fußboden, den Wänden.

Sie ging noch einmal langsam an den Zimmertüren vorbei, von denen einige offen standen. In manchen Räumen herrschte schreckliche Unordnung – auf dem Boden verstreute Kleidungsstücke, Pantoffeln, klinische Messgeräte neben dem Bett. Andere schienen beinahe unbewohnt, peinlich aufgeräumt.

Es klingelte dreimal, durchdringend genug, um Tote aufzuwecken. Sekunden später lief eine Krankenschwester von Tür zu Tür und klopfte heftig an, wenn eine geschlossen war. Die Alten traten heraus, bildeten eine Schlange, die sich in Richtung Speiseraum bewegte. Dreimal so viele Frauen wie Männer. »Sie lassen sich gehen«, dachte Frau Bonnefoy, als sie die weißen und grauen Gesichter sah, die von den Schlafröcken – gestreifte für Männer, rosa oder blaue für Frauen – schlecht verdeckten, unförmigen Körper. Jeder beeilte sich, den ihm zugewiesenen Platz zu besetzen. Man sprach wenig und wartete auf die Wagen mit den übereinandergestapelten Tabletts. Zwei mürrisch dreinschauende Frauen verteilten rasch die Suppe.

Als die erste, eine Dicke in blauem Kittel, Rose Bonnefoy sah, sagte sie: »Sie haben das Zimmer von der alten Bégin, glaub ich. Heute setzen Sie sich da hin« – sie zeigte auf den freien Stuhl neben einem hochgewachsenen Herrn mit weißem Schnurrbart –, »ich komme gleich mit dem Hauptgang.«

Als sie sich setzte, stellte sich der Mann vor: »Arthur

Daoust.« Sie sah, dass seine Hand zitterte, vor allem der Daumen und der Zeigefinger. »Parkinson. Aber noch im Anfangsstadium. Ich hätte zu Hause bleiben können, aber der Arzt hat abgeraten, weil sich mein Zustand schnell verschlechtern könnte. Hoffentlich täuscht er sich. Ich ziehe auch das linke Bein etwas nach. Und Sie?«

Nach kurzem Zögern erzählte sie ihre Geschichte. Über Arachide wollte sie noch nicht sprechen, sonst hätte Herr Daoust vielleicht den Eindruck gehabt, dass sie einsam war und sich deshalb ein x-beliebiges Tier ins Haus genommen hatte. Sie berichtete von ihren Kindern und den Enkeln, später vom Tod ihres Mannes und zum Schluss vom Infarkt. Deswegen war sie hier, aber den Verlust ihrer alten Wohnung verschmerzte sie nur schlecht. Er hörte aufmerksam zu, stellte Fragen, auch über ihr Zimmer in der *Lebenslust*. »Wie finden Sie es hier?« Das sagte er wie beiläufig.

Frau Bonnefoy war auf der Hut: »Wissen Sie, ich bin gerade erst angekommen. Das ist mein erstes Abendessen. Ich weiß noch nicht …«

Herr Daoust war vor drei Monaten eingezogen. Er sagte: »Offiziell nennt man uns ›Pensionäre‹. Dass ich nicht lache. Die Leute leben bei uns eine Zeitlang und müssen dann das Haus verlassen. Entweder im Krankenwagen oder in Silberfolie verpackt, dem ›Raumfahrtanzug‹, Sie wissen schon, im Sack mit dem Reißverschluss.« Zwei Drittel der Mitbewohner litten an mehr oder weniger fortgeschrittenen Alzheimer-Stadien. Der Besitzerin brachten diese Kranken mehr Geld ein als einfache Alte wie sie und er. »Ich bin sechsundsiebzig«, sagte er, machte eine Pause und wartete. Er wollte sicher ihr Alter wissen. Als sie schwieg, lächelte er und fuhr fort, ihr ein Bild vom Leben im Heim zu geben. Aus dem Haus durfte man nur in Begleitung eines Familienmitglieds. Die Krankenschwestern konnten jedem »Pensionär« höchstens viereinhalb Minuten am Tag widmen. Wer nicht auf seinem Zimmer war, wenn sie vorbeikamen, wurde bestraft: Der Blutdruck wurde dann knapp vor dem Mittagessen gemessen, also kurz vor Schichtwechsel; die Medikamente mussten schnellstens geschluckt werden; bei Blutproben waren sie absichtlich ungeschickt und verursachten große blaue Flecken. Die Alten wurden ständig zur Eile angetrieben. »Oder man lässt Sie in der Badewanne warten, bis das Wasser kalt ist, und wenn Sie klingeln, heißt es, die Glocke hätte nicht funktioniert. Oder man bringt die Patienten, um sie zu erniedrigen, zu spät auf die Toilette.«

Es gab noch andere Methoden, mit denen man bewies, wer hier das Sagen hatte: Jemanden beim Verteilen der Post übersehen oder nicht das Frühstück aufs Zimmer bringen, wenn man wegen einer Schlaftablette den Wecker überhörte und nicht pünktlich im Speisesaal erschien. Gemeinheiten, Sticheleien.

Das Personal musste alle Bewohner siezen, aber man behandelte die Schwächsten wie Kinder: »Haben Sie sich nach dem Stuhlgang auch richtig abgeputzt? Die Hände gewaschen? Sie haben ja schon wieder Ihren Morgenrock bekleckert. Dabei haben wir so schöne Lätzchen. Ich hol Ihnen eins. Dann füttere ich Sie wie damals bei Muttern, einen Löffel für mich, einen für Sie ...«

Er hatte von anderen Heimen gehört, regelrechten Sterbehäusern, wo die Angehörigen die Großeltern ablieferten, dort vergaßen und die Erbschaft einheimsten, sobald die Alten endlich über den Jordan waren. Hier gab es immerhin Vorschriften, und wenn man noch ein bisschen auf Draht war, ging es einigermaßen. Das »Unterhaltungsprogramm« war unter aller Kanone. Jede Woche dieselben dummen Spiele, an denen er nicht mehr teilnahm.

»Am schlimmsten ist das Sackwerfen. Kennen Sie das? Nein? Also, in einem großen Brett sind Löcher, jedes mit einer Zahl versehen, 10, 25, 50 und so weiter. Man wirft die Säckchen in eines der Löcher und bekommt die entsprechenden Punkte gutgeschrieben. Die Dinger sind aus grobem Stoff und mit Sand gefüllt. Im Grunde ist das Spiel gar nicht so dumm, vor allem für jemanden wie mich, weil ich Übungen machen muss, um meine Bewegungen richtig zu koordinieren.«

Aber leider rissen diese Säckchen regelmäßig auf, weil der Stoff zu abgenutzt war, und dann war der Boden voller Sand.

»Aber mir tun die wirklich Alten leid, die über neunzig. Wenn sie gut gezielt haben, klatschen sie vor Freude in die Hände, und von der Spielleiterin erwarten sie tatsächlich Glückwünsche, als hätten sie in der Schule den ersten Preis gewonnen.«

Sie trennten sich kurz vor sieben. Frau Bonnefoy ging auf ihr Zimmer, blätterte in einer Illustrierten, die sie nach einigen Minuten mit einem Seufzer zur Seite legte. Sie dachte darüber nach, was Herr Daoust gesagt hatte, und beschloss nach erneuter Lektüre des Tagesprogramms, das Personal nicht zu reizen oder zu verärgern. Der Mann mit dem schönen Schnurrbart hatte ihr gefallen. Vielleicht könnte er ein Freund werden oder ein Vertrauter. Nach dem Essen hatte er ein Pfefferminzbonbon gelutscht und gemeint: »Finden Sie nicht, dass es hier ganz schlimm riecht? Wie nach einem ungewaschenen Toten.«

Die Bemerkung hatte sie zunächst schockiert, auch weil er dabei lächelte. Sie sollte erst später verstehen, dass er immer eine freundliche Miene aufsetzte, wenn er ihr etwas Unangenehmes erzählte. Dann hatte sie sich gefreut: Nach drei Monaten *Lebenslust* hatte er sich noch nicht an diesen Geruch gewöhnt. Sein Handicap störte sie nicht, er hatte schöne kräftige Hände. Sie fragte sich, warum er nichts über sein Leben erzählt hatte; alles war auf die Gegenwart bezogen. »Er ist wie eine Katze«, dachte sie. »Zu Anfang war Arachide auch misstrauisch. Er hat sich nicht anfassen lassen. Ganz allmählich hat er seine Vorsicht überwunden. Und viele Männer sind nicht besonders gesellig. Aber Herr Daoust wird mir vertrauen, das spüre ich. Im Grunde ist er wie Arachide.«

Sie saß jetzt kerzengerade auf dem Stuhl. Die Erinnerung an den Tod des Katers kam ständig wieder. Sie mochte ihn noch so oft um Vergebung bitten, sich selbst konnte sie nicht verzeihen. Der Zweifel blieb, ob sie das Richtige getan hatte. Bei den Nachbarn hätte sie sich stärker für ihn einsetzen müssen, ihnen einreden, es wäre nur für ein paar Wochen. Sie hätten ihn sicher genommen und dann liebgewonnen, wie sie selbst, damals. Warum war sie nicht zum Tierschutzverein gegangen? Man sagte doch, dort würde alles getan, um herrenlosen Haustieren ein neues Zuhause zu finden.

Frau Bonnefoy wollte ins »Bad«. Die Tür war verschlossen. Als sie ihr Zimmer verließ, um zur Nachbarin zu gehen, hielt eine Pflegerin sie am Ärmel fest. »Besuche bei

Kranken sind verboten. Hat Ihnen das niemand gesagt? Ah, ich kenne Sie nicht. Sie sind wohl die Neue?« Nach einem Blick in den leeren Korridor fügte sie hinzu: »Sie sehen ja, alle sind brav auf ihrem Zimmer.«

Rose wollte sich rechtfertigen. Sie spürte, wie ihr das Blut zu Kopf stieg, und stotterte schließlich: »Die Toilettentür ist zu. Die Besitzerin hat mir gesagt, die andere Dame vergisst manchmal, den Riegel zurückzuschieben.«

Die Pflegerin musterte sie einen Augenblick, dann sagte sie streng: »In dem Fall drücken Sie auf die Klingel neben Ihrem Bett. Ich hätte Ihnen schon aufgemacht, dafür bin ich ja da, unter anderem. Gehen Sie jetzt zurück.«

In ihrem Zimmer versuchte Rose Bonnefoy vergeblich, das Fenster zu öffnen, eine Art Guillotine aus Glas und Metall. Sie fühlte sich beklommen, gönnte sich eine Dosis Nitro. Die Toilettentür öffnete sich plötzlich: »Sehen Sie? Das Bad gehört Ihnen. Und vergessen Sie nicht, die andere Tür wieder zu entriegeln, wenn Sie fertig sind.«

Kein »Bis morgen« oder »Gute Nacht«.

Frau Bonnefoy machte sich zurecht, prüfte die Schlösser, stellte beunruhigt fest, dass sie ihre Zimmertür nicht von innen verschließen konnte, legte sich ins Bett. Im Dunkeln hörte sie undeutliche Geräusche von den oberen Stockwerken, Stöhnen, Toilettenrauschen, schnelle Schritte, gefolgt von Gemurmel und lautem Wortwechsel. Sie legte ihre linke Hand dahin, wo früher Arachide lag, neben ihr auf der Bettdecke. Als sei er da, glaubte sie seine Wärme und sein drahtiges Fell zu fühlen.

Nach einem Monat in der *Lebenslust* wusste Frau Bonnefoy, sie wollte hier nicht bleiben. Zu viele Rollatoren, Krücken, Rollstühle, Stöcke. Und dieser unerträgliche Geruch. Um Heizkosten zu sparen, wurde seit Herbstbeginn nicht mehr gelüftet. Wenn sie eine Unterhaltung anfangen wollte, antwortete man ihr mit einem Kopfnicken und dem leeren Blick derer, die zu oft und zu lange vor dem Fernseher in ihrem Zimmer gesessen haben oder, schlimmer noch, von nichts mehr träumten.

Eine Dreiundachtzigjährige erklärte ihr, sie stehe um vier auf, weil sie rechtzeitig zum Frühstück kommen wollte. »Um acht lege ich mich aufs Bett und warte bis zehn. Dann gönne ich mir ein paar leckere Plätzchen aus meiner Geheimreserve. Im Gemeinschaftsraum bin ich immer als Erste. Nach dem Mittagessen halte ich ein Schläfchen, bis zum Imbiss um halb vier. Um halb fünf bin ich so hungrig, dass ich wieder in der vordersten Reihe vor den Türen stehe. Ich schlafe wie ein Murmeltier. Nach acht Stunden bin ich wieder bereit.« Das hieß Essen, Schlafen, Essen, Schlafen, Essen, Schlafen. »Ein bisschen Fernsehen, manchmal ein Spiel, aber aus Unterhaltung mache ich mir nicht viel, die Krankheiten der anderen interessieren mich nicht. Essen ist viel besser. Seit sechs Jahren lebe ich in der *Lebenslust*. Ich hoffe, noch lang zu bleiben.« Sie machte eine lange Pause, grinste zufrieden: »Früher hab ich geschuftet. Jetzt bin ich alt. Da sollen andere mich versorgen. Meine Tochter hofft auf eine dicke Erbschaft. Aber ich denke jetzt zuerst an mich. Was ich noch auf der Bank habe, verfresse ich. Hier ist die Küche doch prima. Ich esse gern, was die uns kochen.« Dass sie nur noch ein Verdauungsapparat war, kam ihr wohl nicht in den Sinn.

Ihr Leben mit Menschen dieses Schlags zu verbringen wurde zum Albtraum für Frau Bonnefoy. Ohne Herrn Daoust wäre ihr die Zeit in der *Lebenslust* ganz unerträglich gewesen. Das Essen verursachte Koliken, fett, zu salzig, gummiartig, wie aus einem Schnellimbiss. Die Küchenfeen kauften das billigste Obst, unreif oder schon verschrumpelt, ertränkten jeden Salat in scharfer Soße, dazu reichten sie schwammiges, weiches Weißbrot. Zum Abschluss gab es dann unweigerlich zu dünnen Tee oder Kaffee.

Viele der anderen »Pensionäre« verursachten Übelkeit. Sie war außerstande, sich an die zahnlosen sabbernden Münder zu gewöhnen, die schlecht oder nicht rasierten Männer, die fleckenübersäten Schlafröcke. »Der Mangel an Selbstachtung, dieses Aufgeben in Erwartung des Todes, das geht über meine Kräfte.« Sie zeigte kein Interesse für die Spiele: »Die sind für Kinder. Ich bin aber noch nicht so weit.«

Langsam glitt sie in eine nervöse Erschöpfung, aß immer weniger, magerte ab. Wenn Herr Daoust ihr Törtchen vom Konditor brachte, kaute sie lustlos auf ihnen herum, alles lag ihr schwer im Magen. »Und wenn Sie mir den Mond vom Himmel holen würden – mir macht nichts mehr Freude.«

Sie wollte ihre Söhne sehen. Keiner kam. Die Tage verbrachte sie im Bett und wartete auf den Abend. Bald gab es Komplikationen: Nierenentzündung, Lungenödem, geschwollene Beine. Der Arzt verschrieb Spritzen, Pillen, Zäpfchen, doch ihr Gesundheitszustand verschlechterte sich. »Wenn Sie so weitermachen und sich nicht zusammennehmen, geht es Ihnen bald wie Ihrer Nachbarin, nur viel früher«, meinten die Pflegerinnen. Sie musste ins Krankenhaus. Die Ärzte glaubten an eine Neurose und überwiesen sie in die Psychiatrie. Dort verordnete man ihr Stimmungsaufheller, die sie zwischen Wange und Zahnfleisch versteckte und später in die Toilette spuckte. »Zum Gemüse will ich nicht werden. Noch nicht.«

Nur Herr Daoust wusste, was ihr Freude gemacht hätte. Nach langen Diskussionen mit der Besitzerin trat er eines Abends bei Frau Bonnefoy mit einem Käfig ein. Ein wunderschöner Kartäuserkater mit kupferfarbenen Augen und dichtem, ins Bläuliche spielendem Fell kam heraus. Gedrungen und ziemlich rundlich, hatte er das Gehabe eines Genießers. Nach einer kurzen Orientierung sprang er auf das Bett der Kranken und näherte sich der in einer Abwehrgeste erhobenen Hand. Er war an Heime wie dieses hier gewöhnt und gehörte einer Gruppe für Tiertherapie.

»Der Verein wollte ihn mir eigentlich nicht geben. Ich habe geschworen, ich würde ihn hüten wie meinen Augapfel. Man darf ihn während seines Besuchs nicht füttern. Und ihn nicht länger als zwei Stunden behalten. Am nächsten Morgen wird er schon wieder erwartet, er ist immer im Einsatz. Ich lasse Sie mit ihm allein. Natürlich beißt er nicht. Er ist darauf trainiert, sich zu den Kranken zu legen. Ich hole ihn gegen neun wieder ab. Bevor ich es vergesse: Er heißt Jonas.«

Frau Bonnefoy hatte ihm endlich den Tod von Arachide erzählt und wie schuldig sie sich fühlte. »Ich weiß, ich bausche die ganze Sache unnötig auf. Aber er fehlt mir so. Er war mein einziger Freund.« Sie verbesserte sich rasch: »Außer Ihnen, natürlich. Ich weiß, dass Sie mich gernhaben, aber Arachide kannte mich, verstehen Sie? Manchmal war ich niedergeschlagen, so ganz allein in der Wohnung. Dann kam er und hat mich getröstet. Ich streichelte ihn, und er schnurrte. Das hat mich immer beruhigt. Gedankt habe ich ihm mit dem Tod. Das verzeihe ich mir nie!«

Herr Daoust konnte ihr sagen, was er wollte, sie weinte nur. »Das einem Tier anzutun, das uns liebt und von uns abhängig ist, nein, das ist niederträchtiger Verrat. Er hatte mir volles Vertrauen geschenkt, ich habe das in seinen Augen gesehen, bevor der Tierarzt ihm die Spritze gab. Natürlich habe ich auch daran gedacht, ihn auszusetzen, zurück in die Freiheit der Straße. Aber so alt, wie er inzwischen war, konnte er nicht mehr wie früher leben. Ich bin sicher, er wäre verhungert oder der Kummer hätte ihn umgebracht.«

Als Herr Daoust den Kater Jonas wieder abholte, schlief sie. Das Tier hatte sich nicht gerührt, die Hand von Rose Bonnefoy lag auf seinem Fell. Der Kartäuser ließ sich ohne Widerspruch in den Käfig verfrachten. Er schnurrte, vielleicht weil er das Zittern der rechten Hand des Mannes für eine neue Art Liebkosung hielt. Zum Abschied miaute er kurz.

Die Kranke erwachte. Sie lächelte und hauchte: »Vielen, vielen Dank, Herr Daoust. Das hat mir gutgetan.« Sie schloss die Augen wieder. Ihre Züge waren entspannt und verjüngt.

Gewöhnlich dauerte der »Katzeneffekt« zwei Tage. Nach jedem Besuch von Jonas stand Frau Bonnefoy auf, zog sich an, aß ein wenig. Doch bald schlug die Tristesse wieder zu. Mitte Dezember erfand sie gute Gründe, am

Arm von Herrn Daoust keine kurzen Spaziergänge mehr zu machen: zu viel Wind, Regen, Schneematsch, Kälte. Vier Monate lang brachte er ihr den Kater. Nach jedem Besuch fühlte sie sich wie auf einer Wolke und zeigte wieder Interesse an ihrer Umgebung.

Weil er sie nicht noch mehr mit Berichten über die *Lebenslust* deprimieren wollte, erzählte er von sich, in Bruchstücken. Er hatte als bescheidener Angestellter in einem Ministerium in Montréal die Post verteilt. Er sagte sich, vielleicht könnte er mit einem Diplom in der Tasche einen besseren Posten bekommen. Fünfzehn Jahre lang hatte er an einem Förderungsprogramm der Regierung für Erwachsenenfortbildung teilgenommen, ein Kurs pro Trimester. Er bestand die Prüfung am Ende der Sekundarschule, besuchte das College. Mit fünfundfünfzig schloss er sein Studium an der Universität im Finanzwesen ab, immer mit sehr guten Noten. Aber auch wenn er danach als Bester von über hundert Kandidaten bei einer Bewerbung abschnitt, hatte er keine höhere Stelle erreicht. Schließlich begriff er, dass man keinen nehmen wollte, der in ein paar Jahren pensioniert würde. »Mit dreißig wäre es wohl leichter gewesen.«

Er verschwieg die Blicke, die sich die Mitglieder der Auswahlkomitees zugeworfen hatten, ihre mit Spott gemischte Ungläubigkeit hinsichtlich seiner Zeugnisse. Einige hatten ihm freundliche Fragen gestellt, andere wollten die Sache schnell hinter sich bringen, als hätte er eine seltsame Krankheit oder wäre ein Hochstapler. Damals war seine Frau sein einziger Trost gewesen. Nach jeder Absage bat sie ihn, nicht die Hoffnung zu verlieren. Weil man ihm nie etwas Besseres in Aussicht stellte, hatte er eine Ausbildung als Tischler gemacht und Kopien von Möbeln aus dem 18. und 19. Jahrhundert gefertigt. Das verlangte Konzentration und solide Fachkenntnis. Er hätte die Stücke gern behalten, aber die Wohnung war zu klein und er musste seine Arbeiten zu Spottpreisen Händlern überlassen, die dann das Fünffache dafür verlangten. »Mein BWL-Studium hat aus mir keinen Geschäftsmann gemacht«, meinte er.

Sie verstand nun, warum er so liebevoll mit der Hand über jeden schön gearbeiteten Gegenstand aus Holz strich. Sie schätzte seinen Blick auf das Leben und die Hürden, die er hinter sich hatte. Als Krebs seine Frau tötete – von seinen Gefühlen übermannt, konnte er Rose Bonnefoy nicht ansehen, als er das erzählte –, war das der schlimmste Schlag im Leben gewesen, viel härter als alle seine betrogenen Hoffnungen. Er hatte sie geliebt, vom Anfang bis zum Ende. In den ersten Jahren war er enttäuscht gewesen, dass sie keine Kinder haben konnte, ein Splitter unter der Haut, der ihn lange geschmerzt hatte. Aber auch darüber war er hinweggekommen.

Frau Bonnefoy hörte ihm zu, sah ihn an. Während sie angekleidet auf dem Bett lag, als wollte sie gleich ausgehen, saß er auf einem Stuhl neben ihr und sprach in sanften und wohlgesetzten Worten. Wenn die Krankenschwester hereinkam und die Medikamente verteilte, stand er auf, als hätte er längst gehen wollen. Im Gemeinschaftsraum zwinkerten ihm die anderen Pensionäre zu. Eine Liebesgeschichte in einem Altenheim ist immer etwas Besonderes. Man stürzt sich darauf, nimmt sie auseinander, gibt seine Meinung ab, klebt die Stücke wieder zusammen. Die Entwicklung wird bewertet, scheinbare

Pausen fallen auf, alle spekulieren über die Erfolgschancen und das Ende. Die Sache mit dem Kater und die abendlichen Besuche hatten die Meute auf die Spur gebracht. Einige von ihnen wollten auch vom Kater besucht werden, andere ereiferten sich sogar: Ein ungerechtes Privileg, das sich diese Frau erschlichen hatte. Unverschämt, ein so schöner Kater, nur für sie! Und dann gab es noch die gegen Katzen allergischen Heimbewohner …

Herr Daoust hatte nicht geahnt, dass es besonders unter Alten viel Klatsch und üble Nachrede gibt. Sobald er in den Speiseraum trat, schwiegen alle und die grauen, weißen oder kahlen Köpfe beugten sich gleichzeitig über die Teller. Es war ihm gleichgültig. Er dachte an Rose Bonnefoy und den Tag, an dem sie kräftig genug wäre, wieder gemeinsam mit den anderen zu essen.

Ihre drei Söhne, die Schwiegertöchter und nur zwei Enkel hatten sie an Weihnachten besucht. Für die Kinder lagen Schecks bereit, die ihnen die Großmutter statt der Geschenke gab: »Ihr wisst ja besser als ich, was ihr gern hättet. Seid so lieb und gebt die anderen Schecks euren Geschwistern, die nicht kommen konnten.«

Sie hatten das Geld nach einem kurzen Blick auf den Betrag mit saurer Miene eingesteckt, denn er war nicht höher als im Vorjahr. Vielleicht glaubten sie, die Großmutter (der nichts entgangen war) hätte noch eine ganze Menge im Sparstrumpf? Vor Scham und Zorn stieg ihr das Blut ins Gesicht. Die Enkel waren weder zufrieden noch dankbar; sie taten höchstens den Mund auf, wenn sie ihnen Fragen stellte, und schienen geistesabwesend. Sie verstand diese Halbwüchsigen nicht und fand sie ungezogen.

Hatte sie ihren Söhnen nicht eine gute Erziehung angedeihen lassen? Sicher, niemand ließ es an Respekt fehlen. Wenn sie nicht mehr wie früher zu ihr kamen, dann war die neue Zeit daran schuld, die viele Arbeit, und all die teuren Sachen, die Kinder heutzutage haben müssen. Sie sprach mit Herrn Daoust darüber, der eine hilflose Handbewegung machte: »Wenn ich Enkel hätte, würden sie sicher genauso reagieren wie Ihre. Erwarten Sie nicht, dass sie so sind wie Sie als junges Mädchen. Heute bekommen die Kinder immer alles, was sie wollen, die Eltern geben es ihnen sofort. Vielleicht, weil sie sich schuldig fühlen, ihnen nicht so viel Zeit widmen zu können, wie Sie damals Ihren Söhnen. Ihre Schwiegertöchter arbeiten auch, während Sie für Ihren Mann und Ihre Jungen zu Hause geblieben sind.«

Kurz vor Frühlingsbeginn fühlte Frau Bonnefoy, dass es aufwärts mit ihr ging. Die Fürsorge von Herrn Daoust und die Vorfreude auf den Besuch des Katers hatten ihr neue Kräfte gegeben. Sie dachte daran, wieder in den Speisesaal zu gehen. Trotz des Verbots der Tiertherapeutin gab sie Jonas Plätzchen mit Thunfischgeschmack, die er mit viel Zartgefühl annahm und ihr danach die Fingerspitzen leckte, was Frau Bonnefoy herrlich fand.

Die Wärme des Zimmers, Jonas, die entspannte Haltung seiner Freundin, alles erleichterte Herrn Daoust die Rede, die er vorbereitet hatte: »In einem anderen Leben waren Sie bestimmt eine Katze.« Sie lächelte. Das war genau, was sie am ersten Abend im Gemeinschaftsraum von ihm gedacht hatte. »Sagen Sie nichts, lassen Sie mich bitte ausreden. Ich habe oft darüber nachgedacht, was Sie mir anvertraut haben. Sie sind viel stärker, als Sie denken. Haben Sie noch nie Rückschau auf Ihr Leben gehalten? Eine schöne Familie, ein frohes Heim, und dann eine Reihe von bösen Schlägen, die jede andere geknickt hätten. Aber Sie haben sich tapfer gehalten und nun geht es bergauf. Katzen haben mich nie besonders interessiert, aber seit ich Ihnen Jonas bringe, habe ich Zeit gehabt, mehr über sie zu erfahren. Katzen verlieren bei einem Kampf Haare, aber sie sind zäh und behalten ihren starken Charakter. Mit zunehmendem Alter werden sie vorsichtiger, das ist alles. Rose, Sie scheinen zart, aber das Leben ist wieder da!«

Frau Bonnefoy rührte sich kaum. Sie hatte die Augen geschlossen und streichelte den Kater. Herr Daoust holte tief Luft. Er beugte sich nach vorn, weil ihm das, was nun kam, am wichtigsten war: »Rose, ist möchte Ihnen einen Vorschlag machen. Sie brauchen nicht auf der Stelle ja oder nein zu sagen, aber denken Sie darüber nach. Sie haben wegen Arachide den Halt verloren und Jonas gibt Ihnen wieder Mut. Sie haben recht, man hängt an dem Tier, das unser Leben teilt, vor allem, wenn man allein lebt. Und wie das ist, davon können Sie und ich ein Lied singen. Ich habe gelesen, dass Katzen, Hunde oder sogar ein Wellensittich Kinder ersetzen, nicht wahr? Nur – sie machen uns weniger Ärger und Kummer, sind diskret und klüger, als man denkt, vor allem Katzen.«

Frau Bonnefoy schlug die Augen auf und fragte: »Worauf wollen Sie hinaus?«

Er räusperte sich. »Ich habe lange mit der jungen Dame gesprochen, die mit Jonas arbeitet. Er wird langsam alt. Nach sechs oder sieben Jahren übernehmen andere

Katzen die Arbeit, ganz wie Blindenhunde. Aber er kann nicht bei Ihnen hier im Altersheim bleiben. Ich habe ihr gesagt, sobald es Ihnen bessergeht, würden wir beide zusammen eine Wohnung mieten, und dass ich inzwischen Katzen fast so gern habe wie Sie. Sie wäre damit einverstanden, uns Jonas zu überlassen.«

Das Streicheln hatte aufgehört.

»Bitte, sagen Sie nichts. Studenten tun sich oft zusammen und mieten zu dritt oder viert eine Wohnung. Jeder hat sein eigenes Zimmer und übernimmt einen Teil der Kosten. Das nennt man eine ›Wohngemeinschaft‹. Wenn einer allein sein will, geht er auf sein Zimmer und macht einfach die Tür zu. Man trifft sich im Wohnzimmer und der Küche. Ich war auch verheiratet, ich habe meine Frau geliebt wie Sie Ihren Mann. Vergessen dürfen wir sie nicht. Aber Sie und ich brauchen wirkliches Leben um uns. Sie haben mir gesagt, Arachide sei Ihr einziger Freund gewesen. Wenn Sie meinen Vorschlag annehmen, hätten Sie gleich zwei, Jonas und mich. Wenn ich hierbleibe, werde ich krank. Ohne Sie bin ich deprimiert. Ich glaube, dasselbe gilt für Sie. Da habe ich gedacht, dass Sie und ich … Ich verspreche Ihnen, dass ich nichts weiter von Ihnen erbitte. Ja, und jetzt muss ich Jonas zurückbringen.«

Er hob den schläfrigen Kater auf, der sich schwer machte, denn das Bett war warm und die Frau zärtlich, schob ihn sacht in den Käfig und schloss leise die Zimmertür.

Dieser Mann war feinfühliger als jeder andere Mensch, den Frau Bonnefoy in ihrem Leben getroffen hatte, viel feinfühliger als ihr Mann und ihre Söhne. Sie verstand, dass für ihn Freiheit so wichtig war wie für sie.

Am nächsten Tag kam Herr Daoust nicht. Aber er hatte ihr ein Fenster geöffnet. Sie konnte nicht genau erkennen, was sich da draußen abzeichnete, aber die Farben des noch unscharfen Bildes waren hell, im Gegensatz zu den dunklen am ersten Tag in der *Lebenslust*. Hinter dem munteren Namen verbargen sich Menschen, deren Licht immer schwächer wurde. Obwohl sie sich nach dem Tod ihres Mannes mit dem Sterben abgefunden hatte, klopfte ihr jedes Mal das Herz, wenn einer der sechzig Heimbewohner verschwand. Sie wusste, die anderen hatten sie schon auf die Liste der nächsten Opfer des Sensenmanns gesetzt, der seine Arbeit übrigens fast unbemerkt verrichtete, Ambulanz, Pflegestation, dann nichts mehr. Die Nachricht, dieser oder jene hätte sie »verlassen«, sie würden sich »in einer besseren Welt wiedersehen«, kam später. Schon lange glaubte sie nicht mehr ans Paradies oder die Hölle, das hatten Menschen erfunden, Männer. Leben oder Sterben, wie wenig das doch war! Sie wollte glücklich sein, solange sie lebte. Sie wollte wieder eine richtige Wohnung haben wie früher, mit eigenen Möbeln, auch wenn sie vom Trödler kamen, dazu Jonas und Arthur. Die Korridore, Bäder, Toiletten und Zimmer dieses Hauses, der schreckliche Gemeinschaftsraum mit den kindischen oder der Welt verlorenen Greisen, die man zuweilen auf der Straße dank der elektronischen Armbänder wieder einsammelte, das miserable Essen, der Arzt, der ihr nicht zuhörte und weiter auf seinem Rezeptblock schrieb – alles ging ihr zu schnell, war zu rabiat, als müsse man sich der Alten so rasch wie möglich entledigen.

Für sie war die *Lebenslust* nichts als ein schwarzer Korridor, die letzte Station vor der engen Kiste, die auf uns alle wartet. Deckel zu, Einäscherung, ein Loch in der Erde: So oder so, was kümmerte sie das noch? Ihr war es gleich, was getuschelt wurde, wenn sie mit Herrn Daoust eine »Wohngemeinschaft« bildete. Es ging um ihr Leben, um ihr glückliches Leben. Ein Kater, ein Mann, sich um etwas Lebendiges kümmern. Nicht auf das Ende warten, hier oder in einem anderen Heim, im Krankenwagen oder im Hospital. Das käme früh genug.

Mit Daumen und Zeigefinger sammelte sie Haare von Jonas, die sie in der Hand behielt. Eine Hilfe für angenehme Träume.

Das Ende der Geschichte? Es gibt kein Ende, noch nicht. Frau Bonnefoy und Herr Daoust haben in einem Vorort von Montréal eine Wohnung gefunden, im Erdgeschoss eines vierstöckigen Mietshauses. Ihre Söhne hatten ihr heftige Vorwürfe gemacht: Mit einem alten Mann aus der *Lebenslust* zusammenziehen sei unschicklich. Im Heim sei sie doch bestens betreut gewesen. Und außerdem: Alles sei Hals über Kopf gegangen, sie habe wohl nicht nachgedacht. Ihre Mutter hörte zu, antwortete nicht, hatte ihnen wie immer eine Tasse Tee und Plätzchen angeboten. »Bis bald«, sagte sie, als sie abfuhren. »Ich hoffe, ihr kommt mich ab und zu in der neuen Wohnung besuchen.«

Die anderen Mieter sind junge Ehepaare mit kleinen Kindern. Die beiden Alten kamen ihnen zunächst ein wenig seltsam vor, sie nennen einander »Monsieur Arthur« und »Madame Rose«, wie vor hundert Jahren, obwohl es so aussieht, als lebten sie seit langem zusammen. Sie verstehen sich offenbar glänzend.

Am Abend vor ihrem Einzug hat ein Transporter ein paar Möbel und Kartons in die Fünfzimmerwohnung gebracht. Man erfuhr wenig über sie, nur dass die Frau herzkrank ist und der Mann an Parkinson leidet. Anfangs ging sie wenig aus dem Haus. Jetzt macht sie Spaziergänge, die sie bis ans Ende der Straße führen, da, wo die Äcker beginnen. Sie hat frischere Farben und ist eine liebenswürdige, gutgekleidete alte Dame. Ihr Partner ist sympathisch und spricht wenig. Sein weißer Schnurrbart ist beeindruckend und steht ihm gut. Er ist oft außer Haus und arbeitet in einem Schuppen, wo er Möbel baut, die er dann verkauft. Er ist ein sehr geschickter Tischler. Beeindruckend, mit seinem Handicap so schöne Sachen zu fertigen.

Doch schon bald wunderte sich niemand mehr über sie. Sie sind das älteste Paar im Haus, taktvoll und zuvorkommend. Wenn eine Familie in Urlaub fährt, gießen sie die Blumen, kümmern sich um das Aquarium des Jungen im ersten Stock, unterzeichnen für die anderen, wenn der Briefträger ein Einschreiben bringt. Man könnte annehmen, zwischen ihnen und den anderen Mietern würden sich engere Beziehungen entwickeln, doch bleiben Monsieur Arthur und Madame Rose lieber für sich. Sie laden ihre Nachbarn nicht ein, und bisher hatten sie noch keinen Besuch. Allem Anschein nach haben weder sie noch er Kinder. Bei ihrer Ankunft hatte ihnen eine russische Emigrantin Brot und Salz geschenkt, wie es die Tradition verlangt. Als Rose Bonnefoy ihr die Tür öffnete, haben sie freundliche Worte gewechselt, aber sie hat die Nachbarin nicht hereingebeten. Hinter Rose stand ein Kater, der die Russin mit seinen großen kupfergoldenen Augen ansah. Als die beiden Frauen auf der Türschwelle miteinander sprachen, hallten ihre Stimmen, als sei die Wohnung halb leer.

Ein Jahr später hat das Paar ein Auto gekauft, das der Mann lenkt und sehr sauber hält. Wenn sie den Tag außer Haus verbringen, springt der schöne Kater auf den Rücksitz und von dort unter die Heckscheibe. Vielleicht ist er etwas zu rundlich. Dabei geht er jeden Morgen lange im Garten spazieren. Er ist unglaublich sanftmütig und würde keiner Fliege etwas zuleide tun. Statt auf Vögel Jagd zu machen – sie haben sich längst an seine Anwesenheit gewöhnt –, bleibt er sitzen. Nur ab und zu zuckt sein Schwanz. Sobald die Dame oder der Herr ihn rufen, läuft er zu ihnen, wie ein Hund. Begegnet er anderen Artgenossen, begrüßt er diese höflich und verabschiedet sich rasch, auch wenn der eine oder andere noch gerne weitergeplaudert hätte. Sein Fell ist unglaublich dicht und glänzend. Man sieht, dass die Besitzer ihren Begleiter pflegen und jeden Tag ausgiebig bürsten. Sein Gang verrät, dass er sehr wohl weiß, was ihm gebührt. Er sieht glücklich aus. Sein Alter ist schwer zu erraten.

Zwei Frauen im selben Haus, zwei Katzen im selben Sack

Der Professor unterbrach sich und beobachtete Catherine, während peinliche Stille im Hörsaal einkehrte. Sie setzte sich auf den letzten Platz. Ganz außer Atem leerte sie ihre Tasche auf den Tisch, ein Durcheinander von Schreibzeug, Heften, Büchern. Die anderen Studenten warteten. Sie murmelte »Entschuldigung, Verzeihung«, schenkte dem streng dreinblickenden Herrn auf dem Podium ihr schönstes Lächeln, als wollte sie sagen: »Ich bin da und ganz Ohr. Tut mir wirklich leid, die Störung.«

Catherine kam immer und überall zu spät, zehn Minuten oder eine Woche. Weil sie im Schatten der Kathedrale der heiligen Cäcilie in Albi geboren war, unter der Sonne Südfrankreichs, glaubte sie, Schwierigkeiten würde das Leben ganz von allein ausräumen. Alles zu planen und vorzubereiten sei sinnlos. Deshalb war sie vor Beginn ihres Studiums bis zur letzten Minute bei Eltern und Freunden geblieben. Sie glaubte, der Zufall käme ihr schon zu Hilfe, wenn sie erst mal in der Normandie wäre.

Aber als sie in Caen aus dem Zug stieg, schien es, als hätte ihr guter Stern sie verlassen. Sie hatte natürlich nicht daran gedacht, sich um ein Zimmer in einem Studentenheim zu bewerben. Und, egal wie bescheiden, ein Hotel konnte sie sich nicht leisten. Sie klopfte bei der

Jugendherberge an. Als der Leiter sie sah, mit schwerem Gepäck und einem Käfig, machte er ihr klar, Tiere dürften nicht ins Haus. Aber angesichts Penelope wurde er schwach, einer kaffeebraunen, cremeweißen und maulwurfsgrauen Schildpatt-Angora mit riesigen Pfoten und einem Schweif so buschig wie bei einem Fuchs im Winter. Nach einigem Hin und Her bekam Catherine ein Zimmer auf dem Dachboden. Penelope machte es sich auf einem der beiden Betten bequem. In derselben Nacht riss sie aufs Dach aus und kam erst zurück, als sie Thunfisch aus der Dose roch, für den sie wie die meisten Katzen alles hätte stehen und liegen lassen.

Zu Anfang war Catherine die Architektur der modernen Universität zuwider gewesen (»nichts als scheußlich langweilige Schokoladentafeln überall«, hatte sie dem Vater am Telefon gesagt). Aber sie gewöhnte sich schnell daran. Sie belegte französische Literatur in der nebelhaften Hoffnung, später einmal Kinderbücher zu schreiben. Am zweiten Vorlesungstag entdeckte sie am Schwarzen Brett der Mensa eine Anzeige: *Suche Untermieterin. Kleine, aber schöne Dreizimmerwohnung. 20 Min. zu Fuß von der Uni. Nicht geeignet, falls allergisch gegen Katzen. Vicky.* Von den Fähnchen mit der Telefonnummer unten am Zettel fehlten schon drei. Da hieß es, schnell zu handeln. Sie rief sofort an. Vicky redete wie eine Immobilienmaklerin, höflich, sachlich, professionell, mit einem etwas zu kultivierten englischen Akzent. Sie beschrieb kurz die Wohnung und erklärte Catherine den Weg von der Jugendherberge zu ihr. Sie wollten sich am selben Abend um acht Uhr treffen.

Wie immer kam Catherine zu spät, und nach vier Stock Treppensteigen war sie außer Atem. Nie um eine

Entschuldigung verlegen, erzählte sie, die Studenten des ersten Jahres hätten eine Einführung in die Bibliothek über sich ergehen lassen müssen. Der Umweg über die riesige Festung, in deren Kern ein paar verfallene Überreste der Bauten aus der Zeit Wilhelms des Eroberers zu sehen sind, sei zu lang gewesen. Und selbstverständlich hatte sie sich verirrt. Unerwähnt ließ Catherine ihre Enttäuschung über die hässliche und funktionelle Architektur in einer Stadt mit so glorreicher Vergangenheit. Der Krieg hatte die Stadt in Schutt und Asche gelegt. Danach wurde sie von »verantwortungslosen Nichtskönnern, die sich Architekten nennen«, in diesem faden Stil wieder aufgebaut. Nur der helle Stein der Häusermauern gefiel ihr.

Vicky, eine Engländerin mit kühlem Blick, stammte aus Somerset und studierte seit zwei Jahren in Caen. Daher ihr fabelhaft gutes Französisch. Catherine beobachtete sie und ordnete sie rasch in die Kategorie des Kräutchens Rührmichnichtan. Eigentlich war das Mädchen ganz hübsch, wenn man diesen Typ mochte: groß, schlank, dünnes aschblondes, kurzgeschnittenes Haar, sehr helle Haut, ungeschminkt, die Augen ein verwaschenes Blau, kurzsichtig, aber zu eitel, eine Brille zu tragen. Sie lächelte ständig.

Eine reglose, zusammengerollte weiße Kurzhaarkatze mit langen dünnen Beinen starrte Catherine an. »Das ist Malvina«, sagte Vicky. »Sie stammt auch aus Somerset. Zwei Jahre alt.«

»Malvina! Was für ein wunderschöner Name«, dachte Catherine. »Warum habe ich eigentlich nie eine meiner Katzen Malvina getauft?« Penelope hatte sieben Jahre auf dem Buckel und musste schon Futter für Katzen »auf der

Schwelle des Greisenalters« bekommen, hatte die Verkäuferin der Zoohandlung in Albi gemeint. Mit so einer jungen Schönheit die Wohnung zu teilen fiele ihr bestimmt nicht leicht. Tatsächlich zeigte Penelope Altersmarotten: Sie mochte nichts, was ihren Tagesrhythmus durcheinanderwarf, und sträubte sich immer heftiger, wenn sie in den Käfig musste. Catherine bewunderte Malvina, das Wort »Somerset« im Ohr. Sie musste dabei an ein unbekanntes Feenreich denken.

Vicky zeigte die Wohnung, die aus drei zusammengelegten Dienstmädchenzimmern bestand. Von hier aus hatte man einen schönen Blick auf die Abbaye-aux-Hommes und Saint-Étienne. Catherine sagte dauernd ehrlich gemeinte »Herrlich! Wirklich wunderbar!«. In der Mitte lag ein schmaler Wohnraum mit einem Sofabett für eine Person, zwei Sesselchen, von denen eins Malvina besetzte, einem Fernsehgerät; in die Essecke hatte Vicky einen winzigen viereckigen Tisch und zwei Hocker gezaubert. In den Schlafzimmern links und rechts befanden sich je ein Einzelbett, ein Stuhl, eine aufklappbare Schreibplatte und drei Regale sowie ein Einbauschrank. Im blitzblanken weißgekachelten Bad entdeckte sie keinen einzigen Toilettenartikel, nur Handtücher neben der Dusche. Vicky schien eine Vorliebe für die jungfräuliche Farbe zu haben: Bei ihr war alles in minimalistischem Weiß, Wände, Möbel, Kissen, Bettzeug. Keine Blumen, nichts Überflüssiges. Auf der engbrüstigen Kommode in Vickys Zimmer sah Catherine in einem emaillierten Rahmen das Foto eines braungebrannten jungen Mannes, der eine beachtliche Zahl prachtvoller Zähne zeigte. Irgendwie passte er nicht zu dieser Erstkommunikantin, aber Vicky erklärte,

Simon sei ihr Freund. Er mache gerade seinen Master; sie studierten beide Anthropologie. Catherine lobte überschwänglich die Ordnung, die Sauberkeit und das Geschick, mit dem Vicky diese kleinen Räume eingerichtet hatte. Der Blick der anderen drückte weder Freude noch Erstaunen aus.

Im Nachhinein sagte sich Catherine, dieses geschniegelte Weibchen mit der weißen Bluse und dem schmalen schwarzen Rock sei ihr schon beim ersten Treffen nicht sonderlich sympathisch gewesen, genauso wenig wie die regungslose Katze, und schon gar nicht all dieses Weiß und der Geist, der hinter der manischen Ordnung auf dem Schreibtisch sowie im Schlaf- und Wohnzimmer steckte. Ihre Regale waren mit Büchern vollgepackt, und keins stand schief. Die büffelte wie verrückt, das sah man auf den ersten Blick, und ehrgeizig war sie bestimmt auch. Catherine war unruhig: Wie würde Penelope reagieren, wenn sie Malvina und Vicky kennenlernte? Aber die Wohnung war genau das, was sie sich wünschte, ruhig, zentral gelegen, sauber, groß genug für zwei. Hoffentlich auch für vier. In Albi war Penelope die Königin ihres Reviers gewesen. Das wäre hier nicht mehr der Fall. Ob sie Untermieterin werden wollte oder nicht, musste Catherine sofort entscheiden. Sie holte tief Luft und nahm an. Zu teuer für sie. Dann würde sie eben nach Hause schreiben und betteln. Ihr Vater war nicht reich. Dagegen sah die Engländerin nach Geld aus und sparte trotzdem die Hälfte der Miete.

Catherine zog am folgenden Tag ein. Zunächst hatte sich Malvina ruhig verhalten. Aber als Penelope aus dem Käfig kam, war die englische Katze aufgestanden, hatte einen Buckel gemacht, ein Funkeln in den blassblauen Augen, das nichts Gutes verhieß. Penelope kümmerte sich überhaupt nicht um die andere, behielt sie aber im Blickfeld, ein Meisterstück vorgetäuschten Selbstbewusstseins, mit dem sie ihre Befangenheit überspielte. Schildpatt und Schneewittchen. Süden und Norden. Bunt gegen Weiß. Die Plebejerin auf der Suche nach einer Bleibe bedrohte die Prinzessin in ihrem Schloss.

Wenn sie das Haus verließen, mussten die Mädchen ihre Lieblinge in die Schlafzimmer einsperren. Kaum war der Schlüssel umgedreht, beschimpften sich die Katzen. Gewöhnlich begann Malvina mit der Litanei: Fauchen, gefolgt von tiefem, dann eine Oktave höherem Knurren, einer Reihe schriller Schreie. Schweigen. Warten. Penelope antwortete, machte sich über dieses blutarme und manierierte Wesen lustig, das ihr den Zugang zu ihrem Revier verweigerte. Man würde schon sehen, wer stärker war. Sie hörten mit der Schimpferei erst auf, wenn Vicky, die meist als Erste zurückkam, die Eingangstür aufschloss und ihre Zimmertür öffnete. Malvina nahm die Einladung zum Abendessen nicht gleich an, stürzte sich auf das Tor zur Festung der anderen, die Nase einen Millimeter über dem Fußboden, fauchte ununterbrochen, während Penelope beharrlich schwieg und den Eindruck machte, sie sei hier nur das Opfer. Es brauchte sanfte Worte, beruhigendes Streicheln längs des Rückgrats, um Malvina zu besänftigen. Erst dann widmete sie sich ihrem Futter, das sie hastig verschlang, wobei sich ihre Ohren hin- und herbewegten. Sobald Catherine nach Hause kam, schloss sich Vicky mit Malvina ein, während Penelope vor dem Napf der Rivalin hockte, ihren eigenen nicht beachtete, auch wenn er voll war. Sie unterbrach sich oft, ihr Schweif fegte über die Kacheln. Sie überwachte die Tür, hinter der Malvina lauerte. Beim geringsten Laut ließ Penelope das Futter stehen, suchte den Blick von Catherine.

Die beiden Studentinnen hatten rasch einen Stundenplan aufgestellt, der jeder ihre Privatsphäre sicherte: Wenn die eine aufstand, war die andere schon aus der Wohnung. Catherine schmökerte gern bis Mittag in der Essecke, Penelope auf dem Schoß. Bevor sie sich auf den Weg in ihre Nachmittagsvorlesungen machte, schloss sie die Katze in ihr Zimmer ein. Vicky kam gegen eins nach Hause, machte sich ein Sandwich, trank eine Tasse Tee und arbeitete bis zum Abend, während Malvina auf ihrem Sessel thronte. Weil Catherine in der Mensa aß und spät zu Bett ging, sahen sie sich nur am Wochenende.

Zwei Wochen nach Beginn ihres Zusammenwohnens ließen Vicky und Catherine die Katzen frei. Kriegsgeschrei, wütende Balgerei, Beißereien an Hals, Pfoten, Bauchfett. Schnell und geschmeidig wie ein Aal nutzte Malvina ihre Magerkeit, während die dicke Penelope einen Moment lang sprachlos vor dieser weißgekleideten Furie stand, was sie einige Fellbüschel kostete, bevor sie sich besann und Malvina platt walzte. Vicky wollte ihren Liebling retten, aber Catherine hielt sie zurück und betonte, die Katzen müssten ihren Zwist untereinander und allein austragen. Vicky schockierte »dieser barbarische und unwürdige Kampf«, rief, Malvina käme selbstverständlich nicht gegen die dickbäuchige Penny an, »eine höchst ordinäre Straßenkatze, und ich drücke mich noch zurückhaltend aus!«. Catherine zuckte mit den Achseln. In Albi sperrte keiner eine Katze ein, alle waren frei und die Straßen und Gassen gehörten ihnen. Die Kater schlugen sich, die Katzen brachten die Jungen zur Welt. Nach ein paar Tagen ersäufte man einen Teil des Wurfs, die anderen wurden später verschenkt. Ab und zu musste jemand das Rathaus anrufen, das drei Männer und einen Kastenwagen schickte, die zu zahlreich gewordenen Tiere einzusammeln. So war eben das Leben, jedem das seine. Sie hütete sich jedoch, Vicky allzu offen zu widersprechen, zog sich in ihr Zimmer mit einer triumphierenden und zufriedenen Penelope zurück, die Malvina endlich eine Lektion im Fach »Gutes Benehmen« erteilt hatte.

So standen die Dinge zwischen den beiden Katzen, als eines Nachmittags Simon seine Freundin besuchte. Das Foto spottete dem Original: griechisches Profil, kurzgeschnittenes lockiges Haar, volle Lippen, charmantes Lächeln, schwarze Augen. Und dazu der Körper eines athletischen römischen Zenturios. Er trug einen Rucksack voll Bücher und Hefte und in der Hand einen kleinen Käfig, den er sanft auf den Boden stellte. Catherine traute ihren Augen nicht, als ein Miniaturhase (in Wirklichkeit ein Zwergkaninchen) herauskam, wie sie noch keinen gesehen hatte, weiß, kurzes weiches Fell, Schnurrbart wie Korkenzieher, »kaum sieben Zentimeter lange Ohren«, so Simon, sehr stolz. Malvina begrüßte den Wicht liebevoll und schleckte ihn ab. Simon warf ein gestricktes Bällchen in den Raum, und das Häschen begann zu zeigen, was es konnte. Es war auch zu komisch, wie es danach hüpfte, es zurücktrug und neben Malvina fallen ließ, die dann selbst damit spielte. Catherine stand mit offenem Mund vor dem Schauspiel (wohl noch mehr wegen des schönen Simon) und dachte: »Verrückter geht es nicht.«

Eine Freundschaft zwischen einer Katze und einem Mini-Hasen, die zusammen spielen, sich gegenseitig abschmatzen und verliebte Blicke zuwerfen!

Simon erklärte ihr: »Das ist ein Miniatur-Rex, ziemlich selten, sehr liebesbedürftig und hochintelligent. Er heißt Doudou.«

Sie fragte, ob sie ihn halten dürfte. Er hob das Tierchen auf und setzte es in ihre Hände, wobei er ihren Arm streifte. Doudou war überraschend schwer. Catherine spürte die Muskeln der Hinterbeine unter dem unglaublich seidigen Fell; längs des Rückgrats verlief eine Reihe dunklerer Punkte. Der Hase war wirklich bezaubernd mit seinem rosa Näschen, das permanent schnupperte, den schimmernden Nägeln. Sie streichelte seine Stirn und die warmen Ohren, kraulte ihn unter dem Hals und auf den Schulterblättern, wobei er leise seufzte. Als sie ihre Hand zurückzog, stellte er sich auf die Hinterbeine und schnupperte an ihrer Kehle. Sie fuhr zurück und ließ ihn fallen. Vicky und Simon lachten: Doudou wollte ihr nur ein Küsschen geben, er biss höchstens, um sich zu verteidigen oder wenn man ungeschickt mit ihm umging. Verwirrt bückte sie sich, wollte ihn wieder streicheln, aber Malvina kam dazwischen, sie beschützte ihren kleinen Freund. »Sie sind seit langem ineinander verliebt«, sagte Vicky, »und fast gleichaltrig. Stell dir vor, er macht noch öfter Toilette als Malvina.«

Obwohl Catherine das Tierchen nett fand, dachte sie, bei ihr zu Hause kämen alle Hasen, auch wenn sie noch so klein waren, in die Pfanne und schmeckten besonders gut mit Senfsoße. Natürlich war er niedlich, aber sie konnte nicht vergessen, dass er auch ein Nager war. Sie bedauerte Simon gegenüber, Doudou lieber nicht Penelope vorzustellen, die ihn womöglich für eine neuartige begehrenswerte Beute halten würde. Sie ging in ihr Zimmer.

Dort atmete sie mehrmals tief durch. Himmel, war Simon schön! Kräftig, gut proportioniert, ein wunderbarer Kopf. Leider war er der Freund der weißsüchtigen, unfehlbaren, mageren Vicky, hinten so platt wie vorne, mit ihrem ewigen Madonnenlächeln. Die verfügte bestimmt über verborgene Talente, mit denen sie sich Simon geangelt hatte, so vielleicht einen ausgeprägten Geschäftssinn (sie hatte ihr noch nicht den Mietvertrag gezeigt und ließ Catherine im Ungewissen, wie viel die Wohnung im Monat wirklich kostete). Sie schlug die Bücher auf, schob einen Fuß unter Penelope, die neben ihr lag. Unmöglich, sich zu konzentrieren, wenn der junge Mann lachte. Durch die dünne Wand hörte sie Tuscheln, während Malvina und Doudou vom Wohn- ins Badezimmer liefen und ganz kurz vor ihrer Tür anhielten. Simon ging um elf. Der Ritter verbrachte die Nacht nicht bei der blassen Jungfer. Ein seltsames Wesen, diese Engländerin.

Hatte ihr der Zufall Simon in die Mensa geschickt? Er lud Catherine ein, sich zu ihm zu setzen, und fragte sie, wie sie Doudou fände. Vorsichtig und etwas durcheinander, ihm hier im lauten Stimmengewirr des Saals zu begegnen, gestand sie, dass dies ihre erste Begegnung mit einem Miniaturhasen gewesen war. Es täte ihr immer noch leid, die Sache mit seinem Küsschen, aber sie hätte unwillkürlich an seine Schneidezähne gedacht. Warum ein Häschen?

»Einfach so. Frag einen Musiker, warum er dieses und kein anderes Instrument spielt. Wahlverwandtschaft. Der Kleine ist sanft und zärtlich, wie sein Herrchen«, antwortete er, wobei er ihr tief in die Augen sah. Das war Catherine ein wenig zu direkt; sie fühlte, wie ihr das Blut in die Wangen stieg. Er fuhr fort: »Ich hatte Glück mit ihm. Es gibt welche, die dumm, störrisch oder unsauber sind und die Möbelbeine anknabbern. Aber er ist wirklich lieb und klug. Er schläft bei mir im Bett. Wenn ich den Wecker nicht höre, zieht er mich am Schlafanzug oder kitzelt mich.«

Sie redeten noch, bis in der Mensa die Lichter ausgingen. Simon fragte sie aus: Woher sie kam, welchen Beruf ihr Vater hatte, warum sie Literatur studierte, wer ihre Freunde im Süden waren, ihr Lieblingssport, das Alter von Penelope und welche Angewohnheiten und Ticks ihre Katze hatte. Ohne seine Augen und dieses Lächeln hätte es sich beinahe wie ein Kreuzverhör angehört. Er war wirklich umwerfend. Wie er sich vorbeugte, echtes Interesse zeigte, wie er mit seinen Fragen Catherine besser zu verstehen suchte, ohne nachzubohren, wenn sie mit der Antwort zögerte. Sie konnte ihm vertrauen, das spürte sie und antwortete ihm offenherzig und frei, wie sie es zu Hause tat, hielt zuweilen mit einem »Und du?« das Gespräch in Gang. Er schrieb eine Arbeit über die Tätowierungen der Berber im Mittleren Atlas. Er musste nur noch ein letztes Mal ins Feld reisen und seine Hypothese untermauern, dass es sich um eine vollständige Zeichensprache aus vorrömischer Zeit handelte.

Catherine entdeckte einen intelligenten, jungen Mann, der ein Gespür dafür hatte, wie weit er es mit seinen Fragen treiben konnte. Manchmal, wenn er von seinen Gesprächen mit den Frauen in Nordafrika sprach, legte er ihr kurz die Hand auf den Arm, und zwar genau dann, wenn sie seine Berührung wünschte. Als Kind in Bourg-en-Bresse, in der Nähe von Lyon, waren seine besten Freunde die Söhne eines marokkanischen Berber-Ehepaars gewesen. Von ihnen hatte er die Sprache gelernt. Die Mutter trug auf der Stirn, den Hand- und Fußgelenken geheimnisvolle blauschwarze Zeichen, deren Bedeutung sie selbst nicht kannte. Schon als Jugendlicher wollte er mehr darüber wissen, und bereits im ersten Semester waren seine Professoren auf ihn aufmerksam geworden. Catherine fand ihn faszinierend, denn er war sich vollkommen bewusst, wie wichtig die nun kommenden letzten Arbeitsmonate für ihn sein würden. Sie erzählte ihm von ihrem Wunsch, Kinderbücher zu schreiben; deshalb studierte sie Literatur und hatte ein paar Kurse in Schreibtechniken belegt. Die Pflichtlektüre war aber nicht das, was sie sich erhofft hatte. Sie las am liebsten zeitgenössische Autoren, die über Frankreichs Zukunft nachdachten. Sie verfolgte ein pädagogisches Ziel: Kindern zeigen, was verwaschene Schlagworte wie »Verständnis für den anderen« und »Auseinandersetzung mit fremden Kulturen« bedeuteten. Zum ersten Mal sprach sie so offen über ihr Projekt.

Zunächst hatten sie Vicky nicht erwähnt. Das kam später. Simon bewunderte die Intelligenz seiner Freundin, ihre methodische Arbeitsweise, die Fähigkeit, Impulse zu unterdrücken, Ruhe zu bewahren, wenn sie den falschen Weg eingeschlagen hatte oder bei ihren Forschungen in eine Sackgasse geriet. Sie sammelte, ordnete und verglich normannische und englische Gebräuche. Sich selbst bezichtigte er der Ungeduld, er formulierte vorschnell Hypothesen, aber Vicky bremste und zwang ihn, seine Ergebnisse gründlich zu überprüfen. Er brauchte eine Frau, mit der er gemeinsam das Durcheinander von Spuren aufdröseln konnte, die Dutzende von Generationen hinterlassen hatten. Sie brachte Ordnung in seine Schlussfolgerungen und beurteilte sie unnachsichtig. »Vicky ist die Logik in Person. Du solltest mal etwas lesen, das sie geschrieben hat. Da beißt keine Maus einen Faden ab. Sie ist kein Traumtänzer wie ich.« Dabei sah er Catherine mit unverhohlenem Begehren an. Er lächelte kaum noch. Sie dachte: »Da ist nichts mehr zu machen. Die Engländerin hat ihn im Schraubstock. Er will bloß mit mir schlafen. Ein Schürzenjäger, wie er im Buche steht. Er merkt wahrscheinlich, dass mir bei solchen Männern die Knie weich werden.« Über die Katzen und den Hasen sprachen sie kaum noch.

Doudou sah sie eine Woche später. Der Kleine sauste durch die Einzimmerwohnung, während Simon einen Gemüsesalat zubereitete; Catherine hatte Käse und Brot mitgebracht. Sie fühlte sich hier sofort wohl: An zwei Wänden standen bis zur Decke Bücherregale, überall lagen Amulette und Glücksbringer der Berber. Über der Bettcouch hing ein herrlich bestickter, mit Pailletten übersäter Hanbel; unter einem Glastisch lag ein anderer Teppich in lebhaften Farben, »eigentlich nur für Frauen, ein Geschenk«. Ziemlich viel Staub und Unordnung, Bücherstapel neben dem mit Papieren übersäten Arbeitstisch. Beim Essen sprang Doudou Simon auf den Schoß und bettelte vergebens um ein Stückchen Blumenkohl, Möhren oder Bohnen. Dann versuchte er sein Glück bei Catherine, die ihm alles gab, was er wollte, und lachte, wenn sie ihn knabbern hörte. Der Zwerg war auch zu drollig, wenn er seine Nase in ihre halboffene Hand steckte. Als sie aufstehen und Simon beim Abtragen des Geschirrs helfen wollte, urinierte Doudou auf ihre Hose. »Jetzt hat der Schlingel dich endgültig akzeptiert. So markiert er nämlich sein Territorium. Wie Hunde. Ist das nicht eigenartig? Ich hätte gern zwei vom selben Wurf gehabt, aber das Geschlecht zu bestimmen ist fast unmöglich. Wenn das andere ein Weibchen gewesen wäre – ein unbewachter Augenblick, und schon hast du die Bescherung. Das geht schneller, als du überhaupt hinsehen kannst.«

Catherine ging gegen Mitternacht. »Von einem Hasen hat er nichts«, dachte sie auf dem Heimweg. »Er gibt mir genau, was ich brauche. Bleibt Vicky. Hm, wir werden sehen.« Im Leben löst sich alles von selbst, sogar in der Normandie.

Malvina und Penelope hassten sich wie zuvor. Aber wenigstens fielen sie nicht mehr übereinander her, wenn sich zufällig ihr Weg kreuzte. Sie verlangten ihr Futter mit der Pünktlichkeit von Weckern, bekamen es aber nicht mehr in der Küche, sondern im jeweiligen Schlafzimmer, wo auch ihre Streukisten standen. Sie mieden sich, wo sie konnten. Penelope hatte die Idee aufgegeben, den zweiten Sessel im Wohnzimmer für sich zu erobern. Sobald sie ihm zu nahe kam, erhob sich Malvina, beobachtete den Eindringling, plusterte sich auf und fauchte, wenn Penelope die von der rechtmäßigen Herrin festgesetzte Grenze überschritt. Catherine hatte recht gehabt: Sie brauchten Zeit, ihre Probleme miteinander zu regeln.

Vicky zeigte nicht das leiseste Zeichen von Verdacht,

was Simon und Catherine betraf. »Sie ist so heuchlerisch wie ihre Katze. Sehr schlau, *indeed*. Immer ein freundliches Lächeln. Ich hätte schon längst eine Szene gemacht und auf Erklärungen bestanden.« Seit ihrem ersten Abend mit Simon fühlte sich Catherine in Gesellschaft der Engländerin unbehaglich und schwatzte nicht mehr so munter drauflos wie zuvor. Sie hatte Angst, sich zu verraten. Wenn sie nicht an der Universität oder bei Simon war, arbeitete sie in ihrem Zimmer. Vicky hatte ihr freundlich, aber nachdrücklich Vorwürfe gemacht, weil Penelope in der ganzen Wohnung Haare verteilte. Jetzt bürstete Catherine ihre Katze, was wütende Proteste zeitigte, denn ihr langes Fell verfilzte schnell.

Catherine studierte mit einem Eifer, der ihre Eltern erstaunt hätte. Sie kam pünktlich in ihre Kurse, kannte die Abteilung französischer Literatur in der Bibliothek wie ihre Westentasche, gab ihre Arbeiten pünktlich ab – und ihre Noten verbesserten sich zusehends. Als sie in den Weihnachtsferien nach Hause fuhr, riefen alle, das normannische Klima bekomme ihr nicht, sie sei abgemagert, mit Ringen unter den Augen, und wie schlecht sie sich hielt! »Du brauchst frische Luft und Sport! Blass wie ein Leintuch bist du! Pass auf, dass du kein Bücherwurm wirst!«

Sie erklärte, ihrer lückenhaften Kenntnisse wegen müsste sie viel nachholen, im Winter regnete es oft, ein feuchtkaltes Klima, es gab sogar Schnee. Alle bemitleideten sie. Penelope und Catherine wurden wie Gänse gemästet. Die Katze war glücklich, in ihren alten Trott zurückzufallen.

Bei ihrer Rückkehr stellte Catherine fest, dass Simon

und Doudou Vicky wie zuvor samstags besuchten. »Ich würde ihn gern öfter sehen, aber er muss unbedingt seine Magisterarbeit zu Ende schreiben. Der Dekan hat ihm schon zweimal den Abgabetermin verlängert. Wenn er es dieses Jahr nicht schafft, ist es aus mit dem Traum. Er könnte keine Doktorarbeit mehr anmelden.«

Davon hatte Simon ihr nichts erzählt. Diesmal hätte sich Catherine beinah verraten. Dass er sein Spiel so perfekt beherrschte, verschlug ihr den Atem. Vicky gegenüber benahm er sich in ihrer Gegenwart wie immer: strahlendes Lächeln, Gespräche über den Fortschritt seiner Arbeit, die Gesundheit von Doudou, den wieder einmal eine Bronchitis plagte.

Im März teilte Simon den beiden mit, Ende Juni ginge er für knapp drei Monate nach Marokko, wo er seine Daten hinsichtlich der verlorenen Zeichensprache vor der Abgabe der Arbeit überprüfen musste. Er fragte Vicky, ob er den Zwerghasen in ihrer Obhut lassen könnte: »Doudou ist nicht gern allein. Du weißt, dass er wenig, aber ständige Zuwendung braucht. Ich will ihn nicht ins Tierheim geben, mit all den anderen Tieren. Außerdem würde mich das ein Vermögen kosten.« Seine Freundin hatte sich sofort bereit erklärt: »Aber natürlich, kein Problem. Ich wäre zwar gern mit dir gefahren (Catherine wurde blass), aber ich muss meine Diplomarbeit schreiben und bin den Sommer über sowieso hier. Keine Sorge, du weißt ja, ich werde ihn wie meinen Augapfel hüten.«

Catherine war verletzt. Sie hätte Simon gern während seiner Arbeit beobachtet, »im Feld«, wie er es nannte. Er hatte schon früher gemeint, das wäre sehr langweilig für Amateure. Ein Mikrofon und ein Tonbandgerät vor den »Ansprechpartnerinnen« und seine Fragen, immer dieselben: In welchem Alter waren sie tätowiert worden, wer hatte das vorgenommen und wo; welche Bedeutung schrieb man den Zeichen zu; hatte der Zauber gewirkt oder nicht; kannten sie die Namen der Zeichnungen und deren Beziehung zu ihrem Vornamen? Er ließ die Frauen reden; sie sprachen gern und viel. In Gegenwart des französischen Studenten fühlten sie sich wichtig, denn er war nicht nur klug und beherrschte ihre Sprache. Ihnen gefielen seine Lippen und die schwarzen Augen mit den langen Wimpern.

Weil sich Catherine als fünftes Rad am Wagen fühlte, kam sie nicht mehr in seine Wohnung, was Simon offenbar nicht weiter betrübte. Nur einmal fragte er sie, warum sie nicht mehr den Abend mit ihm verbringen wollte. Sie schützte zu viel Arbeit vor, man steckte ja mitten im Semester und sie hätte kaum noch Zeit für sich. Danach berührte er das Thema nicht mehr. Sie war sehr enttäuscht, schluckte aber die bittere Pille. Aus dem Mädchen, das vor einem Jahr die Blicke aller Jungen auf sich gezogen hatte, war eine ernste, fleißige Studentin geworden wie Tausende andere auch.

Anfang Juli fuhr Simon ab, nachdem er Vicky den Hasen anvertraut hatte. Malvina, die Vicky, Simon und Doudou umschmeichelte und Catherine gegenüber gleichgültig blieb, machte Penelope auch hinter verschlossener Tür klar, wie sehr sie die Gesellschaft von Doudou genoss.

Mit Doudou sank die Spannung in der Wohnung. Der Mini-Rex hatte zufällig Penelope getroffen, die sonst ja kaum aus dem Schlafzimmer herauskam. Und da erwiesen die beiden Katzen sich plötzlich die ersten Höflichkeitsbesuche. Penelope nahm die Einladung seitens Doudous an und überschritt nach langem Zögern die Grenzen des Hoheitsgebiets von Malvina. Besser noch: Die beiden Katzen begrüßten sich im Vorbeigehen, blieben stehen, setzten sich einander gegenüber, als wollten sie Vertrauliches austauschen. Vicky fiel von einer Überraschung in die andere und berichtete die Fortschritte, die sie bei den früheren Feindinnen bemerkte. Penelope schien Catherine fast so ruhig wie früher. Eines Abends erzählte Vicky: »Du wirst es nicht glauben! Stell dir vor: Als ich heute Mittag den Napf von Penny versorgte (Catherine verabscheute diese englische Verniedlichung, sagte aber wie immer nichts), kam erst Malvina an, danach Doudou. Gemeinsam haben sich alle drei über das Futter hergemacht! Es war irre komisch, wie sie zusammen die Kroketten geknackt haben, ich habe mich halb totgelacht. Dann bin ich in die Küche gegangen und wollte Doudou seine Sondermahlzeit geben, aber die Katzen waren schneller als er. Weil er auf seinem Recht bestand – er pfeift dabei in höchsten Tönen und bleckt furchterregend die Zähne, glaub mir –, sind sie über ihn hergefallen und haben ihn Mores gelehrt! Keine Ahnung, was sie sich dabei gedacht haben.«

Vicky musste es wissen. Sie war ja den ganzen Tag zu Hause und konnte das Trio gut beobachten, während ihre Untermieterin erst abends zurückkam und am Wochenende oft außer Haus war. Catherine hielt ihre Zimmertür nicht mehr geschlossen. Eines Morgens fand sie beide Katzen auf ihrem Bett, Penelope auf der einen, Malvina auf der anderen Seite. Sie fragte Vicky nach Doudou. »In seinem Käfig, wie jede Nacht. Dabei schläft er sonst immer neben Simon. Ich hab's versucht, aber Malvina ist aggressiv geworden. Da habe ich ihn eingeschlossen, um Ruhe zu haben.«

Catherine hatte beschlossen, den Sommer ebenfalls in Caen zu verbringen, trotz der dringenden Bitten der Eltern, sich zu Hause zu erholen. Sie wollte allein sein, eine Menge lesen, ein paar Tage Ferien machen, eine oder zwei Wochen vielleicht, weg aus dieser Wohnung. Sie hätte gern das Studio von Simon unter dem Vorwand benutzt, ans Meer zu fahren und Ouistreham, Deauville, Omaha Beach zu sehen, für sie mythische Namen, die sie aus dem Geschichtsunterricht kannte. Aber er bot ihr nicht einmal seinen Schlüssel an. In einer Buchhandlung an der Place Gambetta fand sie einen Sommerjob. Von ihren alten Gewohnheiten war sie ganz abgekommen: Sie stand früh auf, öffnete das Geschäft pünktlich. Wenn der Kunde eine Leseratte war, wurde sie so gesprächig wie früher; sie verkaufte viel. An den Wochenenden mietete sie ein Moped und entdeckte allein die Normandie, Beuvron-en-Auge, Bayeux, Jumièges und die »Kathedralenstraße«, Honfleur, bis nach Étretat. Strand und Meer taten ihr gut. Die Männer beäugten sie wieder und warfen ihr anerkennende Blicke zu.

Die Katzen verstanden sich bald bestens. Auch Vicky und Catherine kamen sich während des Sommers näher. Immer öfter lud die Engländerin sie zu einem kleinen Essen in der Wohnung ein; sie schmeichelte sich, so gut zu kochen wie eine Französin. Sie erzählten sich Persönliches, sprachen von ihren Familien und Freunden. Simon erwähnten sie nur bei Gelegenheit, was den Verdacht

Catherines bestätigte: Die andere wusste sehr wohl von der Untreue ihres Freundes. Beim Geschirrspülen schoss Vicky einmal einen Pfeil ab: »Weil Simon nie nach dir fragt, erzähle ich ihm, was du treibst. Ist das nicht merkwürdig? Dabei hat er dich gern, er hat es mehrmals erwähnt.« Catherine gab eine ausweichende Antwort und bat Vicky, ihm zu sagen, die Arbeit in der Buchhandlung gefiele ihr sehr. Sie überlege ernsthaft, bei einem Verlag anzufangen, statt selbst zu schreiben. So könnte sie am besten ihren alten Traum verwirklichen, mit Hilfe der Literatur einen Begegnungsort zwischen Franzosen und Einwanderern zu schaffen.

Ohne Simon wären sie wohl Freundinnen geworden. Aber vielleicht hielt sie auch Vickys steifer Charakter davon ab, oder die Vorsicht, die bei Catherine zur zweiten Natur geworden war. Simon rief dreimal in der Woche an, meist spät am Abend. Er machte sich Sorgen um Doudou. Vicky beruhigte ihn: Dem Kleinen ging es gut, er verputzte im Nu seine Rationen, spielte, seine Verdauung klappte wie am Schnürchen, er machte regelmäßig Toilette. Wenn Catherine im Wohnzimmer war, lud Vicky ihn ein, auch mit ihr zu sprechen.

Eine andere, eher seltsame Veränderung fand statt: Unmerklich änderte sich die Haltung der Katzen und der jungen Frauen zu Doudou. Angefangen hatte es mit dem Futter. Der Hase verfügte über seine eigenen, vom Tierarzt vorgeschriebenen Kroketten, dazu bekam er frisches Gemüse mit hohem Fasergehalt, unbedingt nötig für sein Wohlbefinden. Aber die Katzen hatten eines Tages beschlossen, seine Mahlzeiten schmeckten besser als ihre und ihn unter heftigen Fauchkonzerten vertrieben. Als er rebellisch wurde, ohrfeigten sie ihn tüchtig, zerkratzten ihm Ohren und Nase, rissen Haarbüschel aus. Der Form halber schimpften Vicky und Catherine die Katzen aus, die sie mit großen unschuldigen Augen ansahen. Die Schlägerei wiederholte sich aber und der Mini-Rex blieb immer öfter in seinem Käfig, weil er dessen Tür leichter verteidigen konnte. Er verließ das Wohnzimmer kaum noch, wo er auch sein Futter bekam.

Als Vicky eine Bemerkung über das Benehmen der Katzen machte, meinte Catherine: »Ich habe nie herausbekommen, wie sie ticken. Vielleicht gibt es gar kein richtiges Muster. Penelope hat ihre Gewohnheiten, aber die kann sie von heute auf morgen vergessen, als hätte es sie nie gegeben. Ich zerbreche mir nicht mehr den Kopf darüber, warum sie dies oder das tut. Wenn du meine Meinung hören willst: Sie haben den Mini-Rex einfach satt.«

Die beiden Studentinnen kümmerten sich immer weniger um Doudou, ein kleiner weißer, regloser Ball in einer Ecke seines Käfigs. Sie vergaßen regelmäßig, seine Streu zu wechseln oder ihm Heu zu geben. Vernachlässigten sie ihn, weil er sie nicht mehr zum Lachen brachte? Zu Anfang war er die große Attraktion gewesen, immer gut gelaunt, tolle Sprünge, zog sie sanft am Hosenbein, ohne den Stoff zu zerreißen. Doch trotz seiner Persönlichkeit war der Zwerg für sie (und wohl auch für die Katzen) nur ein Plüschspielzeug gewesen, das nun alle müde waren, ständig aufzuziehen. Er verhielt sich wie eine Mischung aus Katze und Hund: Einerseits war er peinlich sauber und gab seiner Umgebung deutlich zu verstehen, wenn ihm etwas gegen den Strich ging. Aber andrerseits lernte er gern neue Tricks, gehorchte Befehlen, undenkbar bei

Katzen. Simon hatte ihm beigebracht, über einen Stuhl zu hopsen, immer den gleichen Sprung, zehn, zwölf Mal. Er spazierte auf den Hinterpfoten durchs Zimmer. Unermüdlich apportierte er Papierkugeln, die man auf den Fußboden warf. Als ihm nur noch Malvina und Penelope zusahen, machte er wie ein einsamer Athlet seine Übungen, vielleicht, weil er sich langweilte. Zwei Wochen später bekam er überhaupt keinen Beifall mehr, wenn er seine Nummern vorführte. Seinen Sonderstatus hatte er bei den Mädchen und den Katzen nach und nach verloren. Toilette machte er nur noch oberflächlich. Vicky und Catherine bürsteten ihre Katzen weiter und achteten nicht auf sein jetzt stumpfes Fell. Er gab kleine Klagelaute von sich, die Ohren flach angelegt. Bald bewegte er sich nur noch, wenn ihm eine Katze zu nahe kam. Vor beiden hatte er Angst; insbesondere Malvina schien ihn zu terrorisieren. Seine ehemalige Busenfreundin machte jetzt gemeinsame Sache mit der anderen, die sechsmal so groß war wie er. Er hörte auf zu fressen und magerte derart ab, dass Catherine sagte: »Mit Doudou läuft etwas schief. Wir müssten ihn zum Tierarzt bringen. Simon wäre böse, wenn er ihn in diesem Zustand finden würde.«

Damit hatte sie aber nur eine mögliche Pflicht erwähnt. Sie verschoben es ständig auf den nächsten Tag. Bis es zu spät war.

Während einer Reihe von Hundstagen, wie man sie Ende des Sommers oft in der Normandie erlebt, wurde es in den Mansarden unerträglich heiß. Nach Mitternacht miaute Penelope ständig. Sie saß auf dem Stuhl, den Catherine vor das Fenster gestellt hatte. Seit dem letzten Winter litt die Katze an Rheuma und war mit Mühe auf das Fensterbrett gesprungen, wenn sie sich auf dem Heizkörper wärmen wollte. Die heißen Nächte in Albi hatte sie immer auf dem Dach verbracht. Malvina hasste die in den Zimmern aufgestellten Ventilatoren; sie zog sich unter Vickys Arbeitsplatte zurück und beklagte sich von dort aus. Der Hase lärmte im Käfig und kratzte am Gitter. Um drei Uhr morgens wurde Catherine der Radau zu viel. Sie öffnete das Fenster und gab Penelope den Weg frei. Auch Vicky konnte bei der Hitze nicht schlafen. Beide setzten sich ins Wohnzimmer, die Engländerin machte sich eine Tasse Tee, die Albigenserin schlürfte eisgekühlte Limonade, ein Rezept ihrer Mutter. Malvina sprang zu ihrer neuen Freundin aufs Dach. Auch Doudou kam aus dem Käfig und bekam ein paar Streicheleinheiten, bevor die jungen Frauen wieder zu Bett gingen. Um sieben verließ Catherine die Wohnung und ging in die Buchhandlung, während Vicky den Tag in der kühlen Bibliothek verbringen wollte. Für den Abend hatten sie ausgemacht, im *William's* eine Kleinigkeit zu essen. Der Pub lag am Hafenbecken Saint-Pierre, wo die Luft nicht so stickig war.

Als sie nach Hause kamen, warteten die Katzen ungeduldig vor den Futternäpfen. Zufällig warf Vicky einen Blick auf den Käfig von Doudou, fand ihn nicht, durchsuchte die Wohnung, öffnete alle Schränke, sogar Schubladen, denn das Häschen war gewitzt im Versteckspielen. Sie holte Catherine hinzu. Auch sie hatte keinen Erfolg. Der Mini-Rex war verschwunden. Das Telefon klingelte. Simon wollte wissen, wie es Doudou ging. »Glänzend, wirklich gut, sogar bei dieser entsetzlichen Hitze! Du ahnst ja nicht, wie heiß es hier ist. Aber er erträgt es besser als die Katzen und wir«, antwortete Vicky. Catherine bewunderte Vickys Kaltblütigkeit. Kein Zittern in der Stimme, sie klang ganz natürlich. Dabei war sie zwei Minuten zuvor noch außer sich gewesen: »Gott im Himmel! Was sollen wir nun tun, wenn er weg ist? Das würde mir Simon nie verzeihen. Er behandelt Doudou, als wäre er sein kleiner Bruder.«

Der Hase war offenbar fortgelaufen. Bei seinem Talent für Hochsprung waren Stuhl und Fensterbrett ein Leichtes gewesen. Danach hatte er wohl über die Dächer Reißaus genommen. Catherine meinte, er sei vielleicht abgestürzt. Sie gingen auf die Straße, auch in die Gassen und sahen in jeden Winkel, stiegen die vier Stockwerke wieder nach oben, entmutigt und schweißgebadet, stellten noch einmal die Wohnung auf den Kopf. Vicky murmelte ständig: »Eine Katastrophe ist das, eine furchtbare Katastrophe.«

Catherine beobachtete die Katzen nachdenklich. Nach ihrer Toilette teilten sie sich jetzt Malvinas Thron. Wer sie so beisammen sah und wie sie sich gegenseitig die Ohren ausleckten und über die Backen fuhren, musste sie für die besten Freundinnen der Welt halten. Plötzlich kam ihr diese Freundschaft nicht geheuer vor. Sie wusste, wie zurückhaltend Penelope war, auch wenn sie gebieterisch auftreten konnte. Dass sie sich mit diesem englischen Satan angefreundet hatte, blieb ihr unverständlich. Ihr war auch nicht klar, wie es die Weiße geschafft hatte, Penelope so kleinzukriegen, dass sie tagsüber nicht mehr allein auf Catherines Bett schlief, sondern bei Malvina.

Obwohl es spät war, baten sie nun einen Nachbarn, auf dem Dach nachzusehen. Er stieg aus einem Fenster und kam bald zurück, Doudou in der Hand. »Ich habe ihn in der Rinne gefunden. Tut mir furchtbar leid, aber da ist nichts mehr zu machen.«

Vicky wurde blass und warf einen Blick auf den Körper, der noch kleiner schien als zuvor. Der Mann hielt ihn ihr hin; sie legte den Hasen auf den zweiten Sessel im Wohnzimmer. Die Katzen waren von ihrem Thron gesprungen und betrachteten den Mini-Rex. Vicky dankte dem Nachbarn, der sie unter erneuten Mitgefühlsbezeugungen allein ließ. Catherine untersuchte Doudou. Auf den ersten Blick schien er unverletzt, doch als sie die Ohren hochhob, entdeckte sie vier schwärzliche Blutstropfen an der Stelle, wo der Kopf auf der Wirbelsäule sitzt. Eine der Katzen hatte ihm das Genick gebrochen, der klassische Katzenbiss, sauber, makellos. »Wir werden nie genau wissen, welche von den beiden Doudou umgebracht hat«, dachte sie.

Vicky steckte den Hasen in eine Plastiktüte, trug diese in den Hof und warf sie in eine Mülltonne mit der Aufschrift »Küchenabfälle«. Als sie zurückkam, flüsterte sie: »Kein Wort davon zu Simon. Er würde Malvina und Penny umbringen, auch wenn er wüsste, eine von ihnen ist unschuldig. Du kennst ihn nicht so gut wie ich: Er kann furchtbar wütend werden. Wir dürfen nur eine einzige Erklärung liefern – Doudou ist wegen der Hitze weggelaufen. Und zwar durch die offenstehende Wohnungstür, auf keinen Fall durch dein Fenster. Wir haben ihn überall gesucht, aber nicht gefunden. So kann Simon immer noch hoffen, dass er eines Tages wieder auftaucht. Und er wird ihn suchen, glaub mir. Einverstanden?«

Catherine zögerte: »Können wir keinen kaufen, der so aussieht wie Doudou? Einen Mini-Rex wie ihn, den gibt es doch auch in Zoohandlungen, oder nicht?«

Vicky machte eine ungeduldige Handbewegung: »Erstens weiß man nie, ob es wirklich ein Mini ist. Die verkaufen dir ein ganz ordinäres junges Kaninchen mit künstlich gezwirbeltem Schnurrbart. Ein paar Monate später wiegt es über zwei Kilo. Nein, wir müssten zu einem Züchter. Und ich wette, dass du keinen Doppelgänger findest. Hast du die Reihe mit den grauen Pünktchen auf dem Rücken gesehen? Simon hat mir versichert, dass er dieses Merkmal sonst noch nie gesehen hat. Nein, vergiss die Idee, es gab nur einen Doudou. Simon kommt schon nächsten Monat zurück. Selbst wenn wir bis dahin einen ganz ähnlichen Mini-Rex finden, könnten wir ihm nie die Nummern von Doudou beibringen. Unsere Geschichte muss unbedingt hieb- und stichfest sein, von Anfang bis Ende. Du und ich, wir müssen ihm haargenau dasselbe erzählen, wenn wir uns aus der Affäre ziehen wollen. Vergiss nicht: Wir haben das ganze Viertel gründlich drei Tage lang abgesucht, na, sagen wir vier, aber niemand hat ihn gesehen. Er hat sich einfach in Luft aufgelöst. Ich ahne schon, womit er uns löchern wird. Die Details sehen wir später.«

Vicky hatte zum ersten Mal »uns« und »wir« gesagt.

Nach dem Tod des Hasen zeigten sich die Katzen nervös; sie stießen mit hohen Stimmen kleine Schreie aus. Ganz offenbar suchten sie Doudou. Penelope schlief wieder neben Catherine, Malvina im Bett von Vicky. Die erstickende Hitze der vergangenen Woche war gewichen, vom Meer blies ein frischer Wind. Penelope setzte sich oft aufs Fensterbrett, verlangte aber nicht, sich draußen auf die Ziegel zu legen. Deshalb glaubte Catherine, als erfahrene Jägerin sei sie die Mörderin. In Albi hatte ihr die Katze oft Vögel und Mäuse gebracht. Malvina, die ihr ganzes Leben in einer Wohnung verbracht hatte, könnte höchstens ein paar Fliegen den Garaus machen. Andererseits tat die Weiße zwar brav und lieb, aber – davon war Catherine felsenfest überzeugt – sie schmiedete ständig Böses. Es war unmöglich, mit dem Finger auf die Schuldige zu zeigen. Warum auch? Eine von ihnen war ihrem Instinkt gefolgt. Der Kleine hatte sich im Bruchteil einer Sekunde aus einem Spielzeug in eine Beute verwandelt. Auch aus der zivilisiertesten Katze wird schnell ein Raubtier.

Wenn sie sich jetzt in der Wohnung begegneten, grüßte keine die andere. Es sah aus, als nähmen sie kaum mehr voneinander Notiz. Bald gab es wieder die alten Zeichen gegenseitiger Verachtung: Seitwärtsgang, angelegte Ohren, Buckel, Fauchen. Eines Tages – Vicky hatte es gesehen und war empört – gab Malvina Penelope ohne Grund eine böse Ohrfeige. Eine offene Kriegserklärung. Vicky verstand den Grund für diese Offensive nicht. Catherine meinte, die Katzen könnten nun ihre Aggressivität nicht mehr an Doudou auslassen. Also kehrten Näpfe und Streu in die Schlafzimmer und hinter geschlossene Türen zurück.

Penelope magerte wieder ab und langweilte sich in ihrem Zimmer. Das Dach interessierte sie überhaupt nicht, Schindelreihen, Fernsehantennen, Kamine, und nirgendwo ein Nest mit leckeren Vögelchen. Auf dem Grund der Dachrinnen nur trockener harter Schmutz. Malvina saß auf ihrem Sessel und nahm wieder ihre Rolle der Schönheitskönigin ein, elegant, schlank, makellos, während sie es zu Doudous Zeiten nicht mehr so übergenau mit der Körperpflege genommen hatte.

Simon rief regelmäßig an. War Catherine zugegen, merkte sie sich den Tonfall, wenn Vicky den neuesten Gesundheitsbericht lieferte. Die Stimme der Engländerin war so sicher wie eh und je; im Brustton der Überzeugung log sie das Blaue vom Himmel herunter, erfand drollige Streiche des Kleinen. Catherine schärfte sie ein: »Der Schock kommt noch früh genug. Bleib bei der Rückkehr von Simon in meiner Nähe. Er ist fähig, sich im Zorn zu vergessen, weil er mir die Schuld am Verschwinden seines Herzblättchens in die Schuhe schieben wird.« Catherine mochte Lügengeschichten nicht. Sie dachte: »Die verkohlt ihn nach Strich und Faden. Vor so einer muss man sich hüten, die perfekte Heuchlerin. Das Wort kann sie einem wie nichts im Mund umdrehen.« Doch sie versprach, beim ersten Besuch Simons dabei zu sein.

War das »wir« Vickys eine Öffnung gewesen, so hatte sie sich schnell wieder geschlossen. Sobald die Geschichte um den Tod von Doudou feststand, mieden sich die beiden, ganz ähnlich wie die Katzen. Den Hasen erwähnte keine mehr. Catherine arbeitete weiter in der Buchhandlung, während sich Vicky tagsüber, statt in ihrem Zimmer zu arbeiten, an einen für sie reservierten Arbeitstisch in der Bibliothek zurückzog. Wenn Catherine abends nach Hause kam, lag Vicky schon im Bett.

Mitte September kam Simon zurück, braungebrannt, schön wie Apoll, überreichte jeder ein kleines Geschenk. Mit der würdigen Geste einer großen Tragödin (sie hatte üben müssen, Theater war nicht ihr Ding) zeigte ihm Vicky den leeren, blitzsauberen Käfig und erstattete Bericht über das Verschwinden des Mini-Rex. Catherine begnügte sich mit Kopfnicken. Simon lief rot an, atmete schwer und ballte die Fäuste, sagte aber nichts. Vicky blieb völlig sachlich und ruhig, während Catherine glaubte, der junge Mann würde ausfällig oder gar handgreiflich. Er biss die Zähne zusammen, stand auf, nahm den Käfig und ging grußlos. Nach einem Blick auf Catherine schloss Vicky sich in ihr Zimmer ein, wo Malvina auf sie wartete. Die Katze hatte Simon nicht beachtet, ganz wie Penelope, übrigens. Simon sah Catherine nicht wieder.

Zwei Wochen vor Beginn des Herbstsemesters teilte Catherine ihrer Vermieterin mit, sie werde ihr Studium in Toulouse fortsetzen. Bei den strengen und fachkundigen Professoren von Caen hatte sie viel gelernt, vor allem, ihre Gedanken zu ordnen und sich darüber klar zu werden, was sie mit ihrem Leben anfangen wollte. Sie war sehr verändert. Jetzt plante sie ihren Tagesablauf, unterwarf sich einer für sie ganz neuen Disziplin. Ein erstaunlicher Weg lag hinter ihr, und von Vicky hatte sie dabei die Verstellungskunst gelernt. Als sie Simon wiedersah, blieb sie in Gegenwart ihres ehemaligen Liebhabers völlig ruhig. Zugleich wurde ihr klar, dass der Zauber zwischen ihnen gebrochen war. Ein Strohfeuer, ein paar lange Abende mit einem Mann nach ihrem Geschmack. Sie bedauerte nichts und hatte eine neue Seite aufgeschlagen, ohne es zu bemerken. Ob er zu Vicky zurückkehrte, war ihr gleichgültig.

Nach Albi schickte sie dicke Bücherpakete, packte ihre Koffer, steckte Penelope in den Käfig. Vicky begleitete sie zum Bahnhof. Beide plauderten höflich miteinander, wählten ihre Worte. »Was sie sagt, klingt klar und deutlich, es scheint so durchsichtig wie Glas. Aber in ihren Kopf kann niemand schauen. Ohne sie hätte ich wegen des Häschens wahrscheinlich die Nerven verloren«, dachte Catherine. Als der Zug anfuhr, winkte sie Vicky ohne ein Lächeln zum Abschied zu. Die Engländerin las ihre ernste Miene vielleicht als Bedauern. In Wirklichkeit spürte sie nichts. Sobald die andere aus dem Blickfeld war, setzte sie sich auf ihrem Platz zurecht, nahm ein Buch aus der Reisetasche, beugte sich zum Käfig und sagte leise: »Ich verspreche dir, dass wir von jetzt an allein bleiben, auch wenn wir uns mit einem winzigen Zimmer begnügen müssen. Es ist ausschließlich unser Zimmer. Und vergiss Malvina.« Sie steckte einen Finger durch das Gitter und kraulte die Stirn von Penelope, wo das Fell am dichtesten ist. Dann begann sie zu lesen.

Als ein Fahrgast ins Abteil kam, wurde Penelope kurz unruhig. Der Mann besah sie sich durch das Gitter:

»Eine Schildpatt, nicht? So eine hatte ich auch mal. Dreizehn Jahre lang reinstes Glück. Danach wollte ich keine mehr, ich war zu vernarrt in sie. Sie war beinah so schön wie Ihre. ›Bas‹ hieß sie, weil sie helle Pfoten hatte und wie auf Socken ging. So etwas Bezauberndes wie sie habe ich nie wieder gefunden.«

Undank ist der Welten Lohn

Neue Erkenntnisse zum Rattenfänger von Hameln.
700 *Jahre Legende und der Versuch einer Rekonstruktion.*[1]

Auch die jüngste Forschung bestätigt die wesentlichen Ereignisse, die die mündliche Überlieferung dem rätselhaften »Rattenfänger« zuschreibt: Zweifelsohne ist unsere Stadt im Jahre 1284 von Ratten heimgesucht worden. Es hatte in den Vorjahren bereits zwei Angriffe dieser Nager gegeben, die jedoch für mehr Schrecken als Schaden sorgten. Die berühmte Legende bezieht sich dementsprechend auf die dritte Rattenplage. Es sei hier darauf hingewiesen, dass die alten Dokumente nur eine, wenn auch wichtige Seite dieser Geschichte bezeugen. Die Schwächen und Widersprüche in dieser offiziellen Version der Ereignisse, die wir hier kurz zusammenfassen wollen, sind dabei augenfällig:

Während einer Rattenplage hatte sich ein Fremder erboten, Hameln gegen ein hohes Entgelt von den Tieren zu befreien. Der Stadtrat ließ sich auf den Handel ein. Da hatte der Mann auf einer Flöte gespielt und die zahllosen Nagetiere um sich versammelt. Er führte sie in die

1 Im Auftrag der Historischen Gesellschaft der Stadt Hameln. Unter dem Titel »Von Katzen und Kindern« erstmals abgedruckt in: *Festschrift zur Gedenkfeier anlässlich des Verschwindens der Hamelner Kinder vor 700 Jahren*, Hameln 1984, S. 101–116.

Weser, in der sie allesamt ertranken. Als der Fremde seinen Lohn verlangte, warf ihm der Rat Magie vor und er könne sich glücklich schätzen, mit dem Leben davonzukommen. Der Mann machte sich aus dem Staub. Kurz darauf, einen Tag nach dem Fest Johannes des Täufers, am Sonntag, dem 25. Juni 1284, kam der Fremdling heimlich zurück, während die Erwachsenen im Hochamt waren. Er ging durch die Straßen und spielte auf seinem Instrument. Hundertzweiunddreißig Kinder verließen »von der Musik verzaubert« ihr Elternhaus und folgten ihm zu einer Höhle oder Grotte in einem der Hügel bei Hameln. Nur zwei der Kinder, das eine lahm, das andere blind, konnten ihrer Gebrechen wegen nicht mitkommen und blieben zurück. Das Lahme erzählte, der »Berg« hätte sich vor den anderen aufgetan und seine Spielgesellen sowie den Fremden wie »auf einen Zauberschlag verschlungen«.

Die Geschichtsschreibung hat bis dato keine plausible Begründung für die Ereignisse von 1284 liefern können. Das soll hier nachgeholt werden. Bekanntlich waren Ratten während des ganzen Mittelalters ein großes Problem für die Verwaltung und das Gesundheitswesen unserer Stadt gewesen, die nicht als Einzige im Heiligen Römischen Reich diese Plage bekämpfen musste. Auch scheint festzustehen, dass die »Kinder« von Hameln – auf ihr Alter wird noch einzugehen sein – plötzlich, wie auf Befehl, ihr Zuhause verlassen haben. Diese beiden Bestandteile der Legende sollen nicht bestritten werden. Ungeklärt und problematisch hingegen scheint die Rolle und Figur des Flötenspielers. Wenn man die Legende wortwörtlich nimmt, haben die Ratten nach der Musik getanzt, bevor sie sich in den Fluss stürzten. Das ist schon verhaltensbiologisch höchst unwahrscheinlich. Ähnliche Zweifel sind bezüglich der Beschreibung des Verschwindens der Kinder angebracht.

Unter diesen Gesichtspunkten wurden die vorhandenen Akten und Urkunden systematisch neu ausgewertet. Die grundsätzlichen Fragen dabei lauteten: *Wie wurden die Ratten in die Flucht geschlagen? Und inwiefern hängt dieser »Sieg« mit dem Verschwinden der Kinder zusammen?* Dieser Bericht fasst zum ersten Mal die Ergebnisse unserer Untersuchungen zusammen und versucht dabei, Schritt für Schritt den Ablauf der Vorfälle erzählerisch nachzuzeichnen.

Wer verstehen will, warum die Ratten gerade Hameln wiederholt heimsuchten, kann sich auf die Chroniken der damaligen Stadtschreiber stützen, sollte aber die historisch wertvollen Hinweise der gelehrten Benediktinermönche des hiesigen Klosters darüber nicht vernachlässigen. Sie bezeugen, dass es Ende des Winters der Jahre 1282 und 1283 kaum regnete, und äußerst selten im Sommer. Dagegen war der Herbst 1283 reich an Niederschlägen gewesen. 1284 wurde dann als das seit Menschengedenken trockenste Jahr verzeichnet.

Wie leicht zu ersehen ist, haben diese vom Wetter abhängigen Umstände ihre Bedeutung: Drei Jahre lang folgte eine Missernte der anderen, die Vorräte an Hafer, Weizen, Öl, Runkelrüben und Dörrobst waren auf einem bedrohlich niedrigen Stand, was die Stadt zwang, anderswo das Nötige zum Leben zu kaufen, natürlich zu hohen Preisen, was die Haushaltsplanung der Stadt durcheinanderwarf. Bereits zwei Sommer vor den Ereignissen, die hier beschrieben werden, war die Weser zu einem von Sandinseln durchsetzten Rinnsal geworden. Damit saßen die für Bremen bestimmten Lastkähne mit ihren Waren – gefärbte Tuche und gegerbtes Leder, auf denen der Reichtum Hamelns beruhte – im trockengefallenen Hafen unserer Stadt fest.

Zu den verdorrten Äckern und der außerordentlich mühsamen Art, auf Esels- und Maultierrücken die Erzeugnisse der Stadt in den Bremer Umschlaghafen zu schaffen, kam noch das Unglück, dass Mitte Juli 1282 plötzlich zahlreiche Ratten auftauchten und die Stadt bedrohten. Den überlieferten Beschreibungen zufolge waren die in Hameln ansässigen grauen Ratten von ganz gewöhnlicher Größe. Sie ähnelten keineswegs ihren Artgenossen, die in diesem Jahr die Stadt zum ersten Mal *von außen* angriffen.

Die Waschfrauen waren die Ersten, die diese neue »Himmelsstrafe« entdeckten. Sie waren an die Gegenwart von Ratten gewöhnt, denn in Wassernähe gab es immer welche. Bisher hatten diese sich so scheu gezeigt wie jene in der Stadt. Doch so große Exemplare hatten die Wäscherinnen noch nie gesehen: Die Nager waren unversehens aus dem breiten Bach gestiegen und liefen in kleinen Trupps auf die Mägde zu, die in der Morgensonne die Wäsche einseiften und klopften. Zunächst hatten die Frauen noch ihre Stöcke geschwungen, um die Eindringlinge zurückzutreiben. Doch mussten sie vor den vielen Tieren weichen. Letztere folgten Anführern, die wie Generäle offenbar einem Schlachtplan folgten und ihren Soldaten Befehle zupfiffen. Trotz ihrer Courage und Kraft ließen die Wäscherinnen alles stehen und liegen und rannten mit bloßen Füßen auf die sogenannte Hafenpforte zu. Dabei schlugen sie mit ihren Bleueln um sich wie geblendete Fechter, freilich ohne ihr Ziel zu treffen, denn die Ratten hatten sie umzingelt und sprangen so hoch, als wollten sie den Frauen an die Kehle.

»Die Ratten! Die Ratten!«, schrien sie den im Schatten der Festung dösenden Wächtern zu. Als sie die Waschfrauen so außer Atem und mit geschürzten Röcken heranlaufen sahen, lachten die Männer. Aber angesichts der riesigen Ratten verstummten sie schnell, denn die Tiere waren doppelt so groß wie Marder oder Wiesel. Sie sind in den Chroniken ausführlich beschrieben: langes dunkelbraunes, zottiges Fell, flache, spitz zulaufende Köpfe mit vorstehenden Augen, starke Hinterbeine mit scharfen Krallen, die den Boden aufkratzten. Von weitem gesehen aber war das Schrecklichste das einem Tanz ganz ähnliche Andrängen der Tiere. Sie rückten schnell vor und waren im Begriff, die Mägde zu überholen und in die Stadt einzudringen. Doch dann verlangsamten sie seltsamerweise ihren Rhythmus – wie eine Wolfsrotte, die ihre Beute eingekreist hat und sich auf deren Tötung vorbereitet.

Die Wächter schlossen sofort das erste Tor hinter den Waschfrauen, dann das zweite, schwere, mit Eisenspitzen bewehrte. Von der Stadtmauer rief man hinunter: »Die Ratten stehen still, sie sitzen jetzt vor dem Tor!« Die Nachricht verbreitete sich wie ein Lauffeuer in der Stadt. Alle kletterten zu den Wachen hinauf, denn sie wollten das Schauspiel der Tiere sehen, die sich um das vordere Tor scharten. Den Chroniken zufolge waren sie »zahlreicher als Stare nach der Ernte«. Dann lief ein Teil der Truppe auf die Gerbereien zu, während sich andere, ungeduldigere Kameraden anschickten, an den rauen Feldsteinmauern nach oben zu klettern.

Die Stadt wusste sich gegen Belagerer zu wehren, gleich, ob Mensch oder Ratte. Also warf man zunächst Steine, danach kochendes Wasser auf die Angreifer, was diese einige Stunden lang vertrieb. In der Nacht kamen sie jedoch zurück. Im Fackelschein schüttete man glühend heißes Pech auf sie, das am Fuß der Wehrmauern erstarrte. Die Tiere verloren sich in der Dunkelheit.

Am folgenden Tag wagten sich die Einwohner von Hameln vor das erste Tor, nachdem sie von den Türmen aus den Streifen sonnenverbrannten Landes zwischen der Stadt und der Weser eingehend geprüft hatten: Die Angreifer waren spurlos verschwunden. Ohne das Pech und den starken Geruch, den es in der Hitze verbreitete, hätte die ganze Begebenheit ein schlechter Traum gewesen sein können. Die Leute beruhigten einander: Die Tiere waren vielleicht krank gewesen, Fieber und die erbarmungslose Sonne hätten sie wahnsinnig gemacht, oder sie suchten verzweifelt Nahrung. Da waren sie, vom Hungertod bedroht, ihrer Natur gefolgt und hatten eine Horde gebildet. Der Bürgermeister meinte weise: »Es lebt und stirbt sich besser, wenn man nicht allein ist.« Das Wort machte die Runde, alle nickten beifällig. Die Wächter fanden einige Kadaver, doch sicher nicht mehr als zwanzig.

Fast auf den Tag genau wiederholte sich der Überfall ein Jahr später, im Juli 1283. Wir konnten leider nicht eruieren, ob es dieselbe Rattenart war. Nur so viel wissen wir: Der zweite Angriff glich in vielen Punkten dem ersten, und er blieb ebenso kurz und erfolglos. Offenbar hatten die Scharmützel – denn mehr war es nicht gewesen, wenn man die Sache militärisch und strategisch sieht – die Rattengeneräle nichts gelehrt. Auf jeden Fall machten sie sich wie ihre Vorgänger mit ihrem Heer aus dem Staub.

Nachdem sie abgezogen waren, hatte der Besitzer einer Gerberei den Gedanken, seinen großen Kater vor eine der toten Ratten zu setzen, deren Schädel von einem Stein zertrümmert worden war. Da geschah etwas Ungewöhnliches: Der Kater wurde zweimal so breit, setzte unter ständigem Fauchen langsam eine Pfote vor die andere, streckte den Hals, blieb ein paar Fuß vor dem leblosen Körper stehen. Dann sprang er mit einem Satz zurück, lief durch das Doppeltor und verschwand in einer Gasse. Man machte sich über den Gerber lustig, der sich den Kopf kratzte und behauptete, das wäre der beste Rattentöter weit und breit. »Der hat ein Löwenherz, er ist ein Meister seines Faches und er kennt mehr Listen und Schliche als ein Fuchs.«

Die Ratten hatten sich also bereits zweimal vor Hameln gezeigt, bevor sie zur dritten, entscheidenden Schlacht erschienen. Wie bei uns hatten sie in den beiden Jahren vor 1284 auch andere Städte und Dörfer in der Nähe heimgesucht, Coppenbrügge, Hildesheim, Aerzen, Bodenwerde, Springe – bis nach Hannover waren sie gekommen. Dabei blieb so rätselhaft wie beunruhigend, dass sie sich als nicht sonderlich angriffslustig gezeigt hatten; auch war niemand angefallen oder gebissen worden.

Aber warum blieben sie länger vor Hameln als anderswo? Die These, das Dutzend Gerbereien sei die Hauptursache ihrer Vorliebe für unsere Stadt gewesen, scheint mehr als plausibel. Bevor die Häute in die Fässer mit Lohe getaucht wurden, schabten Lehrlinge und Hörige die Fleischreste ab, eine undankbare und wegen des Verwesungsgeruchs höchst widerwärtige Arbeit. Die Gerbereien befanden sich östlich von Hameln, also meistens unter dem Wind, was der Stadt den Gestank der in Gruben geworfenen Abfälle ersparte, die die Arbeiter im

Herbst mit Sand und Erde bedeckten. Solange sie noch nicht voll waren, stürzten sich Aasvögel darauf, Raben, Krähen, Elstern, manchmal verirrte Möwen. Verarbeitet wurde das Leder dann innerhalb der Stadtmauern zu Schuhsohlen, Riemen, Schnürbändern, Kleidungsstücken. Jedes Mal waren die Ratten dem Lauf der Weser gefolgt und hatten nicht nur das faulende Fleisch in den Gruben gefressen, sondern auch wohl gehofft, innerhalb der Stadtmauern einen reich gedeckten Tisch zu finden.

Schon Ende Juni 1284 waren sie wieder da. Ihr Verhalten verriet jedoch von Anfang an den Willen, diesmal in Hameln einzudringen. Sie umzingelten nicht wie bei den letzten Versuchen die Stadt, sondern bildeten sich immer wieder auflösende und neu formierende Kohorten, die vor den Mauern und auf dem Weg zum Hafentor patrouillierten. Als der Stadtrat feststellte, dass die Angreifer diesmal trotz heißer Steine und siedenden Pechs nicht verschwanden, überlegte er, wie man am besten die Ratten in die Flucht schlagen könnte. Nach langer Prüfung des Für und Wider der Vorschläge – vergiftete Tierkadaver, scharf geschliffene Fallen, glühender Weihrauch, Messen und Prozessionen –, entschied man sich für die billigste und einfachste Lösung: Die Hamelner Bürger sollten alle Katzen der Umgebung einfangen, derer sie habhaft werden konnten, männliche und weibliche Tiere, denn Letztere »verteidigen ihren Wurf viel unerbittlicher als die Väter«.

Zu diesem Teil der Überlieferung weisen die Schriften besonders häufig Streichungen und Korrekturen auf. Hinzu kommt noch – und diese Tatsache hat die bisherige Forschung übersehen –, dass die Schreiber mit den Worten »Falle« und »Käfig« ganz offensichtlich dasselbe meinten. Zieht man diese Termini in Betracht, ist davon auszugehen, dass die urkundlich erwähnten Käfige oder Fallen dazu bestimmt waren, die Katzen herbeizuschaffen. Und damit wird auch deutlich, dass sich die Befreiung der Stadt Hameln von der Rattenplage ganz anders als überliefert zugetragen hat.

Eilends verließen die Karren der Katzenfänger Hameln, denn schon während der Nacht waren die ersten Ratten die Mauern hochgeklettert und in die Stadt eingedrungen. Als Erste hatten sie die Pferde aufs Korn genommen. Deren Wiehern und Ausschlagen gegen die Stalltüren weckten die Besitzer, die große Schatten im Stroh verschwinden sahen. Viele Gäule hatten starke Bisswunden. Eines der schweren Tiere musste man töten, denn seine Halsschlagader war so sauber wie mit einem Barbiermesser durchgetrennt. Die Stadtverwaltung befahl, den Kadaver vor die Stadtmauer zu schaffen, nicht weit vom Hafentor. Am Morgen sah man mit Entsetzen, wie zahllose Ratten sich im Bauch des Pferdes vollfraßen. Besonders erschreckend war jedoch, dass man nach diesem ersten Eindringen überall heimische Ratten mit gebrochenem Genick fand.

Zwei Tage später kehrten die Karren mit ihrer Ladung zurück. Die Dörfler und Bauern in der Nähe waren wohl zufrieden gewesen, der guten Stadt Hameln die Tiere zu überlassen, denn alle hatten zu viele davon. Aus den Käfigen kamen vorsichtig über fünfzig Katzen, die misstrauisch die Gerüche in der Luft erschnupperten und sich lautlos in den Straßen und Gassen verstreuten, ganz nach dem Motto »Jeder für sich«.

Die Hamelner Bürger sahen sich an, enttäuscht und

angstvoll: Sie hatten blutrünstige Raubtiere erwartet, mit breiten Tatzen und furchterregendem Gebiss. Sie brauchten unerbittliche Bestien mit muskulösem Körper und Krallen wie Säbel. Was konnten sie von dieser furchtsamen Truppe erwarten, die sich sofort nach ihrer Ankunft in nichts aufgelöst hatte? Aber etwas Besseres hatte man nicht. Der Stadtrat schärfte den Leuten immer wieder ein, die Katzen auf keinen Fall zu füttern, denn »Eine magere Katze ist so schlüpfrig wie ein Aal, und Hunger schärft die Angriffslust«. Die Leute gingen wieder ihrem Tagwerk nach. Eine Stunde später wurde es still in der Mittagshitze. Der Wind hatte sich gelegt; das fast abgenagte Pferdeaas neben dem Hafentor verbreitete einen unerträglichen Gestank.

Bis zum Abend hatte niemand mehr eine einzige fremde Katze gesehen. Selbst die in der Stadt ansässigen blieben unsichtbar. Nach dem späten Abendbrot – es war ja Mittsommer und man konnte fünf Stunden länger als im Winter arbeiten – hörten die Besucher einer Spelunke neben einem der Speicher, in dem der reichste Händler sein Getreide lagerte, schrille Schreie, so durchdringend wie die eines Ferkels, das abgestochen werden soll.[2] Zunächst

2 Das folgende Ereignis stammt nicht aus dem Archiv der Benediktiner unserer Stadt. Die Beschreibung eines Kampfes zwischen einer Katze und zwei Ratten findet sich in einem Brief, der Ende des 13. Jahrhunderts von Hildesheim nach Hannover geschickt wurde, zwei Städte, die ähnliche Plagen wie die unsrige erlebt haben. Wir verwenden diesen Brief, um die Ereignisse in Hameln zu veranschaulichen. Auch das Verhalten der Katzen haben wir diesem Schreiben entnommen.

achteten sie nicht weiter auf den Lärm. Der Wirt wischte sich das schweißtriefende Gesicht und meinte: »Das ist doch seltsam, wir schreiben nicht November, die Zeit für frische Würste ist noch lang hin.« Im selben Augenblick stürzte eines der Mädchen aus der Küche, einem fensterlosen Loch mit rußgeschwärzten Wänden: »Kommt schnell! Da schlägt sich eine Katze auf Leben und Tod mit zwei Ratten!«

Man drängte sich vor der Türöffnung, sah aber fast nichts in dem dunklen Gelass. Jedoch war ein wütender Kampf zu hören, mit Kratzen, Verfolgungen, umgeworfenen Kesseln, Töpfen und Geschirr, das klirrend auf dem gestampften Lehmboden zerbrach. Es klang, als versuche der Teufel, eine arme Seele zu erwischen. Die Schreie wurden zum Quieken, dann herrschte Stille. Man brachte eine Öllampe. Mitten in der verwüsteten Küche saß eine heftig atmende Katze, die sich energisch wusch, auch wenn die Pfote, mit der sie sich hinter die Ohren fuhr, verletzt schien. Vor ihr lagen zwei tote Ratten auf dem Rücken, mit zusammengezogenen Krallen und offenen Mäulern, die lange gelbe Zähne zeigten. Eine der beiden war fast so groß wie die Katze, die sie eben *ad patres* gesandt hatte.

»Schade, die Schlacht hätt ich gern gesehen«, flüsterte ein älterer Hafenarbeiter, dessen rechte Schulter höher war als die linke, was bewies, dass er seit Jahren Getreidesäcke aus der Stadt auf die Schiffe schleppte. »Ha! Das sieht nach nichts aus und macht zwei Ratten auf einen Streich tot!«, meinte er und stierte die Katze blöde an.

Die Trinker umringten die Siegerin, alle streckten die Hand aus, um sie zu streicheln, doch die Katze misstraute den Menschen, groß wie klein, die sie als Kätzchen oft mit heuchlerischem Lächeln und honigsüßer Stimme gelockt und dann grundlos in den Schwanz oder die Ohren gekniffen hatten. Sauber geleckt stand sie auf und wollte gehen. Aber man stellte einen Napf vor sie hin mit einem Knochen, an dem noch Fleisch hing, dazu Soße und gekochtes Gemüse. Nachdem sie an allem ausgiebig gerochen hatte, machte sie sich darüber her, schleckte sich danach das Maul und verschwand durch eine Lücke zwischen den Beinen. Sie gesellte sich zu ihren Artgenossen, die ebenfalls siegreich gegen die schon in die Stadt eingedrungenen, unheimlichen neuen Ratten gekämpft hatten. Fast allen gab man trotz des ausdrücklichen Verbots ein paar Tischabfälle. Katzen und Menschen waren fürs Erste zufrieden.

Aber vor den Toren warteten immer noch zahlreiche Ratten auf die erste Gelegenheit, Hameln zu erobern. Die Bewohner, die sich von der Geißel so rasch wie möglich befreien wollten – gottgesandt konnte sie nicht sein, denn welche Sünden hätten sie begangen, eine solche Strafe zu verdienen? –, provozierten nun absichtlich eine entscheidende Schlacht gegen die Ratten. Ihre besten Söldner waren die Katzen. Früh am Morgen lockten sie alle, derer sie habhaft werden konnten, mit Leckerbissen in einen großen Käfig. Weil das Hafentor geschlossen bleiben musste, schafften sie diesen auf den Wehrturm und warfen die Katzen, eine nach der anderen, auf das Pferdegerippe. Einige Ratten waren deutlich in dessen Brustkorb zu erkennen, wo sie noch Knochen benagten. Als die Katzen mit ihrer Arbeit begannen, nahm das feindliche Heer die Herausforderung an.

Die Schlacht kostete die meisten Ratten das Leben, obschon sie sich heldenhaft schlugen. Auch mehrere Katzen fanden den Tod, denn im Gegensatz zu ihnen, die für sich allein kämpften, griffen die Ratten zu dritt oder zu viert an. Aber als der Oberbefehlshaber der Armee ums Leben gekommen war, trat der Rest seiner Truppen den Rückzug an. Sobald sie sich in die Weser stürzten und davonschwammen, stieg von den Mauern Jubelgeschrei zum Himmel. Die Hamelner schlugen sich gegenseitig auf die Schultern, drückten Hände. Sie hatten diesen Sieg mit Intelligenz und List errungen. Die Katzen waren dabei eine überlegene und billige Waffe gewesen. Letztere hatten sich von dem Aas entfernt. Sie setzten sich in den Schatten des Tores und leckten ihre Wunden. Die Leichen ihrer Mitstreiter ließen sie bei denen des Feindes. Ihren Sieg hatten sie teuer bezahlt. Die Mittagsglocke läutete. Die Katzen warteten auf ihre Belohnung. Sie mussten sich lange gedulden; ihnen wurde erst gegen Abend geöffnet.

Die Stadt vergaß sie wegen eines Fremden, der am Nordtor gebieterisch Einlass für sich und seine beiden Begleiter forderte. Die Pferde übergaben sie den Wächtern von Hameln so selbstverständlich, als stünden diese in ihren Diensten. Trotz der Hitze trug der älteste der Männer über dem Kettenhemd einen weißen Mantel mit einem großen schwarzen Kreuz. Die drei ließen sich zum Kloster führen. Unterwegs stellten sie Fragen: Wie viele Einwohner, Händler, was für Zünfte, wie viele Kirchen, Klöster, Lastkähne gab es in Hameln? Im großen Saal, der dem Empfang hoher Gäste diente, bot der Abt den Besuchern Speise und Trank an. Der mit dem Mantel gehörte dem

Deutschritter-Orden an, ein Gesandter, der durch die Lande des Reichs zog und junge Menschen suchte, die bereit waren, sich in den Ostgebieten anzusiedeln. Letztere hatte der Orden kürzlich den heidnisch gebliebenen Pruzzen entrissen. Er erzählte, Herzog Konrad von Masuren, der den Großmeister um Hilfe gebeten hatte, habe Kulm erobert, eins der fruchtbarsten Gebiete zwischen Weichsel, Drewenz und Ossa. Die beiden kräftigen Begleiter des Ritters, der nur dem Abt seinen Namen genannt hatte, waren seine Diener und einfach gekleidet. Bei jeder ihrer Bewegungen hörte man Eisengeklirr; sie trugen einen leichten Harnisch, den sie wie ihr Herr nicht ablegten. Sie beobachteten alle und alles, taxierten den Wert des Klosters, der Einrichtung des Empfangssaals, des Geschirrs, der Stickerei des Tischtuchs und hörten schweigend zu. Ihr Benehmen zeugte von der Achtung ihrem Herrn gegenüber, der dem Abt immer neue Fragen stellte: Was war seine Meinung über seinen Vorgesetzten, den Bischof von Fulda? Über welche Pfründe verfügte das Kloster? Die wichtigsten sparte er sich bis zuletzt auf: Wie viele Taufen hatte es in den letzten fünf Jahren gegeben, wie viele davon Jungen und wie viele Mädchen? Der Ritter kam mehrmals auf die Zahl der Hochzeiten zu sprechen, sowohl seitens der Kaufmannsfamilien und Handwerker als auch der Diener und Leibeigenen. Am Ende des Mahls erklärte er seine Zufriedenheit über die Antworten und kündigte eine wichtige Predigt für den gleichen Nachmittag an, die er von der Kanzel der Kirche Sankt Bonifazius halten werde.

Der Abt ließ dies Ereignis ausrufen. Die ganze Stadt kam mit Kind und Kegel: Die Frauen und Mädchen der wohlhabenden Bürger in ihren schönsten Gewändern, Händler, Handwerksmeister, Lehrlinge, Gesellen, Schreiber, Bauernburschen, bis zum letzten Hörigen in den Gerbereien. Sie freuten sich über den Besuch des von weit her gekommenen Ritters, der ihnen sicher Wundersames und Geschichten von fernen Kriegen und siegreichen Schlachten erzählen würde.

So einen Prediger wie diesen Fremden hatten sie noch nie gehört. Er ließ sie alles vergessen, die Plackerei und die Eintönigkeit ihres Lebens, die Hitze, den wolkenlosen Himmel, den Wassermangel, die zur Untätigkeit verdammten Schiffe, die Ratten, die Katzen und ihren Sieg. Es war, als käme der Mann aus dem Paradies, nicht dem in der Bibel, das die Menschheit wegen der Schlange verloren hatte, sondern einem neuen Land, wo Milch und Honig flossen, weit weg von Hameln, im Nordosten, nahe der Ostsee. Den Händlern schilderte er die gewinnbringenden Beziehungen zu großen Ländern, Polen, Russland, Schweden, Dänemark. Den Bauern versprach er fruchtbare, vom Herrgott gesegnete Böden in der weiten, von den Heiden eroberten Ebene. Das ganze Gebiet stehe nun unter dem Schutz seines Ordens, der für Frieden und Wohlstand sorge. Des Ritters Stimme kam vielen Hamelnern himmlisch vor, wie eine bezaubernde, unwiderstehliche Musik. Sie forderte sie auf, ihr gewohntes sicheres Leben aufzugeben, die Herausforderung anzunehmen, ihre enge Stadt zu verlassen und in einem von Gott geschenkten, freien Land die Grundlagen für eine Zukunft wie im Paradies zu schaffen.

Nach der Rede verschwand der Ritter in der Sakristei, aus der er in Priesterkleidung wieder herauskam. Er schritt zum Altar. Man vergaß, dass er unter dem Messgewand noch immer das Kettenhemd trug. Seine Begleiter hatten lange Alben übergeworfen und dienten ihm beim Gottesdienst. Es war eine der schönsten Messen in dieser Kirche. Die Benediktinermönche und die Gemeinde sangen voller Inbrunst, die Seelen schwebten mit den Weihrauchwolken hoch ins Gewölbe, von ihren Altären schienen die Heiligen den Gläubigen ein Lächeln zu schenken. In seiner Predigt sprach der Ritterpriester vom Blut des Täufers, der sein Leben Jesus geopfert und den Weg für den Gottessohn geebnet hatte, der dann mit seiner Lehre die Welt erobern sollte. Das Andenken an den Märtyrertod des Johannes werde morgen in der Kirche festlich begangen.

Auf dem Weg nach Hause hingen die Alten ihren Gedanken nach. Die Augen der Jungen blitzten; sie konnten sich die Herrlichkeiten nicht mehr aus dem Kopf schlagen, von denen der Ritter gesprochen hatte, ein Zauberer, dessen bloße Gesten Städte und friedliche Dörfer bauten. Als er die Arme ausbreitete, sahen sie in seinen offenen Händen Goldstücke blinken. Die Gassen von Hameln kamen ihnen armselig und schmutzig vor. Mit den engbrüstigen, dunklen Fachwerkhäusern hier war kein Staat zu machen. Sie träumten vom Wind und einem riesigen Himmel über Weizenfeldern in einem endlosen Land. Irgendwo dort oben im Nordosten hielt Gott ein neues Leben für sie bereit, ohne die Plagen, mit denen er Hameln seit drei Jahren schlug – vielleicht ein Zeichen des Allmächtigen, dem sie folgen sollten.

Irgendwann nach der Predigt dachte jemand daran, das immer noch geschlossene Hafentor zu öffnen. Die Katzen standen auf und begaben sich ruhigen Schritts in die Stadt, die jetzt ihre Heimat war. Hungrig und durstig warteten sie vor den Häusern auf ihre Mahlzeit. Eine, deren blutbeflecktes Fell mit Rattenbissen übersät war, legte sich auf die Schwelle ihres Heims und miaute. Die Tür wurde geöffnet und gleich wieder geschlossen. Dann kam die Hausfrau mit einem Besen zurück und jagte das Tier fort. Diese von den Ratten vergiftete Katze sollte sich doch dahin scheren, wo sie herkam – nämlich zum Teufel!

Es gibt kein Dokument über eine hastig einberufene Sitzung des Stadtrats, in deren Verlauf eine Lösung hinsichtlich der nun unerwünschten Anwesenheit der Katzen besprochen worden wäre. Es ist auch nicht überliefert, dass man sich nach der Ansprache des Deutschritters am Abend noch im Rathaussaal versammelt hätte. Es wurde wohl eher überall in der Stadt über dessen Rede in der Kirche gesprochen, auch über die Plagen, die seit drei Jahren hartnäckig wiederkehrten – Dürre, versengte und verdorbene Ernten, fast zum Stillstand gekommener Handel, Ratten, ein Fluss, der entweder zum Bächlein wurde oder wie im vergangenen November zum reißenden Strom, der Felder und Wiesen überschwemmte und dabei eine alles erstickende Sandschicht hinterließ.

Die Väter ermahnten ihre Kinder nachdrücklich zur Vorsicht. Der Fremde trug zu geschmeidige Worte auf der Zunge und verführte die Jugend der Stadt mit seinen Versprechungen. Das Schicksal Hamelns würde sich wenden, denn sie, die Alten, hätten andere, noch viel unheilvollere Zeiten erlebt: Soldatenrotten und Räuberbanden hatten vergeblich geschworen, sie alle nach der Eroberung der

Stadt um einen Kopf kleiner zu machen, Ketzer schrien grausige Flüche, bevor sie verdientermaßen auf dem Scheiterhaufen endeten. Doch die Stadt war immer noch da. Warum in ein völlig unbekanntes Land ziehen? Der Ritter rührte die Werbetrommel, wie es ihm der Großmeister aufgetragen hatte. Auch die beiden stummen Diener mit den wachsamen Augen missfielen ihnen. Und wenn die Heiden dort oben wirklich alle tot waren, könnten mit ihnen verwandte Völker nicht in dieses leere Land zurückkehren und es für sich beanspruchen? Wer sich auf gestohlenem Gebiet niederließ, beging eine so schwere Sünde wie Adam und Eva. Würde nicht der Erzengel sie eines Tages wie dieses Paar bestrafen, das er aus dem Paradies vertrieben hatte? Sicher, das Leben in Hameln war nicht immer einfach, doch kannten sie jeden und alles hier, Gesetze und Vorschriften, Hügel, Felder und Wälder ringsum.

Sie verwandelten den Ritter in eine Schlange, die mit ihrem melodischen Gesäusel die Stadtbewohner überreden wollte, von der verbotenen Frucht zu kosten. Die Väter beschworen ihre Kinder, dem Gesandten des Ordens auf keinen Fall zu folgen. Sie mahnten: »Wehe euch, wenn ihr ihm Glauben schenkt! Der Weg zur Hölle ist mit Begierden gepflastert! Sie kosten euch nicht nur das nichtige irdische Leben, sondern verschließen auch die Pforten des Himmels. Eure Seele fährt zur Hölle, wenn ihr an dieses falsche Paradies glaubt, das es nicht gibt.« Manche murmelten sogar, der Ritter sei ein Bote des Leibhaftigen, und bekreuzigten sich. Doch das schwarze Kreuz auf seinem Mantel erinnerte sie an die Macht des Ordens, und niemand wagte es, ihn einen Ketzer zu nennen. Außerdem waren er und seine Diener besser bewaffnet als der reichste Mann in Hameln. Also unternahm man nichts und schwieg. An die Katzen, die am Morgen die Stadt gerettet hatten, dachte an diesem Abend niemand mehr.

Am nächsten Tag – es war inzwischen Sonnabend geworden, das Fest des Täufers – begab sich eine kleine Abordnung zum Kloster. Nach vielen Verbeugungen und höflichen Worten teilte man dem Abt mit, die Gegenwart des Ritters und seiner Diener sorge für starke Unruhe unter den Bürgern. Sie, die Väter, fürchteten die Worte des Ritterpriesters wie vergiftete Kuchen, vor allem ihrer Kinder wegen, die noch nichts vom Leben wussten und sich im Handumdrehen für eine so unsichere Sache begeistern könnten. Der Abt versprach, mit dem Ordensherrn zu sprechen; die Männer gingen erleichtert nach Hause. Sie hatten verstanden, dass ihn auch die Benediktiner wegen seiner Hoffart und seines herrischen Wesens loswerden wollten. Denn er zeigte sich als ein Mann des Krieges, nicht der Demut, wie es jedem guten Christen ziemte.

Eine andere Schwierigkeit wartete auf sie. Die Katzen schlichen hungrig um die Häuser und streiften durch die Gassen. Wenn sie die so unheimlichen Ratten trotz deren Übermacht besiegt hatten, so konnte das nur Spukwerk sein. Dahinter steckten zweifelsohne der Böse und seine Dämonen. In ihrem Aberglauben befahlen die Väter den Kindern und Knechten, sich der Teufelskatzen sofort und auf jede erdenkliche Weise zu entledigen.

Sie ihren alten Besitzern zurückzubringen war undenkbar, denn diese wollten sie nicht mehr haben: »Wenn ihr mit den Ratten fertig seid, behaltet sie, wir haben schon so viele.« Folglich war das Schicksal der Tiere besiegelt, auch wenn etliche Kinder Dankbarkeit verlangten für die Sieger. Doch sie mussten gehorchen.

Wer den Katzen ein Stückchen Wurst, einen Napf Milch vor die Nase setzte oder nur sanft mit ihnen sprach, konnte sie leicht erwischen. Nur einige besonders misstrauische Tiere verließen ihr Versteck nicht. Alle anderen wurden in mit Steinen beschwerte Säcke gesteckt und in die Weser geworfen. Wie erwartet konnten ihre Krallen und Zähne das Sackleinen nicht zerreißen. Der Todeskampf der Retter spielte sich unter dem langsam fließenden Wasser ab; sie wurden wie schändliche Verbrecher hingerichtet.

Die Kinder der besten Familien von Hameln hatten sich diesem Mord verweigert. Auch ihre Väter hatten gesagt, Gott hätte die Katzen als Todfeinde der Nager geschaffen. Aber einige sollte man doch behalten, damit die Mäuse und einheimischen Ratten nicht überhandnähmen. Und es könnte ja sein, dass die großen Ratten wiederkämen, trotz der vernichtenden Niederlage, denn diese Tiere seien klug und hätten ein gutes Gedächtnis.

Gleichermaßen schüttelte der Abt den Kopf, als er vom Ende der Katzen erfuhr. »Hoffen wir, dass die Rattenplage nicht erneut über uns hereinbricht«, sagte er, während zwei Novizen den Altarraum für die morgige Sonntagsmesse schmückten. »Merkt euch gut den Undank dieser Menschen, wie sie in ständiger Furcht leben und nicht weiter als ihre Nasenspitze sehen.«

Weder die Eltern der Jugend von Hameln noch der Abt hatten bemerkt, dass eine Abordnung junger Burschen beim Ritter gewesen war. Seit Mittag feierte die Stadt das

Johannisfest und den Sieg über die Ratten. Während die anderen tanzten, sangen, aßen und tranken, hatten sich die jungen Männer dem fremden Herrn vorgestellt. Sie wollten ihn um seinen Rat bitten, denn sie konnten die Geschichten über das neue, vom Orden eroberte Paradies nicht vergessen. Sie würden ja gern mit ihm gehen, aber ihren Eltern zufolge sollten sie, die noch jugendliche Einfaltspinsel waren, nicht auf verführerische Versprechen hören.

Der Ritter nickte, ermunterte sie, weiterzusprechen, lächelte jedem zu. Mit geschickt gestellten Fragen brachte er sie zur Einsicht, die Jugend müsse ihr Schicksal selbst schmieden, während die Alten naturgemäß an Scholle und Geschäft klebten. Er verstand nur zu gut, wie schwer es ihnen fiel, die Eltern zu verlassen, doch hieß es nicht, rasch zu handeln, wenn sich ihnen diese einmalige Gelegenheit für eine herrliche Zukunft bot? Er sagte ihnen mit seiner sanften und zugleich festen Stimme, er läse zur mitternächtlichen Vigil eine stille Messe und verließe dann Hameln durch das Nordtor. Dann gab er jedem die Hand und sah ihm in die Augen. Es war der kräftige Händedruck eines Ehrenmannes. Dann entließ er die Burschen, die sich in der warmen Nacht beratschlagten.

Am nächsten Morgen musste jeder beim Hochamt sein. Die Eltern wollten ihre Kinder wecken, weil diese sicher bis früh in den Morgen getanzt hatten. Aber die Betten waren unberührt, die Kleider verschwunden. In jedem Viertel, ob arm oder reich, standen Mütter und Väter fassungslos da, wie vom Donner gerührt. Die kleinen Geschwister weinten, Knechte liefen von einem Haus zum anderen und kamen immer mit derselben Nachricht zurück. Überall gab es leere Kammern; dabei fehlte kein einziges Pferd im Stall. Jungen und Mädchen waren auf und davon, ohne ein Wort. Wer hätte gestern ahnen können, dass die Blüte der Stadt über Nacht verschwinden würde! Im Kloster teilte ihnen der Pförtner mit, der Ritter und seine Diener seien kurz nach Mitternacht auf das Nordtor zugeritten. Die dortigen Wachen schworen, sie hätten die Burschen und Mädchen nicht gesehen.[3]

Die Väter machten sich auf den Weg. Wie wir zu Beginn unserer Rekonstruktion der Ereignisse erwähnt haben, trafen sie gegen Ende des Vormittags auf zwei Jugendliche. Der erste war einäugig – ein Blinder hätte sich nie auf solch ein Unternehmen eingelassen –, der andere hatte sich den Klumpfuß verstaucht. Ihrem Bericht zufolge hatten ihre Kameraden die Wachen am Nordtor bestochen, worauf der große Trupp mitten in der Nacht Hameln durch ebendieses Tor verließ. »Am Rand des Waldes von Klüt erwarteten wir den Ritter und seine Diener, mit denen wir zuerst nach Süntel, dann zum Ohrberg gewandert sind. Sobald die letzte Behausung hinter uns lag, haben wir fröhlich gesungen. Mit großem Bedauern sind wir beide zurückgeblieben, denn wir hätten gern mit ihnen das gesegnete Land erblickt.« Der Einäugige und der Lahme hatten ihren Freunden nachgesehen, bis die plötzlich »der Berg verschlang« – was vermutlich heißt,

---

3 Anmerkung: Das Verschwinden der Kinder – in Wirklichkeit junge Männer zwischen fünfzehn und zwanzig sowie Jungfrauen zwischen zwölf und achtzehn Jahren – findet sich sowohl in den Archiven unserer Stadt als auch in denen der Nachbarorte.

dass die Gruppe einfach in eine Senke gegangen und nicht mehr zu sehen war. Ohne die anderen hatten die beiden gefürchtet, sich im schwarzen stillen Wald zu verirren. Sie warteten das Morgengrauen ab, um nach Hameln zurückzukehren.

Den Ohrberg, eher ein großer Hügel, wie jeder weiß, durchkämmten Suchmannschaften. Sie fanden zunächst noch Spuren; kein Zweifel, die Kinder waren hier entlanggekommen. Doch auf der harten, trockenen Erde verloren die Hunde bald die Fährte. Boten wurden in alle Weiler, Dörfer und Städte geschickt, bis nach Hannover. Doch niemand hatte die hundertdreißig jungen Hamelner und die drei Reiter gesehen.

Die Wachen wurden peinlich befragt. Ja, sie waren mit klingender Münze bestochen worden, um die Gruppe hinauszulassen. Die Anführer hätten ihnen gesagt, sie wollten mit ihren Mädchen auf eine Wiese an der Weser, um dort bis zum Morgen zu feiern. Die Männer wurden zum Rad verurteilt, doch besänftigten die Qualen der zu Tode Gemarterten nicht den Schmerz der Eltern. Die Stadt trauerte lange um die Verschollenen. Immer wieder gab man die Schuld der sanften Stimme jenes Ritters. Aber war er denn wirklich Mitglied des Ordens? Damals warben wohl Abgesandte im ganzen Reich Siedler für den Nordosten an, jedoch die Beschreibung des Mannes und seiner Helfer passte auf keinen Ritter des Ordens, dessen Sitz die Marienburg war. Heute noch sind dort die alten Gebäude zu sehen, deren Größe den Reichtum und die Macht der Ritterpriester beweist, die den ganzen Osten des Reichs verwalteten, von Westpreußen bis nach Litauen.

Die Kinder waren also einem unter falschem Namen reisenden Fremden, einem Schmeichler gefolgt, vielleicht sogar dem Teufel selbst. Zuerst hatte der – nicht Gott – Hameln drei Jahre Dürre, Hochwasser und Rattenplagen geschickt, dann die unschuldige Jugend weggeführt und war mit ihr »im Berg« auf immer verschwunden. Niemand konnte wissen, wo sich die Kinder jetzt befanden und ob sie noch lebten. Unter dem Eindruck dieses schrecklichen Ereignisses beschrieb natürlich kein Chronist, wie die Schlacht gegen die Ratten wirklich verlaufen war. Die Menschen damals hatten anderes im Kopf, als sich über ein paar Dutzend ersäufte Katzen zu ereifern. Bald sprach niemand mehr von dem Kampf gegen die Ratten, nur die Kinder zählten. Ja, mehr noch, man verschwieg ganz bewusst, was sich abgespielt hatte. Der Grund dazu scheint uns leicht verständlich. Katzen standen von jeher im Verdacht, Kreaturen des Leibhaftigen zu sein. Nagelten sie die Bauern in der Nacht vom dreißigsten April zum ersten Mai nicht an Scheunentüren, um das Vieh vor dem bösen Blick zu schützen? Die Sitte, jährlich eine bestimmte Anzahl von ihnen öffentlich zu verbrennen – wie es sogar die Könige von Frankreich persönlich taten –, ist auf die vermeintlich Unglück bringenden Eigenschaften dieser Tiere zurückzuführen: Ihr lautloser Gang und ihre in der Dunkelheit glühenden Augen hatte ihnen der Gottseibeiuns geschenkt. Auch ihre Zählebigkeit, so dachte man, haben die Katzen von Luzifer selbst. Wenn beim Kampf gegen die Ratten ein paar von ihnen in Hameln das Zeitliche gesegnet hatten, so doch nur, um den Anschein zu wahren, ganz gewöhnliche Gotteskreaturen zu sein. Nach Mitternacht schenkte ihnen ihr Meister eins ihrer sechs anderen Leben – und schon kehrten sie zurück …

Zusammenfassung:

Über sieben Jahrhunderte nach den Ereignissen um den »Rattenfänger von Hameln« kann man durchaus behaupten, dass die Legende mehr als nur ein Körnchen Wahrheit in sich trägt. Auch wenn es unpopulär ist, eine Legende oder einen Mythos zu entzaubern, sind wir nach gründlicher Prüfung aller vorhandenen schriftlichen Zeugnisse überzeugt, eine plausible Erklärung für die Ereignisse des Jahres 1284 gefunden zu haben. Auch die Archive und Dokumente, die wir in anderen Städten prüfen konnten, bestätigen die landesweite Rattenplage während der drei hier nachgezeichneten Jahre. Wenn die mündliche Überlieferung beharrlich die Rolle der Katzen bei ihrer Bekämpfung verschweigt, so wahrscheinlich aus den oben erwähnten Gründen.

Die Durchreise des Ordensritters ist zwar für Hameln selbst nicht urkundlich bezeugt, bleibt jedoch sehr wahrscheinlich. Die Chroniken melden die Anwesenheit von mehreren dieser Abgesandten aus dem Umkreis der Stadt, die überall die gleiche, vom Großmeister sorgsam verfasste Rede hielten. Der Orden schickte nur die besten Redner. Bei einem Auszug von gleich hundertdreißg Jugendlichen kann es nicht überraschen, dass kaum ein anderer Ort so stark wie Hameln zur Besiedlung der von den Rittern eroberten Ostgebiete beigetragen hat. Dafür spricht vor allem die Tatsache, dass sich bald nach dem Verschwinden der Kinder aus Hameln deren Familiennamen in Pommern, Westpreußen und Brandenburg finden und dass es in diesen Gebieten Städte- und Dorfnamen gibt, die direkt auf Hameln hinweisen.[4]

Für unsere Stadt war der »Auszug unserer Kinder« ein schlimmer Aderlass, und so nimmt es nicht wunder, dass die Legende entstand. Vielleicht kann man sogar so weit gehen zu behaupten, dass Zauberei und Teufel bemüht wurden, um jene Rattenplage und die verschollenen »Kinder« zu *verschleiern* (das Verb scheint uns nicht zu stark), vielleicht – aber damit begeben wir uns endgültig ins Reich der Spekulation – um das schlechte Gewissen der Hamelner Bürger zu beschwichtigen, die ihre Retter in der Not nach verrichteter Arbeit sang- und klanglos ersäuften. Denn oft dient eine Legende auch dazu, denjenigen ein gutes Gewissen zu verschaffen, die sie aus Tatsachen und Wunschdenken gesponnen haben.

Anhang:

- Kopie des Hildesheimer Briefs;
- Auszüge der Archive des ehemaligen Benediktinerklosters zu Hameln;
- Auszüge des Archivs des Bischofssitzes zu Fulda.

4 Wie z. B. Groß Spiegelberg in Vorpommern, Hammelspring im Landkreis Uckermark usf. In Nord-Mähren hatte der Bischof von Olmütz womöglich mit der Neuansiedlung von Hamelner Kindern seine Diözese eindeutschen wollen. Jedenfalls treten dort viele abgewandelte oder unveränderte Familiennamen auf, die mit denen des Hamelner Bürgerregisters Ende des 13. Jahrhunderts übereinstimmen.

Ein Blick auf die Katze sagt alles über den Hausherrn

Die folgende Geschichte hätte ich nie erfahren, wenn Denis und seine marokkanische Freundin mich nicht neulich eingeladen hätten. Dabei lernte ich seinen Kater Fenouil kennen, der ganz eindeutig, genau wie sein Meister, ein Faible für die arabische Küche zu haben scheint. Auf die Frage, woher er denn dieses ungewöhnliche Prachtexemplar von Kater habe, erzählte er bereitwillig von Mélorée Lavallée, seiner letzten Vermieterin, von der er ihn geerbt hatte. Denis ist diplomierter Krankenpfleger und betreut in Montréaler Kliniken vor allem Krebskranke im Endstadium. Trotz der Dramen, in denen er täglich eine wichtige Rolle spielt, oder gerade ihretwegen hält unser Freund das Leben für das Schönste, was es auf der Welt gibt. Der Sterbende entspannt sich in seinen Armen, denn Denis hat etwas Beruhigendes, man fühlt sich einfach wohl, wenn er da ist. Und das hat offenbar auch Mélorée geschätzt, denn zu Denis hatte sie Vertrauen. Er selbst kam ganz gut mit ihr aus, aber da war er im ganzen Stadtviertel der Einzige.

Normalerweise hätten die in Mélorées Straße besonders zahlreichen Chassidim ihren Kindern verbieten müssen, mit den kleinen Katholiken zu spielen, und die wenigen Sunniten die andere Straßenseite benutzen sollen, wenn Schtreimel und Pejes auftauchten. Aber das gab es hier nicht.

Ob Christen, Juden oder Muslime – sie alle verband der Wunsch, Mélorée den Hals umzudrehen. In ihrer Wut auf »diese Pest« murmelten die einen: »Total verrückt ist sie. Bei der sind alle Schrauben locker.« »Unausstehlich, gehässig«, sagten die anderen. Ob Rentnerin oder betuchte Erbin, niemand kannte die Quelle ihres Wohlstands. Mélorée bewohnte die erste und zweite Etage eines jener für die Gegend typischen, ganz in die Tiefe gebauten Häuser mit schmaler Straßenfront, vier Zimmern pro Stockwerk und einer Nottreppe, die in ein lächerlich kleines, feuchtes und so dunkles Gärtchen mündet, dass dort außer moosbedeckten verkrüppelten Büschen nichts wächst. Ihr Haus stand mitten in einer endlos langen, mit einem englischen Namen versehenen Straße zwischen Montréal und Outremont.

Den Zeitungsfotos nach war Mélorée eine Frau ohne Alter. Das erste Bild zeigt sie mit weißblonden Locken à la Marilyn Monroe (Perücke?). Ihr stark geschminktes Gesicht ist glatt (Lifting?) und totenbleich. Die mit Mascara schwarz umrandeten Augen sind unergründliche Löcher. Auf dem zweiten sollte ihr Lächeln wohl einladend wirken, aber sie brachte es nur zu einem schiefen Grinsen. Die dünnen Lippen entblößen verdächtig regelmäßige Zahnreihen (ganz sicher eine billige Prothese). Ein anderer Schnappschuss ist nicht viel besser: Ihr mit Lippenstift bemalter Mund steht offen, während der Rest des Gesichts unbeweglich bleibt. Kurz, ihre Züge verursachen Gänsehaut. Etwas stimmt hier nicht. Man wird das Gefühl nicht los, Mélorée trage eine Maske, die sie jederzeit abnehmen kann. Erst dann zeigt sie ihr wahres Ich: Warze auf der krummen Nase, Damenbart, scharfe Falten von den Nasenflügeln bis in die Mundwinkel, fleischloser faltiger Hals und ein Kopftuch, das die spärlichen grauen Strähnen auf dem Kopf verdeckt.

Denis bewohnte das Erdgeschoss mit nur drei Räumen: Die Eingangstür auf der Straßenseite führte direkt ins Wohnzimmer, die hohen Nachbarhäuser verdunkelten das Schlafzimmer, das auf ein von einem halb verrotteten Zaun eingegrenztes Gärtchen hinausging. Dahinter verlief die mit Schrott vollgestellte Hintergasse, wie es sie überall in Montréal gibt. Die Küche ähnelte einer Besenkammer, das Bad war winzig und kümmerlich ausgestattet. Der Straße zu gab es statt des vierten Zimmers eine mittlerweile verschwundene bescheidene Holzterrasse mit der Eingangstür zu den beiden Wohnungen. Die von Mélorée erreichte man über eine enge steile Treppe.

Während sich Denis' Möbel auf ein Minimum beschränkten (was immer noch der Fall ist, denn er zieht ständig um, je nachdem in welchem Krankenhaus er arbeitet), ähnelte die Wohnung seiner Vermieterin dem Lager eines Trödlers. Obwohl ihr Wohnzimmer nach der Beseitigung einer Trennwand etwa die Hälfte der Etage einnahm, schien es klein wegen der vielen Beistelltische, auf denen sich allerhand Kram den Platz streitig machte. Man bahnte sich einen Weg durch ein halbes Dutzend mit verblichenem grünem Samt bezogene Sofas und Sessel. Den einzigen Miniaturbalkon des Hauses betrat die Besitzerin nur zu besonderen Anlässen. Staub bedeckte einen Zentner Plastikblumen in verschnörkelten Vasen. An den Wänden hingen scheußliche Machwerke. Das eindrucksvollste Ausstellungsstück aber waren drei unter einer hohen Glasglocke platzierte ausgestopfte Katzen, die wie für einen Maskenball angezogen waren und deren Namen auf Messingplättchen im Sockel prunkten: »Giroflée« stand auf den Hinterbeinen, als Marie-Antoinette mit Sonnenschirm und Häubchen verkleidet, »Ermengarde« war die Karikatur einer Dame der viktorianischen Bourgeoisie und rekelte sich in ihrem schwarzen Satinkleid auf einem Miniatursessel, während der Kater »Millepertuis« im Frack kerzengerade aufrecht stand, die rechte Hinterpfote auf einer erlegten Ratte.

»Die drei Katzen waren grauenhaft«, erzählte Denis. »Der Präparator hatte bestimmt etliche Gläser über den Durst getrunken. Aus den zerfransten Pfoten kam dicker Draht heraus, und die Köpfe sahen aus wie die von verschrumpelten Katzenmumien, ganz scheußlich. Um nichts in der Welt hätte ich die Dinger angefasst.«

Das Schlafzimmer von Mélorée sah aus wie das einer heruntergekommenen Sarah Bernhardt. Auf dem Bett lagen eine bunte Steppdecke sowie zwei mottenzerfressene Schwarzbärenfelle. Die verschossenen Vorhänge aus rotem Samt öffnete sie nie, was den Raum in ein fast blutiges Licht tauchte. Von den Wänden starrten vergilbte Gesichter mit strenger Miene auf das Bett und hielten Wache. Das verbleibende Zimmer war mit Pappkartons aller Art vollgestopft. Ein penetranter Geruch von Mottenkugeln hing in der Luft.

Soweit Denis es beurteilen konnte, bekam Mélorée nur selten Besuch: Den Curé ihrer Pfarrgemeinde, die Lieferjungen der Apotheke und vom Supermarkt, den Briefträger. Sie mussten unweigerlich eine Tasse Tee mit ihr trinken, egal zu welcher Stunde. Von morgens bis abends war sie immer »picobello«, wie sie behauptete, »weil ich ja Gäste kriegen könnte«. Denis sah sie nie ungeschminkt oder mit Lockenwicklern.

Die Zimmer im zweiten Stock standen leer, bis auf ein paar schlechte Decken, aufgeplatzte Kissen und zehn Näpfe sowie Kisten mit Streu. Tagsüber herrschten hier Sidonie, Églantine, Bérénice, Gentiane und Fenouil. Sie durften ins Wohnzimmer kommen, aber nur ganz vorsichtig. Eine zerbrochene Vase zeitigte seitens der Hausherrin empörtes Gezeter, außer wenn die Verbrecherin Sidonie war, ihre herrschsüchtige Lieblingskatze, die ihr in Winternächten die Füße wärmen durfte, während die anderen oben froren. Wenn sie morgens die Treppe zum Wohnzimmer hinunterpurzelten, weckten sie Denis. Fenouil, ein grau-schwarz gestreifter Kater mit gelben Augen und Hängebauch, wog mindestens zwölf Kilo. Sobald er es auf den von Mélorée für Katzenbesuche bestimmten Sessel geschafft hatte, verjagte ihn kurz darauf Sidonie. Dann plumpste er mit dem dumpfen Geräusch eines unsanft abgestellten vollen Kartoffelsacks auf den Fußboden.

Ausgerechnet Fenouil sollte es sein, der die erste große Aufregung um Mélorée in der Straße auslöste. Weil sie ihm ein wenig Bewegung verschaffen wollte, hatte diese ein Drahtseil zwischen dem einzigen noch einigermaßen standfesten Pfosten des Zauns und dem Geländer der Nottreppe im Gärtchen gespannt. Dem Kater legte sie ein Halsband an und schob das Ende der Leine ins Seil. Dann gab sie ihm ein paar wohlgemeinte, wenn auch nicht zu heftige Klapse aufs Hinterteil: »Mach schon, lauf zu! Tu was! Werde dein Fett los!« Fenouil trottete ein paar Meter, blieb stehen. »Du Vollidiot! Es geht doch um deine Gesundheit! Vorwärts, marsch!« Ein paar Minuten später war sie der Sache müde, ließ ihn allein, stieg hinauf – und kam schnellstens wieder herunter: Der Nachbarsköter bellte begeistert und verfolgte den halberstickten Fenouil.

»Du verlaustes Vieh! Lass meine Katz in Ruh! Weg mit dir, sonst hau ich dich windelweich!« Sie hatte ein Stück Rohr gepackt und schwang es über dem kleinen Hund. Der Eindringling suchte das Weite, Mélorée befreite den keuchenden, tief geschockten Kater, brachte ihn nach oben, in Sicherheit.

Eine Woche später betrauerte man in der Nachbarschaft das Ableben von drei Hunden. Die »alte Hexe« (von diesem Tag an nannte sie niemand mehr bei ihrem Taufnamen) hatte Rattengift mit Hackfleisch vermischt. Drei Familien, die Falardeaus, Dallaires und Lamberts, beratschlagten. Man war sich einig, dass diese Frau das grausamste und übelste Wesen auf der Erde war. Aber niemand wagte sich allein zu ihr. Also gingen die Männer zusammen hin. Mélorée empfing sie auf der Terrasse. Denis wollte gerade ein Nickerchen halten, kam aber nicht dazu, denn das Gekreisch Mélorées bohrte sich in seine Trommelfelle. »Herrenlose bissige Köter – Notwehr – in meinem Garten – armes Katerchen«, empörte sie sich.

Die ganze Straße hörte ihren Schimpfkaskaden zu, gefolgt von kurzem Gemurmel seitens der braven Familienväter: »Gift – also wirklich, Gift – hören Sie, Gift! Das geht doch nicht.« Dann kehrten die drei entmutigt nach Haus zurück.

Die Alte hatte ihnen höhnisch geraten, sich doch an höherer Stelle zu beklagen. Was sie denn auch taten. Ein paar Tage später erschien im Montréaler Sensationsblatt der erste Artikel über Mélorée. Unter ihrem Foto stand: *Um ihre Katze zu retten, vergiftet sie die Nachbarshunde.* Auf diesem Bild lächelte sie besonders bösartig. Mélorée kaufte drei Exemplare der Zeitung, betrachtete sich ausgiebig. Sie war zufrieden.

Ein paar Monate später erschütterte der Skandal wegen des Eruv das ganze Viertel. Schon 1990 hatte die Stadtverwaltung von Outremont den Eruv im Prinzip gestattet, denn die orthodoxen Juden dürfen am Sabbat nichts außer Haus tragen, nicht einmal die Hausschlüssel. Den Chassidim wurde folglich erlaubt, Schnüre im Viertel zu spannen, um ihre Privatsphäre abzugrenzen und damit ein tausendjähriges rabbinisches Gebot zu umgehen. Doch Mélorée wollte davon nichts wissen. Von ihrem Balkon aus schnitt sie regelmäßig die Schnur durch: »Mein Haus gehört nur mir! Was die für Sitten haben, interessiert mich nicht. Mich stört die Schnur vor meinem Fenster. Sollen sie mich doch vors Gericht schleifen! Denen werd ich's zeigen – auf die hab ich gerade gewartet, ha!«

Worauf die Eiszensteijns auf der rechten, die Kirshbaums auf der linken Seite ihre Religionsgenossen zusammentrommelten und zum Rathaus zogen, um Klage zu führen. Ein Schöffe sprach beruhigende Worte und bedauerte die Sache zutiefst. Er meinte, die Frage des Eruvs wäre viel schlimmer als die der vergifteten Hunde, versprach zu handeln und leitete die Akte an die nächste Instanz weiter.

Mélorée hatte damit für eine öffentliche Debatte gesorgt, die bis heute nicht abgeschlossen ist. Zwei Lager haben sich gebildet: Die Hitzköpfe sind gegen den Eruv, die anderen, die das rabbinische Gesetz schlimmstenfalls »bizarr« finden, verhalten sich eher neutral oder sprechen sich für den Eruv aus. Die Alte hatte diesmal Gleichgesinnte auf ihrer Seite, die bald ebenfalls Messer und Scheren einsetzten. Nach monatelangem Hin und Her drohte die Stadtverwaltung Mélorée mit Ordnungsstrafen. Sie lachte: »Schicken Sie mir so viele Knöllchen, wie Sie wollen, ich bezahl keins. Da muss schon der Oberste Bundesgerichtshof kommen und mich verdonnern! Und das wird seine Zeit brauchen!«

Kurz, die Chassidim hassten sie nun, ganz wie die christlichen Hundeliebhaber. Mélorée fand Exkremente (von Hunden? Menschen?) vor ihrer Tür; mitten in der Nacht wurden Steinchen und Dreck gegen ihre Fenster geworfen.

Die letzte Nachbarsgruppe, die Mélorée sich zum Feind machte, waren die Muslime, zwei Familien im selben Haus. Auch dort spielte Fenouil die Schlüsselrolle. Die »Hexe« wusste nicht, dass Katzen bei den Muslimen sehr beliebt sind, besonders die getigerten. Eine libanesische Freundin hatte Denis erzählt, im Traum hätte der große Djalâl ad-Dîn Rûmi den Propheten gesehen, wie er einer Katze den Rücken streichelte, weil sie ihn vor einem Schlangenbiss bewahrte. Seither falle keine Katze mehr bei einem Sturz auf den Rücken. Mohammed habe auch »seine erhabene Hand auf den Kopf des Tieres gelegt, wo alle getigerten Katzen seitdem die Spur seiner Fingerspitzen tragen«. Und der ägyptische Theologe al-Damiri schrieb Ende des 15. Jahrhunderts: »Wenn die Bücher nachts meine Vertrauten sind, so bleibt meine Liebste eine Kerze und mein sanftester Freund ein weißes Kätzchen.«

Aber die Vorstadt-Xanthippe hatte noch nie etwas von Rûmi und Damiri gehört. Sie behauptete, »die Muselmänner kidnappen unsere Katzen, schneiden ihnen die Gurgel durch und machen aus ihnen Frikassee«. Natürlich fehlte diesen Anwürfen Mélorées gegen ihre Nachbarn aus dem Morgenland jegliches Fundament. Da diese Erzählung sich aber strikt an die Ereignisse halten soll, wollen wir weder Partei für Mélorée noch für ihre Gegner ergreifen oder sie in Grund und Boden verdammen. Folgendes war geschehen:

Fenouil war in einer besonders warmen Nacht Ende Mai durch ein offenes Fenster entwischt. Seit seinem Frühlingsausflug ins Gärtchen hatte er – trotz des abscheulichen Hundes und der ihm unverständlichen Laufübung – Geschmack an frischer Luft gefunden. Nach einem langen Spaziergang durch die endlose Gasse fand er eine Passage zu seiner Straße (die mit dem englischen Namen) und setzte sich schließlich vor die Tür der Vettern Faruq al-Farwaz und Haitham Omran, zwei gutmütigen Schlachtern, die nach getaner Arbeit die Sanftmut in Person waren. Die Sonne ging gerade auf. Hungrig und von seinem Ausflug müde, gab Fenouil Klagelaute von sich. Eine Frau im Morgenkleid öffnete und ließ ihn ein. Denis meinte, er wüsste natürlich nicht, was im Haus selbst geschah. Wie dem auch sei (wir kommen gleich darauf zurück), Fenouil verließ die Stätte erst am späten Nachmittag wieder, wobei er sich noch das Maul leckte. Das hätte er besser unterlassen.

Seit der Dicke beim Morgenappell Mélorées gefehlt

hatte, war Letztere ganz außer sich und suchte ihn verzweifelt. »Fenouil! Schätzchen!«, klagte sie und lief die halbe Straße ab. Als sie den Ausreißer auf dem Bürgersteig entdeckte, packte sie ihn beim Halsband, schüttelte ihn wütend, schloss ihn in die Arme und drückte ihn ans Herz, während er sich schwach wehrte.

Frau al-Farwaz stand plötzlich in der Tür, den Hijab auf dem Haar. Sie wollte zum Markt.

»Was hast du mit meinem Kater angestellt? War er dir vielleicht noch nicht fett genug, um ihm die Gurgel durchzuschneiden?«

Die Frau, zuerst sprachlos, stotterte Unzusammenhängendes.

»Wir wissen genau, dass ihr Ausländer Katzen esst, lüg doch nicht! Die Chinesen, die ja alles vertilgen, ob es nun Beine hat oder nicht, braten unsere Katzen nur für Freunde, behaupten die. Pustekuchen! Ein Wunder, dass mein armer Kleiner hier jetzt nicht in deinem Topf schmort!« Sie machte eine Pause, schnaufte, denn Fenouil war schwer. Dann sagte sie der Frau, was ihr wohl seit langem im Hals steckte: »Und wir hier wissen auch, worauf Leute wie ihr hinauswollt. Uns aus unseren Heimen vertreiben, damit ihr euch benehmen könnt, als wärt ihr hier zu Hause!«

Mélorée war in Fahrt. An den Fenstern ringsum wollten Juden und Christen nichts verpassen. Die Frau mit dem Hijab schluchzte. Faruq baute sich hinter ihr auf, gefolgt von Haitham. Beide hatten mächtige Schultern; ein schwarzer Schnurrbart zog ihnen einen dicken Strich ins Gesicht. Faruq legte eine Hand auf die Schulter seiner Frau. Mit der anderen schien er sich vor dem, was Mélorée aus dem Mund stürzte, zu schützen. Hinter ihnen hielten sich vier oder fünf kleine Kinder an den Händen und schauten erstaunt und angstvoll auf die schreiende blondgelockte Alte vor ihnen.

»Ich weiß alles über euch, alles! Ihr seid vom anderen Ende der Welt hergekommen, habt euch bei uns eingenistet, und jetzt sollen wir uns nach euch richten! Zuerst meinen irgendwelche Blödiane, ihre Köter könnten hier frei herumlaufen und meinen Kater massakrieren, dann die Schnüre, weil wir den Korkenzieherlocken eine Gefälligkeit erweisen müssen, damit die dann herumtrompeten, das ganze Viertel gehöre ihnen. Und jetzt wollt ihr mein süßes Kerlchen schlachten. Habt ihr ihm vielleicht was ins Futter getan? Du Armer! Ihr hättet ihn mir sofort zurückbringen sollen! Ich warne euch. Wenn er krank wird, bring ich euch vor Gericht! Seht euch vor, Katzenfresser! Wir werden euch noch in das Loch zurückjagen, aus dem ihr gekrochen seid.« Sie schöpfte Atem und fauchte: »Ihr und all die anderen Ausländer, die kein Französisch sprechen, stellt bei uns die Welt auf den Kopf. Ihr habt mir schon, ich weiß nicht wie oft, einen Kerl geschickt, der mein Haus kaufen soll, ihr und die anderen da, mit Frack und dem schwarzen Hut auf dem Kopf, auch wenn's heiß ist. Ich sag: Kommt nicht in Frage! Ich verkauf nicht. Nie! Ich bleib! Nur über meine Leiche!«

Als es hinter ihr mehrmals klickte, drehte sie sich um. Ein paar Schritte weiter fotografierte ein Mann die Szene. Ein anderer hielt ihr ein Miniaturtonbandgerät unter die Nase.

»Sie! Schon wieder! Ich geh auf die Straße und will meinen Kater retten, und schon hab ich die Presse am

Hals. Wenn es Ihnen passt, sind Sie schnell wie der Teufel. Aber wenn die dort« – sie stach mit dem Zeigefinger in die Luft, in Richtung Fenster – »etwas ausfressen, wo sind Sie dann? Nur zu. Drucken Sie in Ihrem Käsblatt, was Sie wollen. Ist mir völlig wurscht. Ich bin hier schließlich zu Hause! Und spreche nur aus, was die meisten heimlich denken!«

Sie knallte die Tür hinter sich zu. Fenouil war ganz verängstigt. Von ihrem Balkon im ersten Stock rief Mélorée noch mehrmals in die stumme Straße: »Ist doch wahr! Ist doch alles wahr!« Dann verschwand sie wie eine Schauspielerin, die sich mit der Abschiedsszene ihres größten Beifalls gewiss sein kann.

Denis hatte nur das Wichtigste mitbekommen, aber er erinnerte sich gut: »So zufrieden hatte ich sie noch nie gesehen. Ich habe mich gefragt, wie lange es noch dauerte, bis die eigene Bosheit sie zu Fall bringen würde. Ich konnte ja nicht ahnen, dass es nur noch eine Frage von Tagen wäre.«

Auf die erstaunte Frage, wie er mit dieser Frau überhaupt unter einem Dach leben konnte, antwortete er lächelnd: »Ganz einfach. Gestört hat sie mich eigentlich nie, aber manchmal hat sie mich doch auf die Palme gebracht. Einmal hat sie mich am Abend angerufen. Der Briefträger hätte versehentlich einen an mich adressierten Brief bei ihr abgegeben. ›Kommst du rauf und holst ihn dir?‹, wollte sie wissen. Ich hörte, wie sie den Brief hin und her drehte. ›Ach was, warte, das ist bestimmt von … Na, sicher nichts Wichtiges.‹ Bevor ich etwas sagen konnte, hatte sie den Umschlag schon aufgemacht und den Brief herausgeholt. ›Dacht ich mir's doch. Deine Versicherungsgesellschaft schreibt, du sollst den am 1. Juli fälligen Vertrag unterschreiben und zurückschicken. Du kannst den Wisch ja morgen abholen. Dann kriegst du auch eine Tasse Tee und etwas Leckeres dazu.‹ Ich kam überhaupt nicht zu Wort, sie hatte schon aufgelegt. So etwas kam öfter vor. Warum ich geblieben bin, auch wenn sie abscheulich war und ihre Nase in alles steckte? Die Miete war nicht hoch, ich konnte zu Fuß zur Arbeit gehen, und ihr Lady Grey war wirklich gut. Sie machte Gurkensandwiches, danach gab es Scones und Pralinen. *Very british.* Mélorée empfing gern Besucher, auch wenn sie schroff war und ununterbrochen redete. Sie duzte mich und hat mich behandelt wie den Lieferanten vom Supermarkt. Trotzdem habe ich sie bedauert. Soweit ich weiß, konnte sie nur mit ihren Katzen sprechen. Die Mumien unter Glas waren das Einzige, was ich nun wirklich nicht aushalten konnte. Unerträglich, abstoßend hässlich. Von den lebenden Katzen ließ sich außer Sidonie ganz selten eine blicken. Die blieben meistens oben.«

Aber welche Rolle spielten die Katzen denn in der Geschichte? Und wie hatte Mélorée das Zeitliche gesegnet?

»Das kommt gleich noch. Das war komplizierter, als ihr denkt. Die Polizei hat nie herausgefunden, was ihren Tod verursacht hat. Aber ich weiß, wie es passiert ist.«

Es war heiß, der vierundzwanzigste Juni stand bevor. Die beiden Fenster und die Balkontür standen offen. Die Alte war in den letzten Wochen jeden Morgen auf die Terrasse gegangen und hatte peinlich genau alles notiert und fotografiert, was sie den »Kleinkrieg gegen mich« nannte.

Die ersten Graffiti voller Fehler hatten »Schmeist die Alde ins Feujer«, »schlus damit« und »Hexe, es reicht balt!« gefordert. Unanständige Karikaturen waren gefolgt. Nach Begutachten der neuesten Beleidigungen war Mélorée mit Leidensmiene zu Denis geschwebt und hatte ihm alles haarklein erzählt: »Die Parolen, das sind bestimmt Kinder von Katholiken. Die anderen gehen in englische Schulen und können ja gar kein Französisch.« Bald prangte der rechte Teil der Backsteinwand in allen Farben; man konnte kaum noch einzelne Buchstaben und Zeichnungen erkennen. Das Ganze glich nun dem hochmodernen Gemälde eines gequälten Künstlers.

Schließlich kam der Tag vor der Johannisnacht, dem Nationalfeiertag von Québec, immer ein großes Fest. Von außen schien das Haus am Morgen jenes 24. Juni so ruhig wie sonst. Doch in seiner Wohnung hörte Denis ungewöhnliche Geräusche, als er von der Nachtschicht nach Hause kam, dann lautes Gepolter. Er fand seltsam, dass er Mélorée nicht zu Gesicht bekam.

Vier Katzen saßen oft der Reihe nach unbeweglich auf dem einen oder anderen Fensterbrett, bis Sidonie ankam, die langhaarige Rote. Fenouil und die anderen schoben sich seitwärts, ehe es Ärger gab. Sie nahm ihren Platz ein, machte ausgiebig Toilette und genoss ihre Macht. Erst dann durften die drei anderen Damen etwas näher rücken, aber nicht zu nahe. Manchmal gehorchten Bérénice und Gentiane nur widerwillig. Dann setzte es Hiebe. Églantine, eine schöne Maine Coon mit langem graubraunem Haar, breiten Pfoten und »wunderbaren Ohren, so herrlich wie die von einem Luchs« (Mélorée), benahm sich wie eine Prinzessin, denn sie hatte bei Königin Sidonie einen Stein im Brett.

Die Zwillinge Bérénice und Gentiane machten sich das Leben leicht; sie waren klein, etwas überspannt, benahmen sich immer noch wie Kätzchen und zerbrachen eine Menge Porzellan. Wenn Mélorée dann erbost herbeikam, saßen beide brav nebeneinander, weit vom Unfallort, ihre grünen Augen ein unschuldiges Fragezeichen. Die Unzertrennlichen schliefen zusammen auf einem der großen Kissen im zweiten Stock. Sie waren die schönsten und gepflegtesten der vier, weil sie sich dauernd gegenseitig ihr helles Fell wuschen. (»Die beiden werde ich spiegelverkehrt verewigen lassen«, sagte Mélorée. »Jede in derselben Haltung, im Liegen, gekreuzte Pfoten. Keine Kleider, nur Schmuck. Wie die Venus von Tizian! Die Augen hab ich schon.« Sie brachte ein schwarzsamtenes Schächtelchen und zeigte Denis vier Glasaugen mit geschlitzten Pupillen.)

Mélorée und ihre Gesellschaftsdamen hatten eins gemeinsam: Fenouil war ihr Prügelknabe. Alle reagierten sich an ihm ab. Wann immer etwas im Haus danebenging, der Dickwanst war schuld. Nicht dass die Alte ihn geschlagen hätte! Dafür liebte sie Katzen viel zu sehr. Die vier anderen besorgten das schon, vor allem Sidonie, die ihn auch ohne jeden Grund versohlte, einfach weil er da war. Wie sie und die anderen hatte ihn Mélorée auf der Straße gefunden, ein drei Monate alter Heimat- und Obdachloser. Seinen Namen verdankte er dem Fenchelduft, der erst nach seiner Entmannung verschwand.

Er war der jüngste der Truppe und Sidonie hatte ihn so streng erzogen wie ihre Genossinnen. Als die kleine verfressene Kugel ins Haus kam, hatten sich sofort ihre Muttertriebe stark geregt, mit ergebnislosem Säugen, Waschen, Massagen bis zur Erschöpfung. Einen Monat später erlosch ihr Wahn so schnell, wie er sie überfallen hatte. Wenn sich ihr der Kleine jetzt vertrauensvoll näherte, empfing sie ihn als Feind, zeigte ihm die Krallen und fauchte ihn an. Der Ärmste merkte bald, dass er auch unter den anderen Damen keine Freundin hatte. Églantine, Bérénice und Gentiane zeigten ihm wie Sidonie die kalte Schulter, ohne ihn jedoch allzu scharf zu züchtigen. Ihm blieb Mélorée als letzte Rettung. Er hatte versucht, sich in ihrem Schlaf- oder Wohnzimmer einzuquartieren, wurde aber verjagt. Er vergaß dauernd, dass dieser Platz schon an Sidonie vergeben war. Um sich zu trösten, fraß er. Sobald sein Napf leer war, machte sein Jammern Mélorée wütend: »Du bist nichts als ein Magen auf vier Beinen. Den ganzen Tag lang liegst du faul herum. Du kannst ja nicht mal eine Fliege schnappen! Spiel, mach was, aber lieg nicht wie ein Waschlappen herum! Schau dir die anderen an! Schlank und elegant sind sie, während du …«

Ein Jahr später war er so rund wie ein Ball. In den zweiten Stock zu klettern war eine Strapaze. Er hätte sich gern hinter einem Sessel im Wohnzimmer versteckt und dort den Tag verträumt, aber sobald Mélorée oben die Tüte mit den Kroketten schüttelte, konnte er dem Ruf nicht widerstehen. Immer war er als Erster da, weil er fürchtete, Sidonie oder die anderen würden seinen Napf leeren. Wenn er bei den anderen betteln ging, bekam er nur Drohungen, auch wenn seine Tantenschwestern satt waren.

Er wurde schwermütig. Eine Weile lang wollte er interessante Krankheiten simulieren, erbrach sich oder pflanzte statt in seiner Kiste anderswo ein Häufchen mit einer radikal anderen Duftnote als sein früherer Körpergeruch. Dafür zog ihm Mélorée eins mit der zusammengerollten Zeitung über, was ihm nicht weh tat, aber Angst einjagte. Er hatte sogar einen zweitägigen Hungerstreik versucht, der allseits unbeachtet blieb. Später vernachlässigte er seine Toilette und mied den Damenclub. Nach dem Fitness-Abenteuer im Gärtchen mit dem Köter war er auch Mélorée gegenüber misstrauisch geworden, weil er sich in diesen langen Minuten so verlassen gefühlt hatte wie noch nie. Damals war er gerannt, wirklich gerannt. Früher schien ihm dieser nach Moos, Erde, verfaulendem Holz und so vielen anderen interessanten Dingen riechende Ort etwas Besonderes. Die Erinnerungen kamen auch in jener Nacht wieder zurück, als er unendlich vorsichtig ausgerissen war, den Hundegestank noch im Gedächtnis, und sich an den Zäunen anderer Gärten vorbeigeschlichen hatte, bis er wieder auf die Straße kam. Bei seinem Ausflug erlebte er eine Menge.

Fenouil hatte ausgiebig die schmalen Vorgärtchen und die Visitenkarten anderer Katzen berochen, aber keinen seiner Artgenossen getroffen. Er versuchte, die beizenden Geheimtexte von Hunden zu entziffern, und erinnerte sich an Dinge, die er schon vergessen hatte, seit ihn Mélorée als ganz kleinen Streuner aufgelesen hatte, Teer, Gummireifen von Autos, Baumwurzeln, Laub, von Passanten weggeworfenes Papier, Plastik, Mülleimer. Es war die schönste Nacht seines Lebens, auch die längste. Wie diese Straße, die nicht mehr aufhörte.

Bei Morgengrauen war er vor dem Haus der Familien al-Farwaz und Omran angelangt. Dort gab es ganz Neues zu schnuppern. Von seinem Fensterplatz her kannte er schon die Düfte bei den Eiszensteijns und den Kirshbaums, aber hier gab es exotische Sinfonien, Pfefferminze, frischgebackenes Brot, Honigkuchen, gebratenes Fleisch mit Zimt und Gewürznelke. Weiter brauchte er nicht zu forschen. Hier wollte er bleiben. Punktum. Wie jede echte Katze vergaß er Mélorée und die vier im Nu; er hatte sie in einer Gedächtnisschublade verstaut, die er nur im Notfall wieder öffnen wollte. Eine Frau bat ihn höflich herein, als wäre er ein wichtiger Besucher. Sie streichelte ihn lange und murmelte Beruhigendes. Als der Mann aus der Küche »Zaynab?«, rief, sagte sie leise: »Ahlan wa sahlan«, den Willkommensgruß in arabischsprachigen Ländern. Fenouil folgte Frau Zaynab in die Küche; Herr Faruq trank seinen Tee. Die Kinder kamen aus den Zimmern, fertig für die Schule angezogen, aßen Gebäck, bei dessen Duft der Kater Geschmacksfäden zog. Alle sprachen durcheinander, was Fenouil so schön wie Vogelgezwitscher vorkam. Herr Faruq trat mit den Kindern auf die Straße, die Haustür fiel zu.

Frau Zaynab al-Farwaz setzte sich auf einen Stuhl, klopfte sich auf die Schenkel. Gleich folgte Fenouil der Einladung: Sie roch so gut, diese Frau, ihr Schoß war weich, er liebte ihre fleischigen Hände, die die Krümel vom Tisch sammelten und ihm gaben, einen nach dem anderen. Ihre Bewegungen wurden langsamer, sie schlief ein. Später stand sie auf und bereitete ihre Mittagsmahlzeit zu, denn am Morgen hatte sie nur wenig gegessen und die Familie bedient. Sie schnitt Fleisch in ganz kleine

Würfel und putzte Gemüse, stellte alles auf den Herd. Die ganze Zeit summte sie leise. Fenouil war wie in Trance, der Souk für Gewürze stand ihm offen – ein Wonnegefühl, bei dem er sich auf dem Boden wälzte. Die Frau lachte und kraulte seinen Bauch. Bevor sie sich an den Tisch setzte, legte sie verschiedene Speisen auf zwei Teller, einen für sich, einen für Fenouil, den sie neben den Stuhl auf den Fliesenboden stellte. Sie aßen schweigend. Vom Kater hörte man nur Geräusche höchster Genugtuung. Er leckte den Gemüsesud, machte sich an die Wurst aus gehacktem Lammfleisch, schluckte. Er säuberte voller Energie seinen Teller. Zaynab schenkte ihm ein zweites Stückchen, das er langsam und methodisch als Feinschmecker verspeiste, der seiner Zunge etwas Besonderes bietet. Eine gründliche und ermüdende Toilette folgte, die erste seit langem. Dann nahm er wieder Platz auf dem Stuhl. Am Nachmittag wusch die Frau das Geschirr ab, deckte den Tisch für das Abendessen und kümmerte sich fast lautlos um die Wohnung. Der Kater schlief fest, zufrieden und glücklich.

Als Faruq mit den Kindern zurückkam, war es schon spät. Nach der langen Siesta spürte Fenouil ein ganz leichtes Hungergefühl. Mit hoch erhobenem Schwanz rieb er sich sanft an den Waden der Frau; sie gab ihm noch einen Happen mit auf den Weg, denn leider! leider! musste er nach Hause. Fenouil leckte sich noch genüsslich das Maul, als ihn Mélorée entdeckte. Den Rest kennen Sie.

Nach ihrem Angriff auf die Familie al-Farwaz hatte Mélorée sich wieder gleich drei Exemplare der Zeitung gekauft.

Der Text handelte vom Verkümmern der französischen Sprache in Montréal und der Lässigkeit der Regierung gegenüber den Einwanderern, die sich »in ein gemachtes Nest setzen und unter sich bleiben«. Zitiert wurde sie mehrfach. Mélorée meinte: »Die alte Leier. Neues erfährt man nie von denen.« Zu dem langen Artikel gehörten zwei Fotos (zwei!). Die besah sie sich oft, insbesondere eine Nahaufnahme von ihr, die jedem einen Schauer über den Rücken jagt, heute noch.

Sie fragte Denis: »Wie findest du die Bilder? Und die Sache mit den Türken? Keine Ahnung, ob die wirklich Türken sind, ist ja auch egal.«

Ihr Porträt war schrecklich, und auf dem Schnappschuss verdeckte die große Hand von Herrn Faruk zur Hälfte seine Frau und die Kinder. »Sie sind eine Berühmtheit«, sagte Denis, ein diplomatischer junger Mann, und zeigte auf ihr Abbild. »Ganz scharf, viel besser als letztes Mal.« Sie lächelte geschmeichelt und legte ihm noch einen Scone auf den Teller.

Aber zurück zu jener denkwürdigen Nacht vom 23. auf den 24. Juni.

Weil er Nachtdienst hatte, wollte Denis mittags nach der Dusche etwas essen und sich dann auf den Weg zum Parc de l'Esplanade machen, wo später am Abend Arbeitskollegen auf ihn warteten. Er wunderte sich über die plötzliche Stille oben. »Mir kam die Ruhe irgendwie merkwürdig vor. Sonst hörte ich Mélorée, die gern hohe Absätze trägt, immer picobello, nicht wahr, und ihre Stimme, wenn eine der Katzen etwas angestellt hatte. So alte Häuser sind ja nicht schalldicht. Ich dachte, ich sehe lieber mal nach, ob alles in Ordnung ist. Ich hatte einen Schlüssel, falls jemand während Mélorées Abwesenheit vom Supermarkt oder der Apotheke kam.«

Er stieg hinauf. Im Wohnzimmer war sie nicht. Auch nicht im Schlafzimmer und im Bad. Er fand sie auf dem Küchenboden in einem rosa Schlafrock über dem Pyjama, mit Lockenwicklern. Ungeschminkt sah sie erstaunlich jung aus; ihre offenen Augen blickten friedlich. Diesen Ausdruck hatte Denis sehr oft gesehen, wenn der Tod vor einigen Stunden das Lebenslicht ausgeblasen hat. Hier war nichts mehr zu machen. Unter dem Kopf sah er geronnenes Blut.

Mélorée hatte die Fenster im ersten Stock geschlossen, wohl um sich vor der Knallerei und dem Johlen auf der Straße zu schützen. Die Luft war warm und stickig. Denis öffnete die Balkontür. Die Katzen fand er stumm auf ihren Kissen, eine Etage höher. Sidonie und Églantine hielten sich vornehm abseits, Bérénice und Gentiane lagen nebeneinander, Fenouil hatte sich halb unter einer Decke versteckt. Sie beobachteten Denis, standen aber nicht auf, als er näher kam. In den Näpfen war noch Wasser und Futter.

Die Polizei kam schnell. Zwei Wachtmeister stellten den Tod fest, machten einige Aufnahmen. »Das sieht mir verdächtig aus«, sagte der eine. »Ich werde eine Autopsie beantragen. Wir können nichts ausschließen.«

Er bestellte einen Ambulanzwagen. Die Nachbarn sahen aus den Fenstern. Mélorée lag in einem Sack auf der Bahre. »Es war wie in einer amerikanischen Fernsehserie. Blaulicht, Sirenengeheul, das staubdichte Ding für das Leichenschauhaus – es heißt ja nicht umsonst ›Weltraumanzug‹ – und all die Leute, die schweigend zusahen. Bevor die Polizisten wegfuhren, haben sie mich nach meinem Namen gefragt und alles über Mélorée wissen wollen. Auch die Graffiti an der Wand haben sie sich angeschaut und fotografiert. Ich habe ihnen gesagt, ich wüsste nicht, wer das getan hat. Geglaubt haben sie mir nicht. Auf jeden Fall waren sie überzeugt, dass die Sache kein banaler Unfall war.«

Ein letztes Bild von Mélorée erschien in den Zeitungen, ein nichtssagendes Passfoto, und zwar in den Spalten mit den Todesanzeigen. Dort stand, sie sei im Alter von zweiundsiebzig Jahren tödlich verunglückt. Zwei Brüder, eine Schwester, mehrere Nichten und Neffen, von denen Denis noch nie etwas gehört hatte, trauerten zutiefst um sie. Die Anzeige gab Ort und Stunde einer Gedenkfeier an. Unser Freund fuhr hin, schüttelte Unbekannten die Hände. (Kein einziger Nachbar war erschienen, was nicht überrascht.) Mit unbewegten Mienen ließen die Leute die vom Curé geführte Zeremonie über sich ergehen und schienen nur daran zu denken, so schnell wie möglich zum Notar zu fahren. Als ihnen Denis anbot, sich solange um die Katzen zu kümmern, bis er für jede ein neues Zuhause gefunden hätte, nahmen sie bereitwilligst an. Sicher hatten sie nicht einmal gewusst, dass fünf Katzen unter dem Dach ihrer Verwandten wohnten.

Zehn Tage später kamen die Polizisten wieder. Der Rechtsmediziner hatte einen »gewaltsamen Tod unter Einsatz eines stumpfen Gegenstandes« festgestellt. Sein Bericht zog auch eine zweite Möglichkeit in Betracht, die »eines

Sturzes mit nachfolgendem Schädelbruch«. In diesem Fall müsse »die Ursache des Sturzes festgestellt werden«.

Die Polizisten fanden die erste Hypothese verheißungsvoller als die zweite, denn in Outremont wird selten jemand ermordet. Also fingen sie lange Verhöre mit den Nachbarn an, nahmen sich einen nach dem anderen vor, begannen aber immer mit Denis. Unermüdlich stellten sie dieselben Fragen: Warum die Graffiti auf der Wand? Wie stand Frau Lavallée zu ihren Nachbarn? Hasste sie Ausländer? Hatte sie an bestimmte Personen in ihrem Umkreis gedacht, als sie in aller Öffentlichkeit ihre Meinung sagte? Immerhin war sogar ein Zeitungsartikel über ihre Anwürfe hinsichtlich der »Ausländerplage« erschienen, wie sie sich ausdrückte. Wenn sie wirklich gewisse Nachbarn gemeint hatte, könnten diese so verletzt sein, ihr den Tod zu wünschen? Wer besuchte sie?

Die Ermittlungen machten keine Fortschritte, denn alle, die je etwas mit Mélorée zu tun gehabt hatten, schwiegen beharrlich. Die Besitzer der vergifteten Hunde gaben zu, sie hätten sie nicht ausstehen können, aber ihr den Tod zu wünschen, das ginge doch zu weit. Die gleiche Haltung zeigten die Chassidim und die »Türken«, in Wirklichkeit Syrer. Die Aussagen deckten sich derart, dass die Polizisten beinah an eine jüdisch-muslimisch-christliche Verschwörung glaubten. Alle behaupteten unbeirrt, Graffiti, Dreck, Sand und Exkremente müssten das Werk von gelangweilten Halbwüchsigen sein. In bestem Französisch versicherten die Herren Dallaire, Poirier, Kirshbaum und al-Farwaz, die als Sprecher der Nachbarschaft fungierten: »In unserem Teil der Straße dulden wir solches Verhalten nicht. Die Religionsgemeinschaft spielt keine Rolle. Selbstverständlich passen wir gegenseitig auf unsere Häuser auf, denn für Diebstähle steht Montréal ja in Kanada an erster Stelle, ansonsten geht jeder seiner Wege. Frau Lavallée hat uns im höchsten Grad gereizt, aber dass unsere Kinder ein solches Benehmen …? Unmöglich, die täten so etwas nie im Leben!«

Dieses fabelhaft einvernehmliche Miteinander war eigentlich rührend. Trotzdem ließen die Polizisten lange nicht locker und fragten weiter, womöglich in der Hoffnung, einer würde sich widersprechen. Bald waren es Christen, Juden und Muslime satt, immer die gleichen Sätze zu wiederholen. Eines Tages sagten sie klipp und klar, sie hätten doch alles schon zigmal erzählt und würden nur noch in Gegenwart ihres Anwalts den Mund auftun.

Was wirklich passiert sein musste, fand Denis heraus. Und das kam so: Einer seiner früheren Freundinnen schenkte er Églantine, die Zwillinge Bérénice und Gentiane einer anderen. Auf Sidonie hatte seit langem der Tierarzt ein Auge geworfen. Fenouil wollte niemand. Zu dick, zu gewöhnlich, zu scheu. Ja, dick war er schon. Was »gewöhnlich« angeht, konnte er nichts dafür, dass es Millionen fetter getigerter Doppelgänger auf der Welt gibt. Seit seinem Traumtag bei Zaynab hatte er sein Benehmen geändert, und zwar mit gutem Grund: Jede Katze erinnert sich ein Leben lang an ein fremdes Heim, in dem sie glücklich war. Denis, der eine philosophische Ader hat und sich in Katzen so gut wie in Menschen hineinversetzen kann, sagte uns: »Überlassen Sie Ihren Liebling mal ein paar Wochen lang guten Freunden, die ihn mit Leckerbissen verwöhnen und öfter mit ihm sprechen als Sie.

Wollen wir wetten, dass Ihr Schätzchen die anderen gleich ins Herz schließt? In ein paar Tagen sind diese Leute Teil seines Lebens geworden. Sobald Sie von der Reise zurückkommen, gönnt Ihre Katze Ihnen deswegen kaum einen Blick und schmollt tage-, manchmal wochenlang. Sie sind wieder der große Unbekannte geworden. Dabei hat sie Ihren Körpergeruch, Ihre Stimme, Ihre Bewegungen ganz genau im Kopf. Und Sie denken, das sonst so höfliche und liebenswürdige Tier zeigt sich jetzt undankbar, unverschämt oder eingebildet! Sie haben das Zutrauen Ihres Lieblings verloren. Er rächt sich – ein wenig – und kratzt Ihre Eigenliebe an. In der Ferne wollten Sie nicht mehr ans Zuhause denken, Sie, sein treuester Freund, denn Sie haben Neues und Aufregendes erlebt, während er gute Miene zum bösen Spiel machen musste. Jedenfalls meint er das. In sein wirkliches Heim zurückzukehren fällt ihm so schwer wie Ihnen. Die Wohnung scheint Ihnen und ihm kleiner. Irgendetwas ist verändert, auch die Möbel und die Bilder gefallen Ihnen vielleicht nicht mehr.«

Als einfühlsamer junger Mann hat er Fenouil in seine Wohnung eingeladen. Wie man sieht, ist Denis ein echter Katzenfreund. Den Getigerten wollte er nicht zum Tierschutzverein bringen, wo ihn wahrscheinlich auch kein Katzenfreund adoptiert hätte. Über sein sicheres Ende in diesen »Heimen auf Zeit« denkt man am besten nicht nach, vor allem nicht am 1. Juli, wenn Tausende Montréaler umziehen und ihre Haustiere einem höchst bedenklichen Schicksal überlassen. (Seit Jahren überweist Denis den Idealisten, die dort für einen Hungerlohn arbeiten, einen Monatsbeitrag: »Tiere haben ja keine Stimme. Wir müssen ihnen beistehen, wenn sie in Not geraten.«) Ein paar Tage lang benahm sich Fenouil wie jede Katze, deren Gewohnheiten durcheinandergeworfen wurden. Er versteckte sich hinter dem Schlafsofa und erschien nur, wenn er essen, trinken und seine Streu aufsuchen musste. Sobald Denis zurückkam, wurde er wieder unsichtbar. In dieser engen Wohnung gab es im Gegensatz zu der von Zaynab nur wenig aufregende Gerüche, nicht genug, sich auf den Rücken zu werfen und am Bauch kraulen zu lassen. Ganz offensichtlich fühlte sich der Kater bei unserem Freund noch nicht wohl. Denis ließ ihn in Ruhe. Bis eines Morgens die Möbelpacker kamen und zu Mélorée hinaufstiegen, um die Wohnung auszuräumen.

Die Erben hatten nach dem Besuch beim Notar rasch gehandelt. Die Verblichene ruhte immer noch im Leichenschauhaus, weil die Ermittlungen der Polizei nicht abgeschlossen waren. Das Haus stand zum Verkauf ausgeschrieben; ein Trödler hatte »für den Krempel da oben« ein Angebot gemacht, das sofort angenommen wurde. Früh am Morgen klingelten die Packer bei Denis, der ihnen die Tür zur Wohnung oben aufsperrte. Danach hatte er sich wieder hingelegt, konnte aber nicht wieder einschlafen, stand auf und wollte frühstücken. Als er in die Küche kam, hörte er ein ohrenbetäubendes Krachen, als sei ein schweres Möbelstück umgefallen, gefolgt von zerbrechendem Glas und einer Reihe saftiger Flüche. Im selben Augenblick schoss der von panischer Angst gepackte Fenouil aus seinem Versteck ihm zwischen die Füße. Und Denis schlug der Länge nach hin.

Kein falscher Schritt, keine plötzliche Schwäche von Sehnen oder Muskeln. Fenouil hatte den Unfall verursacht, weil er glaubte, der Himmel – oder die Hölle –

bräche über ihm zusammen. Denis war bei diesem Anprall wie eine Marionette die niemand mehr an ihren Fäden hält, in sich zusammengeklappt. Zunächst hatte er nichts gespürt. Dann böse Kopfschmerzen, Stechen in den Hüften und Schultern. Er dachte an den Anatomieunterricht zu Anfang seiner Ausbildung, machte leichte Bewegungen, zuerst Hände und Füße, dann Arme und Beine, drehte den Hals und die Wirbelsäule. Er stand auf, massierte den Nacken. Auf einmal war ihm der Unfall Mélorées klar. »So war sie also gestorben! Ja, so musste das gewesen sein, ganz bestimmt. Ich habe einfach Glück gehabt, nur Schädelbrummen. Zwei Aspirintabletten und eine Stunde später war es fast vorbei. Armer Fenouil! Er hätte mich umbringen können. Eine Mörderkatze. Auf jeden Fall ein Mordskater. Was es nicht alles gibt ...«

Oben wurde wieder geflucht. Man rückte und schleppte Möbel und Kisten. Als sich Denis von seinem Schock erholt hatte – Fenouil war wieder verschwunden –, stieg er hinauf und fragte einen der Männer, was da so gescheppert hatte. »Nichts Besonderes. Eine Kommode. Die Beine klebten im Bohnerwachs. Drei ausgestopfte Katzen standen unter einer Glasglocke auf dem Ding. Der ganze Klimbim kam denn auch runtergekracht. Überall Glassplitter. Wir haben uns die Viecher angeschaut. Die Motten waren drin und Maden. Pfui Deibel! Haben das Zeug zu dem anderen Schutt geschmissen.« Er sah Denis aufmerksam an. »Was ist denn dir passiert? Deine Nase blutet.«

Für Denis war die Geschichte klar: In der Johannisnacht musste Fenouil, als die Knallfrösche auf der Straße explodierten, bei Mélorée Schutz gesucht und sich in seiner Angst ihr zu Füßen geworfen haben. Und weil Denis Nachtdienst hatte, wusste er von nichts. Nur weil es da oben »totenstill war«, fand er die Leiche.

Heute leben Denis und Fenouil in einem der Hochhäuser der Rue Sherbrooke, einer Verkehrsader im Stadtzentrum, ganz nahe am Lafontaine-Park. Denis hat im fünfzehnten Stock eine Einzimmerwohnung mit Blick auf die Wolkenkratzer gemietet. Als ich ihn besuchte, sprang der Kater auf die Armlehne eines Sessels. Er wartete, bis ich mich gesetzt hatte, bevor er es sich auf dem Schoß von Denis bequem machte. Die beiden sind ganz offensichtlich die besten Freunde, ein wirklich rührendes Paar. Fenouil benimmt sich durchaus korrekt gegenüber der Marokkanerin, besser, er *toleriert* ihre Gegenwart, lässt sich nicht von ihr anfassen und schenkt ihr kaum Beachtung. Vielleicht ist er eifersüchtig, oder er ahnt, dass die Beziehung nicht lange dauert, denn Denis liebt den Wechsel. Fenouil zeigte sich als stolzer Besitzer der Wohnung, der seine Rolle ernst nimmt und auf seinen Kameraden aufpasst. Sobald der ihn streichelt, rollt er sich zusammen und … schnarcht. »Er hat nie geschnurrt. Aber er schnarcht wie im Suff, stundenlang. Wenn ich aufstehe, muss ich ihn auf dem Arm behalten, sonst ist er beleidigt und will eine Weile nichts von mir wissen. Kaum zu glauben, wie verschmust er ist!«

Die gelben Augen Fenouils beobachteten mich. Er hatte sicher eine Menge Speck verloren und wog nur noch … nun, sagen wir mal an die neun Kilo, denn er hat noch hübsche Rundungen. Als ich in die Wohnung kam, stand er hinter Denis und begrüßte mich mit gemessenen Bewegungen, ohne jede Scheu. Er ist ausschließlich für Denis da. Auch von mir ließ er sich nicht streicheln, was mir von der Marokkanerin ein verständnisvolles Lächeln einbrachte.

»Ist das nicht komisch? Ich habe die Polizisten angerufen und ihnen erzählt, was mir passiert ist. Für die war das reine Spekulation. Sie schließen die Akten erst dann, wenn sie sehen, dass sie nur die ewig gleichen Antworten aus den Nachbarn im Beisein ihrer Anwälte herausquetschen können. Die Leute bleiben stumm wie Karpfen. Die neuen Besitzer des Hauses sind Chassidim. Das war zu erwarten. Sie haben fast die halbe Seite dieser Straße von Outremont gekauft. Wenn Mélorée wüsste, was die alles geändert haben! Jetzt gibt es drei Wohnungen, die Terrasse ist weg. Dafür gibt es im Erdgeschoss ein Zimmer mehr. Nach den Umbauarbeiten war die Miete doppelt so hoch, ich konnte nicht bleiben. Deshalb bin ich hierhergezogen. Ich weiß, das Studio ist zu klein für Fenouil. Er hat nicht genug Bewegung. Schade, ich mochte das andere Viertel, schön bunt und all die verschiedenen Sprachen.«

Seine jetzige Freundin hat mir erzählt, dass sie Denis ein paar nordafrikanische Rezepte gezeigt hat, die vom Kater enthusiastisch gefeiert werden. Gewonnen hat sie ihn mit ihren Künsten nicht. Dagegen war Denis schon immer ein guter Schüler. Bei meiner Ankunft sagte er »Ahlan wa sahlan« und legte die Rechte aufs Herz, was mich gefreut hat. Er kennt ein paar Sätze in einem Dutzend Sprachen. Das macht bei den Mädchen Eindruck. Zaynab al-Farwaz wäre froh, wenn sie wüsste, dass Fenouil die Gewürze seines schönsten Tags im Leben – bevor er mit Denis zusammenzog – wiedergefunden hat. Ob er sich noch an Zaynab, Mélorée, Sidonie, Églantine, die Zwillinge Bérénice und Gentiane erinnert, bleibt ungewiss. Eine Katze lebt in der Gegenwart. Ihr Gedächtnis ist so zart und zerbrechlich wie Brüsseler Spitze, die sie mit einem Hieb zerfetzt.

Wer arm ist, kann nur das geben, was er hat

Bestimmte Erinnerungen sind wie Stachel. Sie bohren sich langsam ins Fleisch und verletzen uns tief im Innern; nur scheinbar heilen diese Wunden. Der Zufall kann sie wieder aufreißen – eine Begegnung auf der Straße, eine Geste, ein Wort, ein Blick, der uns mitten ins Herz trifft – und der Schmerz ist wieder da. Ich wollte nie folgende Geschichte erzählen, vielleicht, weil sie banal ist: das Ende eines alten Katers, der vor seinem Tod sehr wohl wusste, was er tat.

Damals war ich mit Ilena verlobt. Sie liebte Hunde und Pferde, während ich von jeher Katzen vorziehe, auch wenn mich ein gut erzogener Hund einen Nachmittag lang nicht stört. Der Freudentanz von Ilenas Spaniel, wenn sie die Leine vom Haken nahm, das ungeduldige Jaulen, das wild wedelnde Schwänzchen kamen mir jedes Mal übertrieben vor. Außerdem wollte sie mich zum Reiten bringen. Ich bewundere die Schönheit von Pferden, ihre sanften Augen, während das Ohrenspiel ihre dauernde Unruhe vor einer eingebildeten oder wirklichen Gefahr verrät, vor der sie fliehen wollen. Aber als ich zum ersten Mal im Sattel saß, wurde mir schwindlig: Wie konnte ich meine Bewegungen mit denen eines turmhohen Tieres in Einklang bringen?

Ilena war russischer Herkunft. Zu ihrem schmalen Gesicht (sie schminkte sich nie), dem glatten blonden, kurzgeschnittenen Haar passte ihr Charakter: Sie drückte sich lakonisch aus und verfügte meist über die besseren Argumente. Sie trug gern Männerhemden und Hosen; sie rauchte dünne Zigarren, obwohl ich deren Geruch nicht sonderlich schätze. Den für unsere Zungen schwierigen Familiennamen trug sie gelassen; ihr Vorfahre war von Katharina der Großen geadelt worden.

»Bei uns zu Hause ...« – das hieß im Russland der Zaren und nicht in Frankreich, wohin die Familie geflohen war und dort schon zwei Generationen beerdigt hatte, doch heute nahe an der Grenze von Vermont lebte –, »... bei uns zu Hause wurde viel über Hunde- und Pferderassen gesprochen. Katzen waren unwichtig. Sie kommen ja allein zurecht und sind total egozentrisch. Beobachte sie doch mal ganz unparteiisch! Sie brauchen niemanden und mögen nur sich selbst. Hast du je wahre Zuneigung oder gar Liebe zwischen Katzen gesehen? Der Kater macht der Erwählten nur so lang den Hof, bis sie nicht mehr rollig ist. Danach pfeift er auf sie, oder er beißt sie sogar weg. Wenn uns eine auf den Schoß springt, hat sie immer einen triftigen Grund: sich wärmen, etwas Gutes ergattern oder gestreichelt werden. Ihr Katzenliebhaber gehorcht ihnen sklavisch. Lächerlich. Die Katzen richten *euch* ab; sie hören einfach weg, wenn ihr sie ermahnt, dies oder das nicht zu tun. Kaum haben sie etwas zerbrochen, denken sie schon nicht mehr daran, oder sie tun so, als hätten sie kein Gedächtnis. Ihr gebt ihnen, was sie wollen, aber was bekommt ihr zurück?! Ganz anders meine wunderbaren Hunde. Jeder, den ich gehabt habe, hätte sein Leben für mich geopfert.«

Wenn ich mich bückte, um eine Katze zu streicheln, stand sie mit der Miene einer Mutter daneben, die ihrem ansonsten begabten Sohn seine Schrulle verzeiht.

Ilena verachtete alle Stubenhockerei. Sie bedauerte, dass es hier keine Parforcejagden gibt. Ihre Sätze fielen wie Urteile, während ich auch heute noch lange zögere und mich nicht entschließen kann, weil ich immer nach einem Kompromiss suche. Vielleicht faszinierte sie mich gerade wegen ihrer energisch vertretenen und unwiderruflichen Standpunkte. Weiß oder schwarz, bei ihr gab es keine Grautöne.

Sie hatte ihr Studium in Wirtschaftswissenschaften glanzvoll abgeschlossen. Alle sahen sie schon als Chefin eines großen Unternehmens, dauernd unterwegs in wichtigen Geschäften. Sie verfügte über eine schier unerschöpfliche Energie. Nach meinem Arbeitstag als Anwalt sitze ich am liebsten in meinem Sessel und lese; während der Mittagspause gehe ich in Buchläden und gebe dort eine Menge Geld aus. Außerdem koche ich gern und erfinde Neues: Immer wenn ich bei Ilena war, sah ich in ihrem Kühlschrank nach und machte mich an irgendetwas Zeitraubendes, das Einfälle und Nerven braucht, während sie wartete, bis ihr der Duft aus der Küche in die Nase stieg. Sie aß gern und mit Appetit, hat sich aber nie dafür interessiert, wie ich ein Gericht zubereitete. »Das Kochen und dieser unsinnige Hang zu Katzen betonen deine feminine Seite. Wenn du eines Tages deine Pullover selbst strickst, wird die Sache bedenklich.«

Aber all das wog bis zu jenem Ereignis und der so

brennenden Erinnerung daran nicht schwer. Es war am letzten Abend eines gemeinsamen Besuchs bei meiner Tante. Sie wohnt allein in ihrem Haus am See, in einem weitläufigen Park. Der Besitz war nach dem Tod ihres Mannes an sie gefallen; sie hat keine Kinder. Als eingefleischte Städter besuchen meine Eltern diese Schwester meiner Mutter höchst selten, was meine Tante mit der Bemerkung quittiert: »Sind eben Landmuffel. Wenn die wüssten, dass ich den Schafsmist, der ja bekanntlich der beste Dünger ist, immer mit *bloßen Händen* unter die Erde mische!«

Seit meiner Jugend lädt sie mich jedes Jahr Ende des Sommers für eine Woche zu sich aufs Land ein, wenn die Tage noch warm sind, denn ich helfe ihr, den Garten für den Herbst herzurichten. Wenn ich ankomme, kniet sie unweigerlich in einem der riesigen Blumenbeete, in denen sie von Ende April bis Anfang November werkelt. Wie es im Haus aussieht, ist ihr ziemlich gleichgültig, sie geht nur hinein, um zu essen und zu schlafen. Im Winter verwandelt es sich von oben bis unten in ein Treibhaus voller Töpfe und Kübel. Überall macht sich diese üppige Pflanzenwelt breit, ihre »stummen Freunde«. Sie kauft selten Knollen, Setzlinge und Samen, schwört vor allem auf das, was andere Gartenfanatiker ihr schenken.

Früher war das Haus meiner Tante die Garage einer Villa, die vor vielen Jahren abgebrannt ist. Was in der ersten Zeit als Unterschlupf gedient hatte, ist ihr »organisches Heim« geworden, das sie langsam und je nach Laune vergrößert hat, hier ein Gästezimmer, dort ein Bad, ein zweites Wohnzimmer mit Kamin, alles ohne wirklichen Plan. Beispielsweise geht ein früheres Küchenfenster jetzt auf die Dusche für ihre Freunde, wenn sie zum Schwimmen kommen. So kann sie bequem mit ihnen plaudern, während sie das Abendessen vorbereitet. Im Sommer veranstaltet sie Feste, bei denen alle für ein Mitternachtsbad in den See springen.

Sie hatte meine Verlobte gern und hielt wegen ihrer resoluten Art und ihrer angeborenen Eleganz große Stücke von ihr. »Sie pfeift auf Höflichkeitsfloskeln, dafür verfügt sie über eine Menge angeborenen Schmiss und sie hat Schneid.« Ilena schätzte meine Tante, denn sie redet frei von der Leber weg, trägt sommers bei der Gartenarbeit mit fünfundsiebzig einen Bikini, nimmt alles mit Humor. Sie hoffte, wir würden unsere Hochzeit bei ihr auf dem Land feiern, mit vielen Gästen und einem riesigen Buffet.

Außer ihren Pflanzen liebt meine Tante Tiere, alle Tiere. Sie gerät nur in Harnisch, wenn Schnecken sich über den Garten hermachen oder Rehe im Frühjahr die Knospen der jungen Obstbäume abknabbern. Jeden Abend füttert sie eine Waschbärenfamilie, deren Mitglieder klug genug sind, ihr keine Streiche zu spielen. Zu diesen Stammgästen gesellen sich manchmal Stinktiere und Stachelschweine, die sich friedlich benehmen, zumindest, wenn sie sich bei Anbruch der Dunkelheit vor der Haustür versammeln. Als die Promenadenmischung meiner Tante das Zeitliche segnete, ein mit zwanghaften Angewohnheiten belasteter Hund, der täglich und zur selben Stunde auf den gleichen Fleck im Perserteppich urinieren musste, wollte sie keinen anderen mehr, denn sein Tod hatte sie zu stark mitgenommen.

Ihr blieben zwei Kater, Champagne und Butler. Der erste, ein langhaariger, noch sehr junger Blonder, hatte vergangenen Winter um Asyl gebeten. Der zweite war ein Geschenk ihres Mannes gewesen, kurzhaarig, pechschwarz, mit einer hübschen weißen Fliege am Hals und weißen Vorderpfoten. Champagne trollte sich am Morgen in die Büsche und ging gern am Wasser auf die Jagd; Butler blieb lieber in der Nähe meiner Tante. Er folgte ihr überall hin, suchte sich ein schattiges Plätzchen in einem Blumenbeet und schaute den Kolibris zu, die Zuckerwasser aus eigens für sie aufgehängten Behältern tranken. »Mit seinen neunzehn Jahren kann er nichts mehr erwischen. Umgerechnet wäre er ein Mann von zweiundneunzig. Er sieht aber noch sehr gut aus, nicht? Auch mit dem grauen Schnurrbart und den steifen Beinen. Abends muss ich ihm helfen, wenn er aufs Bett will. Aber ich hab ihn furchtbar gern, und er ist die letzte lebende Erinnerung an meinen Mann.«

Champagne hatte die Flegelphase gerade erst hinter sich und musste noch eine Menge lernen. Er wollte alles durchsuchen, erforschen, er misstraute nichts und niemandem. Aber Butler! In seiner Jugend hatten ihm alle Katzendamen zu Füßen gelegen. Wenn er ankam, streckten die anderen Bewerber nach einem kleinen Scheingefecht die Waffen, und lange gab es in der näheren Umgebung eine Menge schwarz-weißer Kätzchen. Sogar größere Hunde gingen ihm aus dem Weg.

Wenn meine Tante über ihre Katzen sprach, machte Ilena ein Gesicht, das ihre Zweifel am Gehörten verriet. »Doch, ich schwöre dir, alles ist so wahr, wie ich hier sitze. Einmal kam Butler zurück mit einer tiefen Wunde an der Seite, aber der Nachbarhund musste verarztet werden, ein nicht besonders intelligenter Spitz. Butler hat ihn nach Strich und Faden auseinandergenommen. Seine eigene Wunde ist von selbst verheilt, aber die Rechnung vom Tierarzt für das Opfer war gesalzen. Natürlich hab ich bezahlt.«

Die Kater schliefen neben meiner Tante. Ilena vergab ihr diese Laune. Die beiden Tiere folgten dabei jedes seinem Ritual: Zuerst legte sich Butler ganz nah an ihre rechte Hüfte, denn er suchte Wärme. Danach bearbeitete Champagne die Bettdecke mit den Vorderpfoten, machte sich endlich an ihrer linken Seite lang. Später in der Nacht kuschelte er sich dann neben Butler. Gleich nach der Ankunft von Champagne hatte der alte Kater ihn großzügig unter seinen Schutz gestellt und ihm die Anstandsregeln des Hauses beigebracht. Futter und Wasser gab es für sie aus demselben Napf. Sie stritten sich nie wegen des Jagdreviers des Jungen, das er sich von dem des Alten abzwackt hatte. Wenn sie sich im Park oder am Seeufer begegneten, legten sie sich zusammen ins Gras. Um Champagne eine Freude zu machen, tat Butler so, als wollte er spielen. Wenn es der andere zu weit trieb und ihre Freundschaft vergaß, gab ihm der Alte eine einzige wohldosierte Ohrfeige, um ihm zu zeigen, wer hier der Herr war.

Ilena sagte mir öfter: »Du und deine Tante, ihr seid aus demselben Holz geschnitzt, wenn es um Katzen geht. Aber ich glaube kein Wort von diesen rührenden Märchen. Butler ist so alt geworden wie Methusalem, weil er egoistisch ist. Ja, *egoistisch*. Widersprich mir nicht, du weißt genau, dass ich recht habe! Katzen gehen kein

Risiko ein, schlau, wie sie sind. Es heißt nicht umsonst, sie hätten neun Leben.«

Ich wusste, wer nicht Ilenas Meinung war, wurde zum Gegner. So erzählte sie mir einmal, wie sie als Kind dem Kätzchen einer Freundin ein paar Kunststücke beibringen wollte. Zuerst miaute es nur. Weil sie es nicht auf die Erde setzte, versuchte es, sich freizustrampeln. Je mehr das kleine Ding kämpfte, desto enger drückte Ilena es an sich. Am Ende kratzte es so wild, dass sie es fallen ließ, denn sie blutete an Hals und Armen. »Sogar gebissen hat mich das undankbare Ding, kannst du dir das vorstellen? Ich musste ins Krankenhaus, Tetanusspritze und Antibiotika. Ich hatte ja keine Ahnung, dass Katzenspeichel beim Angriff Gift enthält und gebissene Mäuse und Ratten lähmt.«

Dass Katzen selbst entscheiden, ob sie sich streicheln lassen oder nicht, leuchtete ihr nicht ein: »Am Anfang war es ganz lieb. Ich wollte es dressieren wie meinen Hund.«

Arme Ilena. Katzen vertrauen sich selbst. Nur deshalb leben sie ohne allzu viel Ärger. Wenn eine Katze Dressurstückchen lernt, dann langsam und widerwillig. Man bricht ihr seelisch das Rückgrat, sie wird zum Clown. Ich kannte eine, die jeden Morgen die Zähne zum Putzen bleckte, weil ihre »Herrin« nicht mehr mit ihr in die Klinik wollte, wo man das Tier betäubte, um den Zahnstein zu entfernen. In einem anderen Haus setzte sich ein weißer Perser auf die Toilettenbrille und verrichtete mit leerem Blick sein Geschäft. Er ließ sich widerstandslos den Po säubern, baden, parfümieren. Er war kastriert und hatte keine Krallen mehr. Dieses nach Kindershampoo riechende Katzengemüse schien nicht zu altern. Sein

Futter bekam das arme Tier aufs Gramm genau; es lag immer reglos auf einem Samtkissen und unterschied sich von den Katzenfigürchen aus Porzellan neben ihm nur, weil es atmete.

Aber nun endlich zurück zu der Geschichte, mit der ich zeigen will, dass Katzen nicht unbedingt geborene Egoisten sind.

Am letzten Tag unseres Besuchs hatten wir den Wagen Ilenas genommen (sie fuhr ausschließlich kleine, niedrige Sportwagen; mir hingegen ist jedes Auto, das mich von einem Ort zum anderen bringt, gleich recht) und machten am gegenüberliegenden Seeufer einen Spaziergang. Es war heiß und feucht wie im Hochsommer. Gerade als wir baden wollten, verdeckten dicke Wolken die Sonne und plötzlich kam Wind auf. Ein paar Minuten später verwandelte sich der grauweiße Himmel in ein fahles Gelb, das alles in ein seltsames Licht tauchte und die Bäume vor dem Haus meiner Tante so scharf umriss wie auf einem hyperrealistischen Bild. Wir wollten es unbedingt vor dem bedrohlich rasch aufziehenden Gewitter nach Hause schaffen. Die ersten Tropfen fielen.

Es wurde dunkel, der Donner rollte näher. Ilena schaltetc die Scheinwerfer ein. Wir nahmen den schmalen Weg am See, an dem auch das Haus meiner Tante steht. Der Asphalt ist voller Schlaglöcher; von Jahr zu Jahr verschieben die Anwohner die kostspielige Reparatur. Während wir durch den Ahornwald fuhren, konnte Ilena einige besonders große Krater nicht vermeiden. Jedes Mal schepperte die Karosserie, als schlüge ein verrückter Koch auf seine Töpfe ein. Sie fluchte zwischen zusammengebissenen Zähnen, riss das Steuer herum und fuhr Slalom, als wäre sie betrunken. Starke Böen schüttelten die Wipfel der Bäume, abgestorbene Zweige fielen auf die Straße, die ersten Blitze schlugen ein. Es regnete immer heftiger. In die Gräben links und rechts der Straße wurde eine Menge Laub unter das zerzauste Farnkraut geweht.

Etwa einen Kilometer vor dem Haus musste Ilena anhalten. Ein dicker langer Ast versperrte uns den Weg. Ich wollte gerade aus dem Wagen steigen, als ich innehielt und nach ihrem Arm griff. Sie folgte meinem Blick und unterdrückte einen erschrockenen Ausruf. Im rechten Graben, von den Scheinwerfern hell erleuchtet, spielte sich etwas ab, das mir in allen Einzelheiten im Gedächtnis geblieben ist. Ich sah die Bewegungen, konnte aber durch die noch geschlossenen Autotüren und wegen des lauten Gewitters nichts hören. Ich hatte das Gefühl, die Szene eines Stummfilms zu sehen.

Am Anfang waren es nur in die Luft gewirbelte Blätter und schnelle Bewegungen unter dem Farn. Dann sprang aus der Tiefe des Grabens ein Wolfshund, der im Maul etwas scheinbar Lebloses hielt, das er heftig schüttelte. Das Herz klopfte mir bis zum Hals, denn ich erkannte Champagne. Plötzlich landete von irgendwoher ein schwarzer Schatten auf dem Kopf des Hundes. Der drehte sich blitzartig um die eigene Achse und ließ darüber seine Beute los. Champagne – er war es wirklich – wurde auf den Grabenrand geschleudert, taumelte uns ein paar Schritte entgegen und brach zusammen. Es regnete nun so stark, dass die Scheibenwischer die Szene in rasche Bildfolgen schnitten, die wie unter dem Stroboskop in einer Diskothek abliefen. Ich öffnete die Wagentür und lief zu

Champagne. Ich musste ihn mit beiden Händen festhalten, denn er war so schlaff, dass er mir beinahe wieder auf die Straße gerutscht wäre. Der Regen wusch das Blut sofort weg.

Ich weiß, dass mich Ilena von jeher für eine schwache Natur gehalten hat, auch wenn ich beispielsweise bei schweren Unfällen auf der Autobahn Erste Hilfe geleistet habe. Gebrochene Glieder und schlimme Verletzungen zu sehen macht mir nicht viel aus. Aber bei diesem reglosen, weichen Körper auf meinem Arm wurde mir elend. Außerdem hatte ich Angst, denn in meinem Rücken hörte ich das wütende Knurren des Hundes, sein Schmerzensgeheul und dann den Schrei eines Tieres in höchster Not. Diesen schrillen Laut kannte ich, seit ich in meiner Jugend einmal miterlebt hatte, wie mein Vater eine Ratte mit dem Spaten erschlug.

Die Wagentür stand noch offen. Schnell und trotzdem vorsichtig legte ich Champagne auf den Beifahrersitz und wollte nun Butler zu Hilfe kommen. Ilena protestierte: »Aber was willst du denn noch? Lass doch, dem kannst du eh nicht mehr helfen!« Diese Sätze, ihren Tonfall, alles habe ich noch im Ohr. Ich warf einen kurzen Blick auf meine Verlobte hinter dem Steuer. Ihr ungeduldiges Gesicht, die verschränkten Arme werde ich nicht mehr los. Im selben Augenblick stieg ein ungeheurer Zorn in mir hoch – gegen diesen Hund, doch vor allem eine blinde Wut auf Ilena, die Butler aufgegeben hatte, kalt wie ein Arzt, der am Bett eines alten Patienten steht, einen Eingriff beurteilt, die postoperativen Kosten kalkuliert und sein Urteil fällt: »Zu spät. Die Mühe und das Geld können wir anderswo besser einsetzen.« Aber eigentlich sollte ich ihr dankbar sein, denn ohne diesen Zorn hätte ich wohl nicht den Mut gehabt, mich der Bestie zu stellen.

Ich kümmerte mich nicht weiter um Ilena und suchte nach etwas, womit ich den Feind bekämpfen könnte. Butler blieb stumm. Er war ein Fetzen schwarzer Samt im Maul des Hundes, der willenlos dessen Kopfbewegungen folgte. Ich rannte zu dem großen Ast, brach den unteren Teil ab. Mit dieser Waffe ging ich auf den Köter zu. Er war größer, als ich dachte. Ilena rief mir etwas zu, das ich aber nicht verstand. Ich versetzte dem Tier einen harten Schlag auf den Rücken, einen anderen auf den Nacken. Die Vorderbeine des Hundes knickten ein, er ließ Butler fallen und wandte sich mir zu, gefletschte Zähne hinter hochgezogenen Lefzen, das Nackenfell eine gesträubte Bürste. Er schüttelte den Kopf wie ein Boxer, der sich nach einem gescheiterten K.o.-Schlag wieder aufrappelt. Um die Augen lief aus langen, tiefen Kratzern Blut, das ihn wohl halb blind machte. Er hatte nun einen neuen Feind im Visier und kam knurrend auf mich zu. Als er einen Schritt vor mir war, schlug ich ihm mit aller Kraft den Knüppel auf die Schnauze. Er jaulte laut auf vor Schmerz und verschwand mit einem Satz im Farn. Ich keuchte und war völlig verspannt von diesem kurzen Kampf. Mit meiner Behelfswaffe in der Hand stieg ich vorsichtig in den Graben hinunter. Der Hund war wirklich verschwunden. Dann kletterte ich wieder auf die Straße und hob Butler auf. Sein Rückgrat war gebrochen. Ich blieb lange im strömenden Regen am Wegrand stehen.

Wäre Ilena nicht dabei gewesen, ich hätte geweint. Aber sie würde nie verstehen, warum mir das Schicksal des alten Katers so naheging. Dieser arme, verrenkte Tote, dessen Fell Blut und Wasser verklebten, erschütterte mich zutiefst. Ich hatte schon andere Katzen sterben sehen, doch waren die Umstände nicht dieselben gewesen. Ich habe um alle getrauert und einige fehlten mir mehr als andere, aber das Ende von keiner hat mich so aus dem Gleichgewicht gebracht wie das von Butler. Obwohl ich ihn ja nur einmal im Jahr eine Woche lang sah, war er mir ans Herz gewachsen, mit seinem zögernden Gang, dem abgeklärten Blick auf die Welt, seinem liebenswürdigen, zurückhaltenden Wesen, seiner väterlichen Freundschaft mit Champagne. Butler war ein mit seinem Leben zufriedener Pascha. Meine Tante hatte ihn zärtlich versorgt, gepflegt und geliebt.

Ich bin fest davon überzeugt, dass er ohne Zögern sein Leben riskiert hat. Plötzlich war er wieder jung und voller Energie, seine steifen Hüften fühlte er nicht mehr. Er hatte angegriffen, um Champagne zu retten. Seine Strategie – auf den Kopf des Feindes springen, ihn blenden, dann der Rückzug – war gescheitert. Die schmerzenden und geschwächten Glieder hatten ihn im Stich gelassen. Der Mut zum Kampf war noch da, aber sein Körper gehorchte ihm nicht mehr. Er hatte nicht siegen können.

Bald verzog sich das Gewitter, es wurde wieder heller. Der Regen hatte aufgehört, große Tropfen fielen von den Blättern. Ich spürte Ilenas Hand auf der Schulter. »Schnell zum Tierarzt im Dorf«, sagte sie mit gewohnter Entschlusskraft. Ich sah, dass Champagne schon seine Wunden leckte und widersprach ihr vielleicht zum ersten Mal mit aller Entschiedenheit: »Butler ist tot. Wir müssen beide meiner Tante bringen. Jetzt! Ihn und den anderen.«

Ich schob den Rest des Astes zur Seite, ging zum Wagen und setzte mich neben sie. In der einen Hand hielt ich den Kopf Butlers, mit der anderen fuhr ich sacht immer wieder über seinen Körper. Ilena hatte inzwischen Champagne auf eine alte Decke hinter unsere Sitze gelegt. Sie startete; einige Minuten später waren wir am Haus.

Meine Tante hatte offenbar gerade geduscht. Sie trug einen alten Kimono und saß im Wintergarten, ihrem Lieblingszimmer. Hier stehen ihre tropischen Pflanzen. Ohne diesen dichten Wald in riesigen Tontöpfen hätte ich mich dort wahrscheinlich wohler gefühlt (ich habe nie etwas von Pflanzen in meiner Wohnung wissen wollen und lehnte alle Ableger und Jungpflanzen zum großen Bedauern meiner Tante ab). In ihrem gelbsamtenen Sessel empfing sie ihre Kater. Ilena reichte ihr Champagne. Nachdem sie seine Wunden geprüft hatte, meinte sie: »Das wird er überstehen. Aber er hat Glück gehabt!« Sie rief den Tierarzt an.

Nachdem sie den nassen Blonden auf einen anderen Sessel gelegt hatte, besah sie sich lange Butler. »Du armer Schatz, du armer, armer Schatz.« Sie nahm eine Pfote zwischen Daumen und Zeigefinger, drückte, besah sich die Krallen: »Du hast ihm gezeigt, was du kannst! In Frankreich sagt man *Vorm letzten Gericht wiegt Katzendreck so viel wie Gold*, was bedeutet, dass wir im Tod alle gleich sind. Ich glaube, auf dich passt besser ein irisches Sprichwort, wenn man von einem armen, aber mutigen Teufel spricht: *Die Katze ist ihr bester Ratgeber.*« Sie lächelte, sah uns an. »Habt ihr das zweite Sprichwort sofort verstanden? Nicht so einfach! Aber wenn man darüber nachdenkt, erkennt man, wie wahr es ist! Was kann einer geben, der nichts hat? Sein Leben, das größte Geschenk. Und ich habe bisher geglaubt, jedes Tier denkt nur an sich selbst, wenn es gefährlich wird!«

Sie wollte gar keinen ausführlichen Bericht; was geschehen war, war geschehen. Als Ilena auf Einzelheiten zu sprechen kam, unterbrach meine Tante sie: »Ich habe die Bisswunden gesehen. Den Hund kenne ich. Er ist herrenlos und streift seit Monaten um den See. Auch den Nachbarn ist er aufgefallen. Wir haben gemeinsam versucht, ihn in eine Falle zu locken, aber er ist sehr vorsichtig und scheu. Weiß der Himmel, was man ihm angetan hat. Er wollte Champagne schon vorher an den Kragen. So ein Hund muss jagen, um etwas in den Bauch zu kriegen, das ist alles. Armer Butler!« Ich berichtete nichts von meinem Kampf mit dem Hund; sie hätte mir Vorwürfe gemacht, denn er war nun verletzt und noch unberechenbarer. Er war nur seinem Trieb gefolgt.

Der Tierarzt kam und untersuchte Champagne. Er vernähte die Wunden, verordnete eine Salbe und Antibiotika. »Seinen Freund wird er eine Weile lang suchen, dann vergessen«, sagte er, während meine Tante ihn bezahlte. »Sie werden sehen, auf seine Weise wird er ihn irgendwie ersetzen. Aber das kennen Sie ja.«

Noch am selben Abend haben wir Butler am Seeufer begraben.

Die Abreise war für den nächsten Morgen geplant. Im breiten Bett des Gästezimmers sprachen wir nicht miteinander. Neben mir schlief Ilena fest. Ich lag wach. Immer wieder sah ich den Hund, wie er den schwarzen Lappen herumschleuderte. Durch das Deckenfenster starrte ich in den nach dem Unwetter wolkenlosen und klaren Himmel; der Mond warf ein schwaches Licht ins Zimmer.

(Ich kann nicht schlafen, wenn es auch nur eine Spur Helligkeit im Raum gibt. Das habe ich bis heute meiner Tante nicht gesagt, denn sie ist auf diesen Anbau besonders stolz.) Um die hässliche Szene zu verdrängen, zählte ich die Blumentöpfe und -vasen, besah unsere Kleider, die wir auf Stühle geworfen hatten. Auch die Bilder an den Wänden schaute ich lange an und zwang mich, die Geschichte jedes einzelnen aus dem Gedächtnis zu kramen. Meine Tante erzählt gern, wie dies oder das in ihr Haus gekommen ist und warum es sich da und nicht anderswo befindet. Ihre liebsten Erinnerungsstücke versammelt sie um ihren Sessel und überprüft jeden Abend, ob sie auch richtig aufgestellt sind. In dieser Hinsicht ähnelt sie Katzen, die in regelmäßigen Abständen ihr Revier abschreiten.

Doch nichts half, das Bild Butlers war stärker. Ich dachte auch an die kalte Stimme Ilenas und ihr wahres Gesicht hinter der weltläufigen Fassade. Im Morgengrauen holte ich schließlich ein Handtuch aus dem Bad und legte es mir auf die Augen. Ilena kehrte mir immer noch den Rücken zu. Weil sie beim Einschlafen gern meinen Atem hörte (»das beruhigt mich, fast wie ein Wiegenlied«), wandte sie mir sonst das Gesicht zu. Aber nicht in dieser Nacht.

Ich wachte auf, weil meine Tante den Frühstückstisch deckte. Sie lässt gern »am Morgen das Porzellan klingen, das gibt dem ganzen Tag etwas Festliches«. Ilena duschte noch; wir hatten also ein paar Minuten für uns. Meine Tante musterte mich, schüttelte den Kopf und meinte, ich nähme die Sache mit Butler zu schwer. »Sein Katzenleben lag sowieso hinter ihm, vielleicht hätte er es noch ein Jahr geschafft, länger nicht. Du hast ihn morgens nicht beim

Aufstehen gesehen. Und du weißt nicht, wie jämmerlich steif er war. Der Tierarzt und ich haben alles versucht, sogar Akupunktur. Jede Bewegung tat ihm weh. Ohne meine Massagen konnte er kaum mehr das Bett verlassen. Champagne leckte ihm dabei die Ohren und den Kopf, Butler mochte das sehr. Du bist traurig, dass du ihn nicht gerettet hast, aber für ihn war es doch ein würdiges Ende. Er wird mir fehlen. Längst nicht alle meine Katzen waren mir so lieb wie er, aber ich habe mich auch seit langem darauf vorbereitet, ihn irgendwann zu verlieren.«

Als sich Ilena zu uns an den Tisch setzte, wechselten wir das Thema, aßen unseren Toast mit den wunderbaren Konfitüren meiner Tante, die beim Einkochen immer ein paar Esslöffel Cognac dazugibt. Nach einer letzten Tasse Kaffee packten wir unsere Sachen. Als ich sie im Kofferraum verstaute, lag dort die blutbefleckte Decke, auf der Champagne gelegen hatte; ich schob sie ganz nach hinten. Ilena setzte sich ans Steuer, meine Tante verabschiedete sich. Sie nahm mich fest in die Arme und flüsterte: »Es wird schon wieder. Die Zeit heilt alle Wunden. Glaub mir. Du machst mir Sorgen. Ich ruf dich an.« Nach einer Pause fügte sie fast unhörbar hinzu: »Sei nicht zu hart mit ihr. Ihr seht die Dinge ganz anders, aber sie ist ein prima Mädchen, sie weiß, was sie will, und sie liebt dich.« Ich antwortete nicht. Ilena war keinen Meter entfernt, sie hätte mich gehört.

Für die Rückfahrt nahmen wir die Landstraße durch die Dörfer, bevor wir uns in den Autobahnverkehr einfädelten. Weder sie noch ich sprachen über den gestrigen Vorfall. Anfangs wies sie mich auf das eine oder andere Haus hin, das sie hübsch fand. Sie versuchte nur, die Stimmung aufzulockern. Dabei wussten wir beide, dass ihre Bemerkungen noch etwas anderes bedeuteten. Sie wollte sagen, ein Leben mit mir in einem *Heim* dieser oder jener Art würde ihr gefallen. Schon früher hatten wir uns unsere »Traumhäuser« gezeigt, aber seit ein paar Monaten war dieses Spiel ernster geworden. Ich hatte sogar einen Immobilienmakler angerufen und den Preis eines Hauses im Neu-England-Stil erfragt, das Ilena besonders gefallen hatte. Diesmal jedoch antwortete ich nur einsilbig, verschränkte die Arme wie ein schmollendes Kind und fand jedes Haus hässlich, auf das sie zeigte. Sie legte mir ihre Hand aufs Knie, ihre feste, schöne Hand. Ich nahm sie nicht, ich wollte nicht von ihr berührt werden. Ein paar Minuten später zog sie sie zurück. Den Rest der Fahrt verbrachten wir schweigend.

Als sie mich vor der Tür des Miethauses absetzte, in dem ich wohne, sagte sie: »Rufst du mich später an, wie sonst?«

Ich murmelte zwischen den Zähnen, »bin müde, vielleicht morgen«, ging zum Eingang, ohne mich von ihr zu verabschieden, und machte mir Vorwürfe wegen meiner Ungezogenheit und meines unreifen Benehmens. Natürlich hätten wir uns während der einstündigen Fahrt unter vier Augen aussprechen können oder sollen, aber ich wollte nicht mehr über den gestrigen Abend reden. Ich wusste, sie hätte die vernünftigeren Argumente. Doch dies war etwas, das nicht mit dem Verstand zu lösen war, sondern auf Gefühlen beruhte.

Ich meldete mich nicht, weder an diesem Tag noch am nächsten. Sie wartete bis zum Wochenende. Dann rief sie mich an und fragte ruhig, wie es mir ging, »nach all der Aufregung bei deiner Tante«. Wir tauschten Allgemeinplätze aus. Sie würde mich am Nachmittag besuchen kommen. Als sie eintrat, begrüßte ich sie höflich, eine elegante, hochgewachsene, selbstsichere Frau. Aber etwas war in mir zerbrochen. Heilmachen konnte ich es nicht.

Und ich konnte den Klang ihrer Stimme angesichts des sterbenden Butler nicht vergessen, ihr »Was willst du denn noch? Lass doch, dem kannst du eh nicht mehr helfen!«. Wir konnten nicht so tun, als wäre nichts geschehen. Einfach so weitermachen wie zuvor war unmöglich. Weder sie noch ich besaßen die Kraft, mit dem neuen Bild des anderen fertigzuwerden, das sich dort im Gewitterregen plötzlich gezeigt hatte. Sie hatte geglaubt, ich wäre eine Katze ohne Krallen und Zähne. Oder ein Träumer, der nach ihrer Pfeife tanzt. Nun hatte ich mich ihr offen widersetzt. Für mich war sie nicht mehr die energische Schöne, sondern eine jener Frauen, die Männergefühle ärgerlich finden und sie am liebsten übergehen. Ich war nicht einmal mehr sicher, was ich früher für sie empfunden hatte. Sicher, ich hatte sie bewundert. Aber geliebt?

Wir haben uns nicht mehr wiedergesehen. Meine Tante war traurig über unseren Bruch. »Schade! Ich hatte geglaubt, ihr seid füreinander geschaffen.« Sie fürchtete womöglich, ohne Ilena wäre ich deprimiert. Deshalb bestand sie darauf, mich Ende Oktober noch einmal auf ein paar Tage einzuladen. »Du könntest mir wieder im Garten helfen. Der Winter steht vor der Tür. Die letzten Pflanzen müssen vor dem ersten Frost noch ins Haus.«

Ich fragte sie nach Champagne. »Ein wirklich furchtbar lieber Kerl. Er sucht ständig Butler. Nachts in meinem

Bett wechselt er oft die Seite. Vielleicht will er die Lücke des Alten füllen. Aber das wird ihm langsam vergehen.«

So ist meine Tante nun einmal: Felsenfest davon überzeugt, dass im Leben alles seinen Platz findet und Probleme sich von selbst lösen.

Mit dem Deckel auf dem Topf kann die Katze nicht an die Milch

Heute müssen die Männer nicht mehr dem Wild nachlaufen, das der Hund im Wald aufgescheucht hat, so wenig wie die Frauen mit der Katze zu Hause bleiben. Die Volksweisheit will es besser wissen: Männer und Hunde sind so unzertrennlich wie Frauen und Katzen, weil sie sich jeweilig angeblich so ähnlich sind. Ein Vorurteil, das schwere Irrtümer zeitigen kann.

In seiner Erzählung »Die Katze geht ihren eigenen Weg« erinnert Rudyard Kipling an den Ursprung dieser Wahlverwandtschaft. Die Geschichte ist zu schön, sie nicht zusammenzufassen:

Weil die Frau von einer bequemen Wohnung und gutem Essen träumte, schmückte sie ihre Höhle, briet Fleisch auf heißen Steinen und sammelte Kräuter. So lockte sie den Hund, das Pferd und die Kuh heran. Alle drei erklärten sich bereit, dem Menschen zu dienen. Der Mann erhob den Hund schnell zum Rang des besten Freundes und ging mit ihm auf die Jagd, während ihm das Pferd diente und die Kuh der Frau. Nur die Katze, die sich brüstete, sie wäre das unabhängigste Wesen der Erde, ging nicht in die Fallen der Frau. Aber als ihr der verführerische Duft warmer Milch in die Nase stieg, kam sie zur Höhle. Die Frau sagte, sie bräuchte die Dienste der Katze nicht. Als Letztere wieder ging, sagte sie leise, wie schön doch die Frau wäre. Geschmeichelt versprach ihr diese Folgendes: Sollte es ihr gelingen, von der Frau drei Komplimente zu bekommen, könnte sie bei ihr ein und aus gehen. Die Katze war geduldig. Als die Frau ihr erstes Kind bekam, weinte und quengelte es dauernd. Die Katze machte Purzelbäume, über die sich das Kind freute und es zum Lachen brachten. Die Frau sagte der Katze zweimal hintereinander, wie dankbar sie war, dass sie das schlechtgelaunte Kind so schnell aufgeheitert hatte. Um ein drittes Lob zu vermeiden, verbot sie jedes Gespräch in der Höhle. Da kam eine Maus aus ihrem Loch. Die Katze wies mit der Pfote auf das herumflitzende Tier und die Frau schrie vor Schreck. Da fragte die Katze, ob sie ihr dankbar wäre, wenn sie den Nager beseitigte. Voller Angst versprach sie ihr das. Die Katze hatte gewonnen. Aber dann befahl ihr der Mann, von jetzt an alle Mäuse in der Höhle zu vertilgen; andernfalls würden er und alle anderen Männer ihr das Erstbeste an den Kopf werfen. Die Katze dachte nach, gab ihr Einverständnis unter der Bedingung, ihre Unabhängigkeit bewahren zu dürfen. Der Mann wurde böse, er war an Zwang nicht gewöhnt und verkündete, sie von nun an zu hassen. Dann fragte der Hund sie: Verpflichtete sie sich, die Kinder zu lieben und zu beschützen? Wenn nicht, würde er sie verfolgen und beißen. Die Katze besah sich die langen Zähne des Hundes und sagte zu, doch mit der Einschränkung, ihrer Wege zu gehen, sollten die Kinder sie am Schwanz ziehen oder wenn sie lieber allein sein wollte. Der Hund wurde so ärgerlich wie sein Herr und rannte der Katze nach, die auf einen Baum kletterte. Deshalb mögen Männer keine Katzen und Hunde versuchen, sie zu erwischen. Frauen jedoch haben eine ausgesprochene Schwäche für diese intelligenten und listenreichen Tiere. Sie lieben das weiche Fell und ihre beruhigende Gegenwart.

Wenn dieses Märchen auch sehr hübsch ist, so stellt es uns doch vor ein paar kleine Schwierigkeiten, wenn wir es aufs Hier und Heute übertragen. Zunächst einmal leben die allermeisten Menschen nicht mehr wie in der Steinzeit in Höhlen und nur wenige leisten sich ein Pferd. Außerdem finden sich ganz selten Leute, die eine Kuh melken, damit ihre Katze der Naschsucht frönen kann. Darüber hinaus haben prachtvolle Elektro- oder Gasherde die heißen Steine ersetzt. Außerdem gibt es seit langem in den Wohnungen kaum noch Mäuse. Viele Hunde begleiten die Männer nur zu bestimmten Jahreszeiten auf die Jagd, die schon vor langer Zeit zum reinen Sport und Zeitvertreib geworden ist. Ganz zu schweigen von dem für die Gesundheit unserer Katzen und Hunde so schmackhaften Futter, das Wissenschaftler für sie ausklügeln! Ja, die Zeiten haben sich gründlich geändert, denn meistens begnügt sich der Mensch mit der liebevollen Gegenwart seines Gefährten. Der beste Freund des Mannes und die Frauenverführerin geben sich zwar oft alle Mühe, ihren vor Jahrtausenden bestimmten Aufgaben noch nachzukommen, doch fragt man sich zu Recht, ob der Hund noch ein Hund ist und die Katze sich nicht ein anderes Mäntelchen übergeworfen hat, wie die folgende Geschichte zeigt.

Christiane und Albert waren das modernste Paar, das man sich denken kann. Weil sie sich blendend verstanden (sieben Jahre lang kein Wölkchen am Horizont, sogar gemeinsam verbrachte Ferien hatten ihre traute Zweisamkeit nicht trüben können), sagten sie sich, in Anbetracht sowohl der Finanzen als auch des Gefühlslebens sei doch ihre Fusionierung – sie liebten das abscheuliche Wort, denn beide saßen in derselben Bank auf hohen Posten – die denkbar beste Entscheidung. Statt Geld für zwei Wohnungen und Zeit mit Hin- und Herfahren zu verschwenden, würden sie gemeinsam gleich neben ihrem Arbeitsplatz eine schöne Wohnung im zehnten Stock eines Hochhauses im Stadtzentrum mieten, das an einem belebten Boulevard steht, wo es viele schicke Läden und Restaurants aus aller Welt gibt.

Sie hatten sich an der Universität kennengelernt und sofort Gefallen aneinander gefunden. Jedoch stellten sie vor dieser schwerwiegenden Entscheidung Listen mit Gründen für und gegen ihren Plan auf. Sie erwogen, berechneten, kamen zu einem positiven Entschluss. Ihr Projekt sah gemeinsame Räume vor, wie beispielsweise ein großes Wohn- und Esszimmer, die Küche, ein riesiges Schlafzimmer mit angrenzendem, weitläufigem Bad. Dagegen behielt jeder seinen eigenen Arbeitsraum als Privatsphäre. Weil die Wohnung neben der Bank lag, würde Albert, der wegen der Lektüre des Finanzblatts etwas später ins Büro ging, Christiane das Bad überlassen und sich in Ruhe auf den Tag vorbereiten. Konnte man sich ein schöneres, klügeres, besseres Abkommen vorstellen?

Vor allem waren sie sich in einem Punkt einig: Weder sie noch er verspürten Lust, sich um ein Kind oder gar mehrere zu kümmern. Dagegen wollten beide einen alten Traum verwirklichen, ein Haustier nur für sich zu haben. Christiane war versessen auf Katzen, Albert auf Hunde. Sie würden ganz junge Exemplare kaufen und sie zusammen wie Brüderchen und Schwesterchen aufziehen. Monatelang lasen sie Berge von Fachbüchern und einschlägigen Zeitschriften. Christiane wollte ein weibliches Tier, denn, sagte sie, »die sind anhänglicher als Kater«. (Was falsch war und bleibt.) Albert suchte einen Hund, der wie eine vierbeinige Alarmanlage funktioniert und bereit ist, sein Hoheitsgebiet »bis zum letzten Atemzug zu verteidigen«. Über diese Formulierung verlieren wir lieber kein Wort. Sie entschieden sich letztendlich für intelligente und kleinwüchsige Rassen beider Gattungen.

Wie geplant ließen sie sich in ihrer »Höhle« nieder – so nannten sie nämlich bescheiden ihre Luxuswohnung; die kleinen Süßen kämen bald nach. Bei ihnen gab es nur das Beste vom Besten: niedrige Tischchen mit blitzenden Kristallplatten, Stühle mit geflochtenen Hanfsitzflächen um den Esstisch aus Rosenholz, weiche, mit königsblauem Samt bezogene Sessel, eine Bücherwand aus Mahagoni, in der hier und da seltene Fayencen prunkten. Was sie noch von ihren Studienjahren besaßen, wurde in die jeweilige Privatsphäre verbannt. Das Schlafzimmer war, stilistisch dem Wohnraum ähnlich, der wahr gewordene Traum eines bösartigen Innenarchitekten, der hasserfüllt jede libidinöse Regung im Keim ersticken wollte: Es gab dort nur Würfel aus exotischem Holz, in denen tagsüber die Kissen verschwanden und ein großes weißes Feld hinterließen, so öde wie verschneites Flachland. An den Wänden hingen ein paar Gemälde, Werke von Künstlern der Avantgarde-Stratosphäre, zu schwindelerregenden Preisen erworben, die man achtungsvoll und verständnislos bewunderte.

Christiane erlag einer niedlichen Blue-Point-Siamesin, während sich Albert in einen schwarzen Cockerspaniel vernarrte. Die Züchter hatten wiederholt auf die »tadellosen Stammbäume« ihrer Tiere hingewiesen, die ausnahmslos »die Gene von mehr als einem Dutzend Weltmeistern« trugen. Nach dem Einzug in die »Höhle« holten sie – logischerweise – am selben Tag die kleinen Süßen nacheinander beim jeweiligen Züchter ab, »damit sich jedes ohne Einschränkung und sofort als gleichberechtigtes Mitglied der neuen Familie fühlt«, wie die Tierpsychologen in der konsultierten Fachliteratur immer wieder betonten. Wobei sie zu berücksichtigen vergaßen, dass die Siamesin noch nie einen Hund und der Cocker keine Katze, und schon gar keine mit himmelblauen Augen gesehen hatten.

Bei der Fahrt zur Wohnung gab das Kätzchen Töne von sich, die seine neue Mama bei einem so hübschen Tier nie vermutet hätte, raue, herzzerreißende Schreie. »Das ist die verrauchte, mit Whisky gelackte Stimme einer großen Diseuse«, meinte Albert, der Christiane beruhigen wollte, weil sie dieses Organ als »ordinär« empfand, »schlimmer als jedes Fischweib«. Als der Cocker die Bekanntschaft seiner Adoptivschwester machte, trat er eingeschüchtert den Rückzug an und ließ prompt in der Ecke des Rücksitzes seinem Bläschen freien Lauf, womit er ein dauerhaftes Zeichen seiner Ankunft hinterließ. Die Katze hatte ihn nur mit einem starken Silberblick über die

Schulter angesehen. Das war ihre erste Lektion, die sie diesem neuen, übelriechenden Bruder erteilte, der noch Windeln brauchte. In knapp einer Minute machte sie ihm klar, wer hier das Sagen hatte. Dann fiel sie auf die Seite, die Augen halb geschlossen – nun ohne zu schielen –, und streckte tief gelangweilt ihre langen, mageren Beine mit den bläulichen Pfoten von sich.

Christiane taufte sie »Pastille«, weil die Farbe des Fells sie an eine besondere Sorte provenzalischer Lavendelbonbons erinnerte. Hätte sie sich an den streng riechenden Atem gehalten, der an nicht sonderlich frischen Fisch erinnerte, wäre der Name wohl weniger elegant ausgefallen. Albert hätte den Spaniel als Hinweis auf seinen Platz in der Familie am liebsten »Filius« genannt, oder »Negus«, eine Anspielung auf die Farbe des Söhnchens, fürchtete jedoch sarkastische Bemerkungen seitens der Freunde und entschied sich für »Renoir«, was er im Geist »Re-noir« schrieb, denn das Fell des Welpen trug mehrere Schattierungen dieser Farbe aller Farben.

Ein Wort über ihre Freunde, die durchweg die neue Wohnung bewunderten (»schön, fabelhaft, exklusiv«). Keiner konnte verstehen, warum sie plötzlich Tiere wollten. »Verrückte Idee; blödsinnig; ich geb's auf; daraus werde ich nicht klug«, hieß es. Ein auf seiner Stange angeketteter Papagei, den traute man den beiden zu, auch wenn sein Mist vielleicht auf das Parkett klatschte (es gibt ja Zeitungspapier, stimmt's?), aber eine Katze, die mutwillig aus Sesseln und Perserteppichen Fäden herauspult, und ein Hund, der sie mit seinem Urin endgültig zugrunde richtet? Und dann: Wer kümmert sich tagsüber um die gelangweilten, armen Viecher? Wer geht morgens und abends Gassi mit Renoir, in der Hosentasche eine Rolle Plastiktüten für seine Häufchen? Albert? Da lachen ja die Hühner! Nach einer Woche wäre er es satt. Apokalyptische Visionen wurden beschworen.

Bei alldem setzte das Paar eine beschwichtigende Miene auf, denn es wollte seinen Traum bis zum Ende verwirklichen. Um sich die Unkenrufe und die falsche Fürsorge vom Leib zu halten (aber auch aus Stolz, dem schlechtesten Ratgeber, wie jeder weiß), erzählten Christiane und Albert keiner Seele im Detail, was sich in ihrer ersten Nacht mit Pastille und Renoir abgespielt hatte.

Einmal in der Wohnung, machten sich die beiden Kleinen nach kurzem Zögern an die Eroberung des unbekannten Terrains, während sich Christiane und Albert lächelnd bei einem Aperitif entspannten. Mit bei jedem Sprung schlappenden Ohren rannte Renoir in drolligem Passgang wie ein überkandideltes Kamelkalb von einer Ecke in die andere, schnupperte aufgeregt an allem herum. Der Weg von Pastille ließ sich leicht von einem Zimmer zum anderen verfolgen: umgeworfener Papierkorb in Alberts Büro, Stille, Geraschel, längere Stille, das Klirren zerbrechenden Porzellans. Sie sahen nach. Höchst zufrieden schob Pastille mit einem unschuldigen Pfötchen die Scherben einer japanischen Vase vor sich her, einem Geschenk von Christiane, die hauchte: »Ach, das alte Ding. Bin eigentlich froh, dass es hin ist.« Die Übeltäterin hatte bereits jedes Interesse an ihrem Spielzeug verloren, leckte sich kurz die Brust und setzte, spindeldürre Prinzessin auf dem Laufsteg eines Modeschöpfers – *catwalk* –, elegant ein Beinchen vors andere, schritt in Richtung Empfangs- und Esszimmer, wobei sie mit ihrem entzückenden schmalen Hinterteil schwänzelte. Albert kniete sich hin und scharrte die Orient-Reste zusammen. Den plötzlich nadelspitzen Blick Christianes bemerkte er nicht.

Vor dem Abendessen hatten die Eltern den Kleinen ihre Näpfe gezeigt, Kunstwerke aus feinstem Porzellan. Auf dem einen war ein fetter Perserkater zu sehen, den anderen schmückte ein als Clown verkleideter Pudel. Daneben standen zwei Schalen mit gefiltertem Wasser. Renoir fraß, soff und stürzte sich dann auf das Futter seiner »Schwester«. Die schielte sofort im höchsten Grad, versetzte ihm eine fürchterliche Ohrfeige und kratzte die Nase des Pseudo-Bruders an. Der jaulte, sprang zurück, warf die Schalen um und verteilte das restliche Futter auf den Fliesen. Pastille wartete, schmiegte sich an Albert, der das Wasser aufwischte, während Christiane mit dem Handfeger die Kroketten zusammenkehrte, sie in den Mülleimer warf und neues Katzenfutter nachfüllte: »Wir können ihnen doch nichts vorsetzen, was auf dem Fußboden gelegen hat, auch wenn er sauber ist.« Diesmal hielt Renoir Abstand, während seine neue Schwester – wir dürfen nicht das Vokabular von »Patchwork-Familien« scheuen – mit unnachahmlicher Grazie und offenbarem Vergnügen ihr frisches Wasser schleckte. Den Krallenhieb wiederholte sie. Renoir begriff: Zuerst die Prinzessin, dann er. Ein kluger Hund.

Albert hatte mittlerweile Anzug und Krawatte gegen Flanellhemd und Kordhosen getauscht und ging noch rasch mit Renoir Gassi; Christiane war im Morgenrock. Der Abend hatte sie etwas erschöpft, sie wollte früh zu Bett gehen.

Sie sollten nun die Schrecken junger Eltern kennenlernen. Die Kleinen hatten sie für die Nacht in wunderschön gearbeitete und mit Kissen gepolsterte Körbchen gelegt, doch schenkten Hund und Katze denen höchstens eine Sekunde lang Beachtung. Kaum lagen Christiane und Albert im Bett, begannen die Anstürme der Kleinen, die Aufmerksamkeit und Zuneigung wollten. Das wilde Hin und Her auf der Decke zeitigte bei Albert eine milde Predigt. Mit zusammengebissenen Zähnen murmelte Christiane: »Ihre erste Nacht. Die Armen sind völlig verunsichert. Sie werden sich schon beruhigen.«

Doch nach einer Stunde des Scheinfriedens begaben sich die Taugenichtse auf die nächste Erkundungstour der Wohnung. Das Kratzgeräusch der dicken Pfoten Renoirs bedeutete nichts Gutes für die frisch lackierten Türen, während Pastilles Krallen heftig mit dem Perser kämpften. Weil sie so beschäftigt waren, schloss Albert rasch die Schlafzimmertür. Ein Fehler: Den Geräuschen an der Paradiespforte nach zu urteilen, hatte Renoir sich in einen Mauerspecht verwandelt, Pastille gab in höchsten Tönen Beleidigungen von sich. Die Tür blieb verschlossen. Aber der Radau legte sich erst, als ein todmüder Albert sie spät in der Nacht endlich wieder öffnete.

Die Bemerkungen der Freunde und Kollegen, scheinbar heiter oder in niederträchtig mitleidigem Ton (»Ihr seht ja schlimm aus! Die Viecher natürlich! Sie bringen euer ganzes Leben durcheinander, was? Ihr werdet sehen, die machen euch noch krank!«), brachten Christiane und Albert dazu, bei den Züchtern wegen des »Monstrums« (Albert über Renoir) und »der verrückten Nudel« (Christiane über Pastille) anzurufen. Die sagten ihnen, die Eingewöhnungszeit dauerte zwischen einer Woche und einem Monat. Danach würde alles in ruhigen Bahnen verlaufen.

Die Züchter lagen falsch. Der Terror ging weiter. Unser Paar versuchte, die beiden Wirbelstürme in der Wäschekammer einzuschließen, weit abgelegen vom Schlafzimmer. Dort befand sich auch Pastilles Streukiste (ihr Metabolismus funktionierte mit ungeheurer Schnelligkeit) und Renoirs zerschnitzeltes Zeitungspapier, das er nicht benutzte (wie alle Cocker wollte er trotz seiner Intelligenz mit dem Kopf durch die Wand). Schlimmer noch: Während der vorgeschriebenen Verdauungsmärsche las er an Häuserecken, Laternenpfählen, Hydranten die Nachrichten und Kleinanzeigen von Artgenossen, statt sein Geschäft zu verrichten. Aber sobald er eine Pfote in den Fahrstuhl setzte, hob er ein Bein oder hockte sich breit hin und setzte sein Würstchen. Mehrmals musste Albert das Hündchen auf seinen linken Unterarm legen und mit der rechten Hand den Popo des »Sohnes« zukneifen. Erst in der marmorweißen Diele ließ er Renoir frei. Das edle Gestein wies schon viele Flecken auf, obwohl Christiane Löschpapierbögen ausgebreitet hatte. Sie seufzte: »Was haben wir bloß verbrochen, ausgerechnet die zwei zu verdienen? Die Hunde und Katzen, die wir kennen, sind so gut erzogen!«

Aber kommen wir kurz auf die erste Nacht der Kleinfamilie und die Aussperr-Taktik zurück. Das Bittgeschrei vor der verschlossenen Tür hatte der Nachbar gehört, der daraufhin das Paar anrief: »Alles in Ordnung bei Ihnen? Ich komme gerade nach Hause und bis zum Lift habe ich das Weinen von Kindern gehört. Das fand ich überraschend, denn es kam aus Ihrer Wohnung.« Erst nach dem Anruf hatte Albert den Jungtieren geöffnet, die wie zwei Blitze – einer schwarz, der andere bläulich – hereingesaust kamen. Sie machten kein Geheimnis aus ihrer Erleichterung, wieder bei den Großen zu sein. Renoir legte sich neben Christiane, Pastille zog Albert vor. In der Dunkelheit rumorte das Kätzchen noch eine Weile, weil es nicht die passende Schlafstellung fand. Schließlich rollte es sich in der Achselhöhle Alberts zusammen, der kaum ein Auge zutat, weil er das kleine Ding nicht wecken wollte. Der Hund stöhnte zufrieden, streckte die Hinterpfoten von sich und legte den Kopf in Christianes Hand. Es war die erste *Entente cordiale*, ein herzliches Einvernehmen zwischen Eltern und Kindern, die einzige auch, die zwei Stunden lang von beiden Seiten eingehalten wurde.

Renoir störte Christiane: »Das ist *dein* Hund. Er geht mir auf die Nerven. Keine Lust, ihn zu adoptieren. Reich mir Pastille.« Darauf antwortete Albert, der gerade einschlummerte: »Lass ihn doch. Die Experten meinen ja, sie können immer noch nach der Eingewöhnung ihre Plätze wechseln.«

In Wirklichkeit war er glücklich mit diesem tyrannischen Nervenbündel von Katze. Das Tierchen protestierte heftig, sobald er den tauben Arm bewegen wollte. Ein muslimischer Freund hatte ihm erzählt, der Prophet hätte seinen Liebling, schöner als jede Huri im Paradies, nicht aufwecken wollen und deshalb den Ärmel seines Mantels abgeschnitten, auf dem er eingeschlafen war. Albert gab Pastille in allem nach. Heimlich streichelte er sie; ihr Fell war weicher als Christianes Nerzstola.

Morgens bestanden die hungrigen Kinder darauf, zusammen mit den Eltern zu frühstücken. Schalen und Näpfe mussten neben dem Tisch auf dem Teppich stehen. Sobald die Großen im Büro waren, ging es erst richtig los. Regelmäßig gegen elf rief die Putzfrau an: »Madame, was soll ich machen? Die Katze hockt auf dem Staubsauger, und der Hund knurrt ihn an.« Über ihre Zahlen und Akten gebeugt, hörte Christiane nur zerstreut zu. Pastille trieb Sondersport, wobei sie sich auf dem Mopp festkrallte, seit ein paar Tagen auch das Vorderteil des Staubsaugers ausprobierte und unter den bewundernden Augen Renoirs so elegant wie eine Hochseiltänzerin Fahrten durch die Wohnung unternahm. Sobald die Frau mit der Arbeit fertig war, verstellte ihr die Katze die Wohnungstür – gefolgt vom Hund –, warf ihr Schimpfwörter an den Kopf und verängstigte sie: vulgäres Geschrei, erhobene Pfote, funkelnde Krallen, Schielen, Knurren, Kläffen des Bruders. »Was soll ich jetzt machen? Ich bin mit der Arbeit fertig, und sie fallen über mich her!« Christiane hatte andere Sorgen, riet zu zwei oder drei zusätzlichen Touren mit dem Staubsauger. Die Rabauken würden sich schon beruhigen.

Drei Monate lang hörten die Eltern jeden Abend schon vom Aufzug her die Kleinen schreien, jaulen, kläffen, kratzen. Doch eines Abends: Nichts, die Galgenstricke blieben unsichtbar. Als Christiane die Bücherwand sah, rief sie zornerfüllt: »Das geht zu weit!« Auf dem Boden lagen diesmal die Stücke der Bronzebüste einer Judith, die ihren Helm (»Ich habe ja immer gesagt, sie sieht wie ein Feuerwehrmann aus«, meinte Albert bedauernd) verloren hatte. Der Sturz des Familienerbstücks hinterließ im

Parkett eine tiefe Delle. Überall lagen leere CD-Hüllen herum. Auch den Privatsphären hatten die Geschwister einen gründlichen Besuch abgestattet und dort anderes Unersetzbares zerstört. Die Kumpane lagen auf dem Schlafzimmerbett: Pastille säuberte eingehend die Ohren Renoirs, was dieser sehr zu schätzen schien, denn er wedelte dankbar mit dem Schwänzchen.

»Wir geben sie zurück. Das sind böse Geister«, fand Christiane. Nachdenklich nickte Albert mit dem Kopf.

Wider alles Erwarten verlief selbiger Abend in schönster Harmonie. Bei Tisch saß jedes Elternteil mit einem Kind auf dem Schoß, Pastille bei Albert, Renoir bei Christiane. Ihre Augen folgten jedem Bissen Kalbsragout, in Butter geschwenkten Nudeln mit Parmesan, Brokkoli, dem Löffel mit Erdbeereis. Aber sie setzten die Pfoten nicht in die Teller, versuchten nicht, nach dem Besteck zu grabschen. Vor allem aber: Sie blieben still.

Später griff Albert nach der Leine für den Verdauungsspaziergang, als Christiane plötzlich meinte: »Wir könnten uns abwechseln. Was meinst du? Ich möchte wissen, wie man sich als Frau mit einem Hund auf der Straße fühlt. Frische Luft wird mir guttun.«

Alberts Miene verdüsterte sich: »So war das nicht abgemacht. Du kümmerst dich morgens und abends um die Katze, ich mich um den Hund. Wenn wir die Rollen vertauschen, wissen sie nicht mehr, zu wem sie gehören. Das bringt sie seelisch aus dem Gleichgewicht. Schlimm genug, dass Pastille bei mir schläft und Renoir bei dir.« Sein Tonfall war gemessen, wenn auch etwas gereizt.

Mit rotem Kopf machte Christiane die Leine an Renoirs Halsband fest: »Du redest wie von echten Kindern mit komplizierten psychologischen Problemen. Das sind doch nur Tiere! Sie wählen instinktiv ihren Vertrauten. Willst du Pastille nicht auch ausführen? Der Tierarzt hat gesagt, Siamesen wären nicht so wie andere Katzen. Wie es scheint, kann man sie sogar abrichten. Warum nicht gemeinsam Gassi gehen?«

Beleidigt schnaubte Albert: »Mit einer Mieze auf die Straße? Das meinst du doch nicht im Ernst. Wie sehe ich denn da aus! Die Leute würden tuscheln, bei mir wären alle Schrauben locker, oder mich womöglich für eine Tunte halten.«

Christiane zuckte mit den Schultern; am besten das Thema wechseln. Doch in diesem Augenblick bildete sich über dem Gemeinschaftsleben unserer Freunde die erste Gewitterwolke.

Albert räumte das Geschirr in die Spülmaschine. Dann setzte er sich zum Zeitunglesen in seinen Sessel. Pastille rollte sich auf seinem Schoß zusammen und schlief schnurrend ein. Ein herrliches Gefühl von Frieden umhüllte beide. Pastille war glücklich, Albert auch.

Christianes Stimme weckte ihn auf: »Schau mal, dein Hund!« Renoir versuchte, zur Schwester hinaufzuklettern. Albert stieß ihn zurück.

Christiane sagte nichts, lockte den kleinen Hund, ging in die Küche, wo sie ihm heimlich ein Plätzchen zum Trost zusteckte.

Zum Abendessen luden sie nun niemanden mehr ein. Sie gingen nur noch aus, wenn es einen extrem guten Film gab oder ein hochgelobtes Theaterstück. Die königlich bezahlte Putzfrau hatte nach vielen Vorwarnungen tränenreich ihren Abschied eingereicht. Doch zuvor geigte sie ihnen die Meinung: »Das sind ganz Schlimme. Ich schwör's bei meiner seligen Mutter, ich hab gesehen, wie die ihre Bosheiten aushecken! Die Katze sitzt vorm Hund. Ich weiß, sie gibt ihm Befehle. Die denkt sich alles aus, ganz klar. Ohne die wäre er eigentlich ganz brav.«

Sie war überzeugt, die beiden verachteten sie und ihre Arbeit – erschüttertes Schluchzen –, denn sie sauten sofort alles wieder ein, was sie gerade auf Hochglanz gebracht hatte. Das Parkett? Eine Katastrophe. Während sie schuftete, spazierten die zwei in ein anderes Zimmer, um neue Schandtaten zu begehen. Erneute Schluchzer. Kam sie, um nachzusehen, immer dasselbe Bild: Der Hund wollte »raus aus dem Schlamassel, den sie angestellt haben« und war »die Reue in Person«, aber die Katze saß ganz ruhig da, »unschuldig wie ein Lämmchen«. Im Bad warf sie Fläschchen, Gläser, Zahnbürsten, Cremedöschen auf den Boden, während er sich mit dem Toilettenpapier herumschlug. In den Arbeitszimmern lagen Bücher, Dokumente, die letzten unzerbrechlichen Andenken verstreut vor den Schrankwänden. In der Küche warfen sie den Mülleimer um, ganz zu schweigen vom Wasser in den Schalen, alles auf die gerade gewischten Fliesen! Sie waren bösartig. Sie hassten sie. Ihr das anzutun, wo sie Tiere so gern hatte! »Sie oder ich. So was hätte man bei der Geburt erwürgen sollen. Vor allem sie, die Katze, ein Teufel, ein Ausbund von Heuchelei! Den Hund können Sie ja noch erziehen, da ist noch nicht Hopfen und Malz verloren. Aber die andre, nee, die andre nicht. Hoffnungslos.« Tränenstrom.

Tatsächlich hatten die »Kinder« die Wohnung arg zugerichtet; die Schäden waren unübersehbar. Pastille hatte die Rückenlehne von Christianes Sessel bevorzugt behandelt, früher ein elegantes Prachtstück. Der Stoff hing nun stellenweise in Fetzen herunter, die Polsterung quoll hier und da heraus. Der Perser, ein selten fein geknüpftes, teures Stück, war ihren Stahlkrallen auch zum Opfer gefallen, ganz fadenscheinig war er schon. Renoir hatte geholfen und schnitt die Fäden mit einem kräftigen Biss ab, kaute auf ihnen und verschlang sie. (Eine oder zwei Stunden später bekam er Bauchschmerzen und musste in die Klinik. Aber zurück zum Lamento der Putzfrau.) Pastille hatte sich an den Kleidern und Kostümen von Madame hochgehangelt und dann die Bügel in Schaukeln verwandelt, bis alles herunterkam. »Was die kaputtmacht! Die hat vielleicht Krallen ...! Sie haben so viele Sachen, da merken Sie nicht, was alles beschädigt und zerrissen ist. Ganz ähnlich, aber längst nicht so schlimm, tut sie es auch mit den Anzügen von Monsieur.« Dann sprach sie von den vielen Krawatten. Eine nach der anderen musste sie einsammeln, auf allen vieren: »Das muss man sich mal vorstellen! Ich hab sie nacheinander wieder auf den Krawattenhänger getan und gedacht, ›geschafft‹, aber nee, die Katze hat sie hinterrücks alle wieder runtergeholt, klammheimlich, dass ich sie nicht hör, und der Hund schleppt sie dann durch die ganze Wohnung. Ich sag's Ihnen, Teufel sind die zwei, so was hab ich noch nie erlebt. Ich kann nicht mehr.« Wütendes Schnauben. Letzte Tränen. Tür zu.

Christiane und Albert waren sprachlos. Ihr ganzes Leben schien auf einer abschüssigen Bahn abwärts zu sausen. Jetzt erst merkten sie, dass plötzlich alles anders geworden war. Die Perle käme nie zurück, ein ungeheurer Verlust.

Schon bald war ihre »Höhle« völlig heruntergekommen und sie schämten sich zu sehr, als dass sie eine neue Putzfrau in Erwägung gezogen hätten. Weil sie zu entmutigt waren, wischten sie nicht einmal mehr die niedrigen Kristalltische ab. In deren Staub hinterließen die anmutigen Pfoten Pastilles deutlich gradlinige Spuren, während Renoir Zeitungen und Magazine zerriss und auf dem glanzlosen Parkett verteilte. Wenn sie morgens ihr Waschbecken sahen, sagten sie sich, in die Wohnung müsste dringend ein ganzes Reinemachkommando einmarschieren, es wäre doch eigentlich unter ihrer Würde, in all dem Durcheinander und Schmutz zu leben. Nur in ihren jeweiligen Privatsphären sah es noch halbwegs manierlich aus. Die »Familie« versammelte sich mittlerweile ausschließlich im Schlafzimmer, das auch zerstört war: Das Bett blieb ungemacht, alles war voller Katzen- und Hundehaare. Die Wohnung erinnerte immer mehr an einen vergessenen Jahrmarktsplatz, dessen Müll nicht entsorgt wurde.

Aber dem Paar machte nicht nur die stetig fortschreitende Zerstörung seines Heims zu schaffen. Auch wenn keiner der beiden darüber sprach, ihre Beziehung zueinander hatte sich verändert. Sie wussten genau, dass ihr früheres Leben ihnen an dem Abend aus den Händen geglitten war, als sie den Kleinen gegenüber zu nachsichtig gewesen waren. Von Anfang an hätten die beiden nachts in der Waschkammer bleiben müssen. Eigentlich trug der Hausverwalter die Schuld, der sie nicht an den eindeutig formulierten Artikel der Hausordnung erinnert hatte:

Haustiere jeder Art sind nicht erlaubt. Jetzt war es zu spät, die beiden wieder loszuwerden. Mit sieben Monaten sind Hunde und Katzen junge Erwachsene. Da kann man sie kaum noch irgendwo unterbringen, weil sie den Charme der Kindheit verloren haben. Und wem hätten sie diese Engel des Bösen auch schenken können? Den Arbeitskollegen, denen sie nur die charmantesten Missetaten erzählt hatten? Ganz davon abgesehen – sie hätten es nicht gekonnt; sie spürten, dass jeder auf seine Art an den Tieren hing.

Doch was war aus ihrer Liebe zueinander geworden? Beide dachten darüber nach. Teilten sie ihr Leben mittlerweile nicht aus schierer Gewohnheit? Klebten sie nicht am Leim des Alltags? Gönnten sie sich je die Zeit, tief durchzuatmen? Nach dem Studium hatten sie aufgrund ihrer guten Abschlüsse sofort bei der Bank angefangen. Lebenserfahrung besaßen sie nicht. Superproduktive Maschinen waren sie geworden. Später hatten sie im Bewusstsein nebeneinanderher gelebt, zur Finanzelite zu gehören. Die Rolle gefiel ihnen. Albert war ein gutaussehender Mann, ruhig, beherrscht, intelligent. Und obwohl Christiane eigentlich gar nicht sein Typ war, faszinierte ihn ihre fabelhafte Tüchtigkeit. Bei ihren Gesprächen über die Arbeit verstanden sie auf Anhieb, worauf der andere hinauswollte. Mitten in einer Sitzung genügte ein Zeichen, gemeinsam der Leitung neue gewinnbringende Wege vorzuschlagen. Sehr rasch waren sie die Karriereleiter hinaufgeklettert, hatten Hürden und Konkurrenten beiseitegeräumt, bei immer höheren Gehältern.

Ihre »Freunde«, wie sie die Menschen nannten, die noch zu Anfang ihres gemeinsamen Lebens in die Wohnung gekommen waren, stammten aus ihrem Milieu, waren so betucht wie sie und erlaubten sich, in den Augen unseres Paars, »unmögliche zwischenmenschliche Beziehungen, zwei oder drei unnötige Luxuswohnungen und -wagen, Reisen in aller Herren Länder«. Ihre eigene Dummheit hatte im Kauf einer Katze und eines Hundes bestanden. (Aber war es denn, verglichen mit den Abenteuern und Verrücktheiten der Freunde, wirklich Dummheit?) Nein, um Gottes willen, Kinder hatten sie nie gewollt. Allein die Vorstellung, in einem Familien-Kombiwagen bei wilden Zankereien und Geheul auf den Rücksitzen ihr eigenes Wort nicht mehr zu verstehen, jagte ihnen Entsetzen ein.

Nie hätten sie geahnt, dass die drolligen Tierchen von einer derart unerschöpflichen Energie sein könnten. Sie hatten gedacht, bei deren Aufzucht wäre es getan mit Bürsten, Futter und Wasser verabreichen, den Hund ausführen und die Katzenstreu erneuern. Renoir und Pastille war nur eine Aufgabe zugedacht gewesen: Ihnen abends in ihrer gemeinsamen Einsamkeit Gesellschaft zu leisten. Um alles andere hätte sich die Putzfrau gekümmert. Ja, das war ihnen sehr vernünftig vorgekommen, ein wohlüberlegter Entschluss, mit dem sie sich einen Kindheitstraum verwirklicht hatten, einen bescheidenen, kleinbürgerlichen Traum. Sie liebten Tiere doch! Was war nur falsch gelaufen?

Der Fehler lag bei den beiden hinterlistigen, Unruhe und Unordnung stiftenden, lärmenden Biestern da, den Nervensägen. Diese, nicht sie, hatten das Heft in der Hand. Wie die vordem so edle »Höhle« versanken und erstickten auch Christiane und Albert in dem Chaos, in das sie sich verirrt hatten. Und dabei war ihre früher so ausgewogene und olympisch-heitere Beziehung in Stücke zerbrochen, für die noch keiner den passenden Leim erfunden hatte.

Christiane sagte sich: »Die Putzfrau hat recht. Pastille steckt hinter den ganzen Anschlägen auf uns. Besser gesagt, auf mich. Sie zerstört, was mir gehört, und verschont Albert. Dabei habe ich sie ausgesucht! Sie liebt Albert, nicht mich. Renoir tut mir wohl, er ist so rührend. Ohne ihn würde ich keinen Tag länger in dieser Bude bleiben. Ich habe nicht übel Lust, noch einmal von vorn anzufangen. Aber allein.«

Albert seinerseits dachte: »Ich wollte einen Hund. Christiane hat ihn mir weggenommen. Zum Glück schenkt mir Pastille so viel Freude. Ohne sie wäre ich schon auf und davon. Ich hasse diese Wohnung, habe mich hier nie wohl gefühlt. Und dann jeden Abend dieses Affentheater. Noch ein klein bisschen mehr Schmutz und ich werde krank. Wenn das so weitergeht, leben wir wie Stadtstreicher. Tagsüber im Büro sind wir immer noch Madame und Monsieur. Abends werden wir Pennbruder und Pennschwester. Herr im Himmel!«

Als Renoir acht Monate alt war, beschlossen die Eltern, die Männlichkeit des Mohrensohnes auf dem Altar der Zivilisation zu opfern. Der Tierarzt fragte auch nach Pastille. War sie schon rollig geworden? Kein Blut im Urin, im Kot oder am Rand der Kiste? Und die Krallen? Er bot zweierlei an: »Immerwährende Samtpfötchen« und die Sterilisierung. Beides hatte Christiane auf der Stelle angenommen, doch Albert weigerte sich kategorisch. Ein

Fehler, dessen ganze Tragweite zwei Wochen nach dem Eingriff an Renoir offenbar wurde. Der Hund ließ sich gerade von Christiane verhätscheln, als die Katze, die ihren Platz unter Alberts Achsel eingenommen hatte, einen Schrei aus tiefster Urzeit ausstieß. Dann erhob sie sich, das Kinn fast auf der Bettdecke, das Hinterteil in der Luft, und gab ein unirdisches dumpfes Geraunze von sich. Geräuschvoll atmend kroch sie zu Renoir, der bei ihrem Anblick seine eigenen Beschwerden vergaß und sich vor dieser Unbekannten versteckte, indem er wie der Strauß seinen Kopf unter die Hand Christianes schob.

Als sich Pastille von Renoir verlassen sah, wandte sie sich wieder Albert zu. Sie flehte ihn an, doch zu handeln, begann mit Taubengurren und schloss gebieterisch schreiend, ihr auf der Stelle aus der Patsche zu helfen. Albert, der noch keine Katze erlebt hatte, die an zeitlich begrenzten Hormonschwankungen litt, wurde nervös.

Christiane höhnte nur: »Siehst du jetzt, was passiert, wenn du nicht auf den Rat des Tierarztes hörst? Eine rollige Katze ist nicht gerade vornehm, was?«

Albert erwiderte nichts, löschte die Lampe. Aber auch im Dunkel sang Pastille ihre Serenade und wälzte sich auf Alberts Bauch. Als auch noch Renoir wieder mit seinem Gejammer wegen der großen Operation anfing, zischte Christiane: »Bring sie doch endlich zum Schweigen, verflixt noch mal! Ich brauch meinen Schlaf!«

Albert schob die Katze unter die Decke. Pastille arbeitete sich bis zu seinen Füßen vor und schwieg.

Doch am nächsten Morgen fing sie schon vor dem Frühstück wieder mit ihrer Arie an, eine herzzerreißende Klage, die Christiane auf die Nerven ging. »Wie sie sich anbietet – das ist doch widerwärtig. Sieh dir das an! Ich hatte sie für eine Aristokratin gehalten, etwas Vornehmes, aber jetzt zeigt sie ihre wahre Natur. Sie stank immer schon aus dem Maul wie ein Krokodil, aber nun ist sie auch noch so vulgär wie, na, du weißt schon …! Widerlich!«

Als die Katze nicht aufhörte, schrie Christiane auf einmal: »Das halt ich nicht aus! Bring sie zum Schweigen, ich kann nicht mehr! Hörst du? Entweder sie hält's Maul, oder ich schlag sie grün und blau! Sie macht mich wahnsinnig!«

Albert sperrte Mund und Augen auf. Diese Frau mit den harten Augen, der schneidenden Stimme, den verzerrten Lippen, dem zerzausten Haar kannte er nicht. Er bückte sich, nahm die Katze hoch, die seine Fürsorge mit neuem Gurren belohnte, und schloss sie in seinen Wandschrank ein. Schweigen.

Er ging in Richtung Küche. Christiane hatte schon das Geschirr in der Maschine verstaut, Näpfe und Schalen gefüllt. Wie jeden Morgen verließ sie vor Albert die Wohnung. Doch diesmal wandte sie das Gesicht ab, als er ihr das vorschriftsmäßige Küsschen für den Arbeitstag mit auf den Weg geben wollte.

Albert sah sie nicht während der Mittagspause in der Kantine. Aber sie aß manchmal nur rasch etwas am Schreibtisch. Um drei Uhr musste er an ihrem Büro vorbei. Es war abgeschlossen und hinter den Milchglasscheiben sah er keine Bewegung. Um halb sieben ging er in die Wohnung zurück. Als er aus dem Fahrstuhl trat, hörte er Pastille rufen. Hatte sie so den ganzen Tag lang geweint? Er fragte sich, was die anderen Mieter wohl dachten. Vielleicht verfassten sie gerade ein Bittschreiben an die Hausverwaltung, in dem sie sich über das ständige Raunzen und Maunzen eines unbeaufsichtigten Tieres beschwerten. Christiane hatte recht. Die Lage war unhaltbar. Gleichzeitig dachte er: »Armes Miezchen. Sie verhält sich nur so, wie die Natur es von ihr verlangt. Ist doch nicht ihre Schuld, wenn sie Mutter sein will.«

Als er die Eingangstür öffnete, saß die Katze ruhig auf dem gelb gefleckten Marmor der Diele. Sie beobachtete ihn mit ihren großen himmelblauen, fiebrig-feuchten Augen, als hätte sie echte Tränen vergossen. Er bückte sich, strich ihr über den Rücken und wunderte sich, sie hier zu finden und nicht im Schrank. Er ging in sein Zimmer, wo sich die Katze an seinen Hosen rieb und wie eine Henne gluckste. Auf dem Bildschirm des Computers klebte ein Zettel:

Bin das Leben hier endgültig satt. Ich geh. Behalt alles. Tu, was du willst. Renoir nehme ich mit.

Ciao. C.

Er las die Sätze mehrmals und nickte mit dem Kopf, ging ins Schlafzimmer. Das Bett war ausnahmsweise gemacht. In der Garderobe fehlten ihre Sommerkleider, im Bad ihre Schminksachen und Parfümfläschchen. Mit einem Schlag schien ihm die Wohnung doppelt so groß. Er fuhr ins Untergeschoss. Der Wagen stand noch da, aber im Abstellraum fehlten zwei kleine Koffer. Er fuhr wieder nach oben. Renoirs Leine hing nicht mehr am Haken.

Albert kümmerte sich nicht um Pastille, die ihm ihren Kummer erzählte. Er besah sich das Wohn- und Esszimmer.

Ohne Renoir und Christiane war es hier still wie im Grab. Im Grunde hatte er den von einer kleinen Siamesin beherrschten, etwas übergeschnappten Hund gern gehabt. Er holte tief Luft, streichelte die Katze, ging in die Küche, öffnete den Kühlschrank, fand nichts Essbares. Als er die Kroketten in Pastilles Napf schüttete, bemerkte er, dass der von Renoir verschwunden war. Sein Herz quittierte das mit einem leichten Stich. Bruder und Schwester getrennt, Eltern getrennt. Sie sähen sich wohl nie wieder. Während er einen Pizzaservice anrief, ging ihm dauernd durch den Kopf: »So weit ist es also gekommen. So weit also.«

Er aß im Stehen, lehnte sich mit dem Rücken an den Besenschrank in der Küche. Pastille putzte sich nach den Kroketten, unterbrach sich, um ihn erneut auf ihren Zustand hinzuweisen. Später dann, im Bett, fand er den leeren Platz neben ihm angenehm. Er fühlte kein Bedauern, im Gegenteil. Das Bett schien ihm riesig. Jetzt gehörte es ihm ganz. Er legte sich in die Mitte, nachdem er Christianes Kopfkissen in den Schrank geworfen hatte. Als er spürte, dass Pastille unter die Decke kroch und sich neben seinen Füßen zusammenrollte, lächelte er. Zufrieden spielte er mit den Zehen und schlief ein.

Am Morgen schien ihm die Wohnung noch deprimierender als am Vorabend. Nur Pastille, deren Glut sich während der Nacht gelegt hatte, war wie aus dem Ei gepellt: glänzendes Fell, muntere, fast klare Augen, kaum noch Fiebriges, normale Stimme der Diseuse. Sie ging von einem Zimmer ins andere und stieß kleine Rufe aus. Sicher suchte sie ihren Bruder. Dann kam sie zu Albert. Sie plauderten eine Weile miteinander. Sie war reizend wie ein Äffchen. »Ich bin ein gefühlloses Monstrum«, sagte er zu ihr, denn Christiane fehlte ihm immer noch nicht. Er frühstückte rasch und machte sich auf den Weg zur Bank.

Die Kollegen gingen ihm aus dem Weg. Um zehn kam der Direktor. Er legte Albert einen Brief auf den Tisch. »Das ist die erste Kündigung meiner Laufbahn, die ich nicht habe kommen sehen.«

Albert sagte nichts.

»Können Sie Christiane nicht überreden, ihre Entscheidung rückgängig zu machen? Bitte, rufen Sie sie an. Wir schätzen sie sehr.«

Albert überflog das Schreiben. Der Ton war trocken, geschäftsmäßig. Sie gab ihren Posten »aus rein persönlichen Gründen auf«. Er zuckte bedauernd die Achseln: »Sie hat gestern noch vor meiner Heimkehr die Wohnung verlassen. Mit meinem Hund. Ich habe keine blasse Ahnung, wo sie im Augenblick stecken könnte.« Dann verstummte er, starrte aus dem Fenster, ohne die Silhouetten der Hochhäuser wahrzunehmen.

Den Direktor hatte er vergessen, bis dieser meinte: »Das sieht mir nicht nach einem unüberlegten Schritt aus. Sie hat alles seit langem vorbereitet. Das Büro ist tadellos in Ordnung. Sogar ihr Passwort hat sie uns hinterlassen.« Und er drückte Albert im Bewusstsein geteilten Unglücks die Hand.

Einen Monat später hatte Albert die Wohnung geräumt. Anfangs schien ihm die Arbeit über seine Kräfte zu gehen – tagsüber im Büro so zu tun, als sei nichts geschehen, während er abends und nachts das zu Grabe trug, was einst ein Traum gewesen war. Erstaunt stellte er fest, wie viel besser er sich fühlte, je leerer die Wohnung wurde. Die zu stark beschädigten Möbel wurden entsorgt; die Glastische, die schönen Schaustücke auf den Bücherregalen, Christianes Winterkleidung gingen an einen Wohltätigkeitsverein. Besonders der Abtransport der schauderhaften Schlafzimmermöbel machte ihm Freude. Als nichts mehr an die »Höhle« erinnerte, ließ er Handwerker kommen, Maler und Bodenleger, die den Marmor sowie das Parkett abschliffen und lackierten, bis alles blitzte wie neu. Albert fand einen Nachmieter, gab dem Verwalter seinen Schlüssel zurück und zog Anfang des Winters in eine Dreizimmerwohnung im Westen der Stadt. Sie lag im Erdgeschoss; die Hintertür ging auf einen hübschen Garten. Vor dem Arbeits- und dem Wohnzimmer lag ein Park. Der Verkehr war hier kaum zu hören.

Unbewusst hatte Albert seine Studentenwohnung neu geschaffen, er duldete nur das Notwendigste. Er fühlte sich glücklich; auch zu den alten Freunden aus der Studienzeit nahm er wieder Kontakt auf. Pastille zeigte sich meist von der besten Seite. Weiblichen Gästen machte die Siamesin allerdings Szenen, zerkratzte ihre Handtaschen, zerriss Strümpfe, Hosen, Schals. Albert verbot ihr nichts. Ihm war klargeworden, dass sie Christiane wirklich nicht hatte ausstehen können. Pastille mochte nur Männer.

Im folgenden Sommer fand er eine Postkarte von Christiane aus Zentralamerika im Briefkasten. Sie war in Costa Rica gekauft, aber die Briefmarke auf dem Umschlag kam aus Guatemala. Das Foto zeigte einen schwarzen Sandstrand mit dichtbewaldeten Bergen dahinter. Weil die Arbeit in der Bank sie »nicht mehr gefordert« hatte, musste sie »neue Wege« finden. Außerdem war es ihr unerträglich geworden, zu erleben, wie ihre Beziehung zu Albert täglich mehr ins Banale abrutschte. Sie schrieb: »Wir waren ein Boot, das immer stärker leckte. Unrettbar verloren. Untergang.« Sie hätten die falschen Entscheidungen getroffen, einen Fehler nach dem anderen gemacht. Schon vor Ankunft der Kleinen hatte sie alles hinwerfen wollen, Arbeit, Kollegen, Wohnung, Albert. Aber als das Projekt »Familie« so jämmerlich scheiterte, blieb ihr endlich nur noch die Flucht. Sie musste einen Strich unter Vergangenes ziehen und eine neue Seite anfangen. Renoir ginge es glänzend. Sie und er seien unzertrennlich. »Der Hund war und bleibt mein bester Freund, ein feiner Kerl. Wenn er Katzen sieht, regt er sich auf und verfolgt sie, wie jeder anständige Vertreter seiner Gattung.« Eine Adresse gab sie nicht an. Pastille erwähnte sie mit keinem Wort.

Ruf nicht die Katze, wenn sich zwei Vögel streiten

Der »Nachtigallenstreit«, von dem hier berichtet wird, hat sich vor fast einem halben Jahrhundert in einer deutschen Stadt zugetragen, deren Namen wir nicht nennen wollen, denn einige der damals Beteiligten leben noch und könnten uns übler Nachrede bezichtigen. Nur so viel sei erwähnt: Die Stadt liegt an einem Fluss; ihre alte Universität ist so berühmt wie ihre jahrhundertealten Fachwerkhäuser. Zum Glück hat ihr der Krieg nur wenige Wunden zugefügt.

Mitte der sechziger Jahre wählte man dort einen neuen Bürgermeister. Gesiegt hatte der ehemalige Bauunternehmer mit dem alle überraschenden Schlagwort »Unsere Kultur, unser Stolz«, denn sein beträchtliches Vermögen stammte aus den Jahren des Wirtschaftswunders, als er eine Menge Krankenhäuser und Kinosäle errichtet hatte. Er bestand darauf, die eher kleine Stadt müsse ihr eigenes Theater haben: Die Einwohner wollten Opern, Operetten, Tanztruppen, großes Schauspiel und so weiter sehen. Knapp zwanzig Jahre nach Kriegsende habe jeder ein Recht auf Weltklassiker, alte wie moderne. Und warum nicht den größeren Nachbarstädten eins auswischen, die alle ihre Kulturhochburgen hatten? Er sprach viel und überredete gut. Man schritt also zur Tat. Schon drei Jahre später wurde das neue Gebäude nah am Fluss feierlich mit einem Festakt eröffnet.

Der Klotz aus Beton, Stahl und Glas passte nicht so recht in das Jugendstilviertel der Unterstadt und wurde vom alteingesessenen Großbürgertum aus den Gassen der Oberstadt prompt gemieden. Den Boden des weitläufigen Foyers deckte ein in Nachtblau und Gold gehaltener Spannteppich. Die Gäste hörten andächtig den Ansprachen zu, bevor sie sich über den Sekt und die Appetithäppchen hermachten. Gern wiederholten sie den letzten Satz der Rede des Interim-Generaldirektors, dem größten Gebrauchtwagenhändler der Gegend, den alle nur den *Provisorischen* nannten: »Wer kein Theater hat, verachtet die Kultur.« Die anwesenden Damen ließen ihren Schmuck klirren, die Männer machten Geschäfte. Der große Saal, dessen Akustik bei der ersten Orchesterprobe enttäuscht hatte, sollte den grandiosen Aufführungen dienen, während die kleine Studiobühne der Avantgarde vorbehalten bliebe.

Als erste Oper stand *Die Zauberflöte* auf dem Programm. Die Plakate verhießen eine internationale Besetzung. Eingeweihte wussten, dass die Wahl des Tamino beinahe zum Drama geraten wäre, aber der Verantwortliche für die Rollenverteilung, Hugo Rabe, einst ein international gefeierter Mozart-Interpret, hatte diese Krise gemeistert. Und das kam so:

Die Mitglieder des Verwaltungsrats waren fast ausschließlich Geschäftsleute, die dem Stadtoberhaupt nahestanden. Zum Auftakt hatten sie »etwas Großartiges, Populäres, Schönes« im Sinn, einen Paukenschlag sozusagen, der

Stadt und Land aufwecken sollte. Ihr künstlerischer Berater, Professor an der Musikhochschule, hatte gemeint: »Mozart. Mozart passt immer. Zeitlos. Die *Flöte* wäre ideal. Der Sieg des Guten und der Vernunft über das hysterische Böse. Schöne humanistische Botschaft nach unserer noch nicht vergessenen dunklen Vergangenheit.« Der letzte Satz wurde mit beifälligem Kopfnicken aufgenommen. (Wie so viele andere Musiker hatte der Professor unter dem »Tausendjährigen Reich« gelitten, denn er schwor auf Hindemith und Schönberg. Damals verlor er seinen Lehrstuhl und wurde mit Unterrichtsverbot bestraft. Deshalb war er nach dem Krieg, wieder in seine Ämter eingesetzt, für den Rest seines Lebens unantastbar, auch wenn spitze Zungen zischelten, von der neuen Kölner Schule verstünde er nichts.) »Wir dürfen nur Spitzenkräfte engagieren«, hatte der Professor eindringlich gefordert. Man wandte sich an Impresarios. Aber berühmte Stimmen kosteten eine Menge Geld. So stieg man Sprosse um Sprosse die Bekanntheitsleiter hinunter, bis zu den »Aufsteigern«, im Klartext: Anfängern.

Bald drängelten sich die Kandidaten vor der Tür des *Provisorischen*. Der Professor hatte ihm vorgeschlagen, auf eine kostspielige Jury zu verzichten und nur Hugo Rabe, den in den Ruhestand getretenen berühmten Sänger, jetzt Gesangslehrer, als Fachmann heranzuziehen. Als ehemaliger strahlender Mozarttenor sah Rabe auf eine glänzende Karriere zurück, wie die schön gerahmten Fotos bewiesen, auf denen er mit Alfredo Kraus, Ernst Haefliger, Michel Sénéchal, Léopold Simoneau freundlich lächelte. Seine Lieblingserinnerung zeigte ihn mit Fritz Wunderlich und dessen Widmung: »Ohne Ihr Vorbild, lieber Hugo, wäre mein Tamino nichts als seichtes Geplätscher gewesen. Ihr ewig dankbarer Fritz. München, den 2. Februar 1960.«

Die Theaterleitung wollte unbedingt Sänger aus dem Ausland. Das sei schick und bezeuge, »wie offen wir sind«. Rabe erwies sich als tüchtig: In wenigen Tagen hatte er eine erstaunliche Königin der Nacht (Rumänien), Pamina und Papagena (Bulgarien) verpflichtet, alle drei unbedingte Volltreffer, jung, begeistert, gar nicht teuer. Auch bei den Männern ging es schnell: Sarastro (Finnland), Monostatos (Japan), Papageno (USA). Die Namen der Interpreten waren herrlich exotisch und fast ausnahmslos unaussprechlich. Blieb noch Tamino, den Rabe in den Nachkriegsjahren so wunderschön gesungen hatte. Der Meister wusste genau, was er wollte, einen samtig weichen, dabei kraftvollen Tenor von höchster Musikalität, der die Gefühlsnuancen genau herausarbeitete und dennoch gefügig genug war, den nervösen ungarischen Gastdirigenten nicht zur Weißglut zu bringen.

Unter zwanzig Kandidaten wählte Rabe drei, von denen zwei an ihrem jeweiligen Konservatorium erste Preise gewonnen hatten, Laurent Dehusse in Paris, Jonathan Bicker in London. Rabe stand vor dem Dilemma, dass deren Lehrer gute Freunde von ihm waren. Wenn er einen wählte, verletzte er den anderen. Darüber hinaus war der Gesang der beiden grundverschieden. Die helle, leichte Stimme von Laurent ließ alles einfach scheinen, sogar die Oberlage, die allerdings zu sehr in der Nasenhöhle nachhallte. Ihre größte Schwäche war aber das Volumen, viel geringer als das Jonathans, der vielleicht den Saal mit der mangelhaften Akustik füllen konnte. Der

Engländer konnte auch Emotionen vermitteln, erwies sich bei alldem aber stimmlich als recht schwerfällig.

Der dritte Kandidat hatte vor zwei Jahren mit Erfolg die in der Fachwelt damals wenig geschätzte Musikhochschule der Freien Universität Berlin absolviert. Seither lebte er schlecht und recht als Mitglied des RIAS-Chors. Als der *Provisorische* den niederschmetternd banalen Namen des jungen Sängers hörte, zog er vielsagend die Schultern hoch: »Keine Ahnung, warum Sie den Mickrigen da im Rennen haben. *Schmidt!* Und noch dazu *Josef!*« Aber Rabe wollte »einen Ersatzmann, für alle Fälle«.

Jonathan war kräftig gebaut, mittelgroß, dunkle Augen, schwarzes Haar. Laurent, lang, fast überschlank, blond, war der Typ des klassischen französischen Tenors für Gluck und Rameau, während Josef aussah wie ein Jugendlicher, der seit langem nichts Ordentliches mehr in den Magen bekommen hat.

Außer ihrem ersten Preis verfügten Jonathan und Laurent über energische Empfehlungsbriefe ihrer Lehrer. Beide erhofften hier ihr internationales Debüt als Tamino. Vier Tage lang spionierten sie sich gegenseitig vor der Studiotür aus, während Josef, der sich überhaupt keine Chancen ausrechnete, stumm auf einem Stuhl im Hintergrund saß. Zu Anfang hatten der Franzose und der Engländer ein wenig protestiert, denn Konkurrenten sind beim Probesingen nicht zugelassen, doch wedelte Rabe die Einwände mit einer Handbewegung weg: »Herr Schmidt lernt noch. Er ist unerfahren und macht Ihnen keineswegs die Rolle streitig. Seien Sie großzügig und lassen Sie ihn zuhören.« Von da an beachteten sie den Berliner nicht mehr und konzentrierten sich auf die Fehler des anderen, grüßten einander mit einstudiert höflichem Lächeln, wenn sie sich im Theater oder zufällig auf der Straße begegneten. Sie wohnten ganz in der Nähe bei Musikliebhabern in Jugendstilvillen, die so massiv waren wie die Bankkonten ihrer Besitzer. Bald nannte man den Franzosen und den Engländer »die Nachtigallen«, die sich einen harten Kampf lieferten, um der Königin der Nacht und deren Tochter, vor allem aber Rabe zu gefallen.

Der Mozarttenor a. D. drehte sie vier Tage lang durch den Fleischwolf. Morgens und nachmittags mussten sie die Solopartien von Tamino sowie die gesprochenen Passagen mit den Hofdamen der Königin, Papageno, Pamina und Sarastro wiederholen, als wollte er die Nerven der Sänger prüfen. Nicht ohne eine gewisse Grausamkeit forderte er von ihnen Stücke aus anderen Opern, von *Don Giovanni* bis zu *Così fan tutte*, erlaubte sich Abstecher bei Rossini, mit so schwierigen Arien wie *Ecco ridente il cielo* aus dem *Barbiere*, wo der Tenor in den *passi di agilità* zum Äußersten getrieben wird. Nur einen Tag Vorbereitungszeit ließ er den beiden für diese Proben ihrer Kunst. Man schloss Wetten ab. Es schien, die Waage senkte sich zugunsten des Franzosen.

Die Entscheidung lag jedoch nicht bei Rabe. Der wirkliche Richter war der Kater Marcel.

Von diesem Tier muss berichtet werden, bevor wir mit der Geschichte fortfahren können.

Als der *Provisorische* Rabe gebeten hatte, die Auswahl der Sänger für die *Zauberflöte* zu übernehmen, hatte der dieselbe Bedingung wie seit den letzten vierzehn Jahren seiner Laufbahn gestellt: Marcel musste beim Probesingen zugegen sein, was der Interimsdirektor und seine Clique mild belächelt hatten. Weil der Mann keinen blassen Schimmer von der Opernwelt hatte, wusste er nicht, dass Rabe und das Tier unzertrennlich waren. Da der Meister nicht einmal ein Hotelzimmer verlangte, machte der Gebrauchtwagenhändler auch nicht die geringsten Umstände.

Marcel, ein imponierender Angorakater mit blauen Augen, hätte in jedem Schönheitswettbewerb Preise gewonnen: robuster, wohlproportionierter Körper, breite Pfoten, um die Augen eine perfekt gezogene schwarze Linie, kleine Ohren, die Nase rosa, gerade, aristokratisch. Und was für eine *Robe*! Lang, seidig, vom reinsten Weiß, die ihn wie eine Wolke einhüllte, aus deren Mitte zwei Topase die Welt kühl und etwas herablassend musterten.

Am ersten Morgen des »Nachtigallenstreits« wartete Marcel, bis der Meister die Wagentür öffnete, worauf er sich einen Moment lang streckte und dann aufs Pflaster sprang. Er schritt hoheitsvoll, hielt den herrlich buschigen Schwanz stracks in die Höhe, begleitete Rabe in dessen Loge, wo ihm ein paar Bürstenstriche zuteilwurden. Das Zeremoniell wiederholte sich täglich. Der Kater mit den Herrscherallüren fiel nie aus der Rolle. Er benahm sich wie ein weltbekannter Filmstar, der seinen Wert kennt und weiß, wer er ist.

Über das Privatleben des Meisters erfuhr man seit seinem Abschied von der Bühne so gut wie nichts. Er bewohnte eine Villa auf einem Hügel vor der Stadt, mit schönem Blick auf Häuser und Tal, Wiesen, Wälder und Fluss. Seit Jahren beschäftigte er die gleiche Haushälterin aus der Zeit, als er sich nach aufreibender Bühnenarbeit in einer geräumigen Einzimmerwohnung am Marktplatz ausruhte. Sie bereitete ihm jede Woche sieben Mahlzeiten zu, immer in derselben Reihenfolge: in der Röhre gebratene Ente, Schweinefilet in Rahm mit Kapern, Kalbsschnitzel nach Wiener Art, gefüllte Hühnerbrust, Krabben in Dillsoße, als Beilage immer eine Menge Gemüse, samstags kräftige Erbsen- oder Linsensuppe, sonntags Roastbeef und Röstkartoffeln. Doch kümmerte er sich höchstpersönlich um das leibliche Wohl Marcels und folgte gewissenhaft Rezepten, die wir bald kurz erläutern. Abgesehen von einigen ehemaligen Schülern, an deren Laufbahn er weiterhin Anteil nahm, empfing Rabe nur selten Besucher.

Er hatte nie geheiratet. Als der Nachtigallenstreit ausgetragen wurde, war er noch immer jugendlich schlank, mit rosigen Wangen und einem zuvorkommenden Lächeln, trug einen hübschen Schnurrbart, hatte üppiges schneeweißes Haar und stahlblaue Augen, die weder hart noch kalt wirkten, im Gegenteil. Er bewegte sich gemessen, war von ausgesuchter Höflichkeit, sprach in knappen Sätzen mit sanfter Stimme.

Im Erdgeschoss seiner Villa waren etliche Wände beseitigt worden, um einen großen Raum zu schaffen, der ihm zugleich als Wohn-, Arbeits-, Lese-, Musik- und Esszimmer diente. Dort stand auch ein kleiner Flügel, auf dem er seine ehemaligen Schüler begleitete, die diese oder jene Rolle mit ihm durchgehen wollten, denn, so sagte er, »wir wechseln alle sieben Jahre unsere Haut und müssen die Bühne mit der eigenen Lebenserfahrung füllen«. Nach der Arbeit setzte er sich in einen Sessel und hörte Musik, vor allem aus dem 17. und 18. Jahrhundert, sowie einzelne Arien oder ganze Opern, die seine Freunde gesungen hatten und die er mit den eigenen Aufnahmen verglich. Im Sommer ging er gern querfeldein spazieren, gefolgt von Marcel. Im Winter vertiefte er sich in Partituren und stellte sich Nachmittagsprogramme anhand seiner Schallplattensammlung zusammen, den Kater auf dem Schoß. Er vergrub sacht die Hände in dessen langem schneeweißem Kleid und wartete auf sein Zeichen, den Interpreten zu wechseln. Denn dieses Zeichen zeigte dem Meister, ob ein Sänger für eine bestimmte Arie geeignet war oder nicht.

Im November 1948 war Rabe nach einem Liederabend dem Kater in einer Gasse hinter dem Straßburger Münster begegnet. Zweimal vierzig Minuten lang allein auf der Bühne zu stehen, mit einem zuweilen zerstreuten Pianisten im Rücken, die Zugaben nicht eingerechnet, erschöpfte ihn mehr als jede Opernrolle. Nach einer solchen Anstrengung musste er frische Luft schöpfen, Entspannungs- und Atemübungen machen, um seine gereizten Nerven zu beruhigen.

Er blieb einen Augenblick in der Gasse stehen, auf deren regennassem Pflaster seine dünnen Sohlen rutschten. Als er dort eine magere weiße Katze sitzen sah, sagte er sich gerade, die feuchtkalte Luft sei sicher nicht das Beste für seine Stimme. Zuerst achtete er kaum auf das Tier. Vom Hof der Eltern in einem hessischen Dorf war er mit Hühnern, Enten, Ziegen, Hunden, Katzen, Kühen und Pferden wohl vertraut. Aber diese hatten alle eine Aufgabe zu erfüllen. Ein Haustier nur zum Vergnügen zu halten war für ihn bisher undenkbar gewesen.

In der Gasse jedoch geschah etwas höchst Merkwürdiges: Die noch sehr junge Katze hatte sich erhoben und war ihm gefolgt, wobei sie ständig kleine Schreie von sich gab, als wollte sie Rabe etwas mitteilen. Als sie zwischen seinen Füßen hin und her sprang, musste er stehen bleiben. Gereizt machte er mehrfach »pschtt! pschtt!« und klatschte in die Hände, um sie zu vertreiben. Doch sie blieb. Als er schneller ging, schien sie seine Absicht zu erraten und lief voraus. So kamen sie zu seinem Hotel. Als der Sänger die schwere Glastür öffnete, schlüpfte die Katze in die Eingangshalle und setzte sich vor die Rezeption. Jetzt bemerkte Rabe, wie nass und schmutzig das Körperchen war – und die unwiderstehlich schönen Augen. Wenn er nichts vom Miauen verstanden hatte, so traf ihn der Blick zutiefst. Er las darin eine Nachricht, deren Rätsel er lösen musste.

Der Nachtportier wartete, den Zimmerschlüssel in der Hand. Doch der Sänger stand immer noch reglos da und starrte in die Augen der Katze. Plötzlich zog er die Handschuhe aus, trat einen Schritt nach vorn, bückte sich, kraulte ihre Stirn. Als er sich aufrichtete, stellte sie sich auf die Hinterbeine und schmiegte sich an ein Hosenbein. Rabe wandte sich an den Portier: »Sie finden sicher etwas für das Tierchen hier in der Küche, nicht wahr? Kalbsleber, Schinken, etwas in der Art.« Nach einer Pause fügte er hinzu: »Und für mich ein großes Stück Gugelhupf und einen Kräutertee, ja?« Dann nahm er den Schlüssel und ging zum Aufzug, immer die Katze auf den Fersen, die in die Kabine eintrat, als sei das die natürlichste Sache von der Welt, ganz wie der Mann da vor ihr, die Wärme, der große Teppich in der Halle, die tropischen Pflanzen, die goldverzierten Stuckaturen, das gedämpfte Licht. Einmal im Zimmer, schnurrte sie so laut, dass Rabe lachen musste. »Na gut, es gefällt dir bei mir. Du schläfst auf dem Sessel oder im Bett, ganz wie du willst. Aber zuerst werden wir uns stärken. Was meinst du?«

Als echte Elsässerin, die die Sprache Goethes kennt, sah ihn die Katze mit glänzenden Augen an. Während er die Abendgarderobe ablegte, einen Pyjama und einen Schlafrock anzog, wusch sich die Weiße gründlich, von den Ohren bis zur Schwanzspitze. Ein Kellner klopfte. »Wir hatten nur noch eine kleine Portion Rinderfilet, in feine Stücke geschnitten. Ich hoffe, das geht so?« Die Katze roch lange an dem rohen Fleisch, bevor sie langsam und methodisch den Teller leerte. Diese Zurückhaltung gefiel Rabe, der sie beobachtete, während er seinen Gugelhupf und den Eisenkraut-Tee genoss. Als er zu Bett ging, sagte er: »Komm, wenn du willst. Es ist schön bequem und weich.«

In dieser Nacht schlief Rabe so tief wie der Gerechte im Evangelium. Er erwachte erfrischt und gut gelaunt, bestellte zweimal Frühstück, das seine und zwei dünne Scheiben Pariser Schinken, mit einem schmalen Streifen Fett und ohne Schwarte. Dann zog er sich an, ging aus, kam mit einem Weidenkorb zurück, packte seinen Koffer, öffnete den Korbdeckel, setzte die Katze hinein und fuhr in die Halle hinunter, wo ihn der Konzertveranstalter erwartete.

»Was für eine schöne Katze, und so ruhig! Geht sie gern auf Reisen?«

»Das werden wir bald sehen. Seltsames Tier. Ist mir bis ins Hotel gefolgt, wollte absolut nicht von mir lassen. Sympathisch, meinen Sie nicht auch?«

Wieder zu Hause, stellte sich Rabe der neuen Verantwortung. Wie bereits erwähnt, wohnte er damals im Zentrum der Stadt, dem schönen Rathaus gegenüber. Die Tierarztpraxis lag in einer Seitengasse. Das Fräulein am Empfang besah sich das weiße Wölkchen, als es munter aus dem Korb kletterte. »Wie heißt er denn?« Über einen Namen hatte der Sänger noch nicht nachgedacht, genauso wenig wie darüber, ob es sich um ein weibliches oder ein männliches Tier handelte, entschied sich aber rasch: »Marcel. Zur Erinnerung an Marcel Wittrich, einen großen Sänger, der vor etlichen Jahren gestorben ist.«

Sie grinste: »Ah ja? Das ist aber nett. Singt es denn auch, Ihr Katerchen?«

Rabe würdigte diese Bemerkung mit keiner Antwort.

Marcel zeigte sich nach Operation, Impfungen, Puder gegen Flöhe auch weiterhin tapfer. Er wurde von Milben in den Ohrmuscheln befreit, gebadet, geföhnt, gebürstet. Der Tierarzt bot ihm mehrere industriell hergestellte Sorten von Trocken- und Dosennahrung an, die Marcel jedoch alle verweigerte. Man darf nicht vergessen, dass es Mitte der sechziger Jahre noch nicht wie heute auf diffizile Tiergeschmäcke spezialisierte Chefs gab, deren Kreationen auch die verwöhnteste Katzendiva zum Jubeln bringen. Marcel war herrenlos aufgewachsen, hatte ab und zu eine Maus erwischt und von anderen gelernt, hinter Wirtshäusern und Hotelküchen in den Abfalltonnen nach Essbarem zu stöbern.

Kaum eine Woche später, von der Verwandlung in einen salonfähigen Kater gesundet, hatte er das Studio am Rathausplatz in Besitz genommen. Und als der Meister sich in den Sessel setzte, um Musik zu hören, war Marcel auf seinen Schoß gesprungen, den Kopf in Richtung Lautsprecher. Wenig später geschah das Unglaubliche. Rabe hatte die von Cesare Valletti gesungene Arie *Dalla sua pace la mia dipende* aufgelegt. Marcel streckte sich wohlig, die Pfoten wie Hände weit geöffnet. Er zeigte glänzende, scharfe Krallen, die er gleich wieder einzog. Bei den ersten Noten des *Or sai chi l'onore rapir a me volse*, diesmal gesungen von Maria Curtis Verna, wo sich Donna Anna über den Verrat Giovannis beklagt und Rache fordert, sträubte Marcel jedoch seine Nackenmähne. Voller Wut – darüber besteht kein Zweifel – schlug er die Krallen in Rabes Hose. Mit so vielen Stahlnadeln in der Haut sprang dieser ärgerlich und überrascht auf, denn bisher hatte sich Marcel, sonst sanft und freundlich, noch nicht in diesem Licht gezeigt.

Rabe stellte das Gerät ab und beobachtete das Tier, das aufgeplustert vor dem Sessel saß, ein beunruhigendes Feuer in den Augen. Langsam beruhigte es sich und fuhr einige Male mit der Zunge über die Vorderpfoten.

Neugierig und auf der Hut, wechselte der Sänger das Nachmittagsprogramm und legte eine andere Platte mit der Arie der Donna Anna auf, *Non mi dir, bell'idol mio*, aus dem zweiten Akt des *Don Giovanni*. Diesmal blieb Rabe neben dem Kater stehen und wartete, wie er auf Elisabeth Schwarzkopfs Interpretation reagieren würde. Sobald er drei Takte mit dieser Stimme gehört hatte, schloss Marcel genüsslich halb die Augen, als ließe er langsam Schinkenspeck auf der Zunge zergehen, seinen bevorzugten Nachtisch. Er leckte sich kurz das Maul, denn er zog wahrhaftig Geschmacksfäden. Die Ohren unbeirrt auf den Lautsprecher gerichtet, gönnte er sich keine einzige Körperbewegung. Sein Haar hatte sich gelegt, sein inneres Gleichgewicht war wiederhergestellt. Marcel sah glücklich aus. Rabe lächelte, wechselte die Platte und legte die Arie des Belmonte auf, *O wie ängstlich, o wie feurig* aus der *Entführung*, die sein Freund Léopold Simoneau sang, vielleicht der beste Mozarttenor, den die Welt je gehört hat, begleitet von Lois Marshall als Constanze. Der Kater rührte sich wiederum nicht, stieß nur kurz ein tief befriedigtes Brummen aus. Seine Augen schienen in Tränen zu schwimmen. Doch starrte er bei den ersten Noten der zweiten Arie Blondchens, der Dienerin von Constanze, *Welche Wonne, welche Lust*, mit Ilse Hollweg, böse vor sich hin, spannte den Körper, bereit zum Angriff, die Ohren angelegt, die Krallen im Teppich vergraben.

»Erstaunlich, ganz erstaunlich«, murmelte Rabe. Um sicherzugehen, dass er nicht an Halluzinationen litt, wiederholte er das Experiment noch mehrfach, immer mit dem gleichen Ergebnis. Rabe war sprachlos: Wenn eine Stimme nicht zur Rolle passte, zeigte Marcel seine Missbilligung, gnadenloser und unmittelbarer, als jeder menschliche Kritiker es getan hätte.

Von diesem Nachmittag an behandelte er Marcel wie sein anderes Ich, denn schon als kleiner Junge hatte auch er die Stimmen von gewissen Schlagersängern anderen vorgezogen, die alle Welt über den grünen Klee lobte, er jedoch ohne besonderen Grund nicht ertragen konnte. Geschmack ist etwas zutiefst Gefühlsmäßiges. (Lange hatte er sich darüber mit Simoneau unterhalten und sie waren zu dem Ergebnis gekommen, dass man wegen solcher Abneigungen am besten nicht zum Psychiater geht, sondern mit ihnen lebt. »Künstler sind keine gewöhnlichen Menschen. Das hat schon mein Vater gesagt, ein einfacher Mann. Er erkannte früh, dass ich nicht so war wie seine anderen Kinder, und tat für meine Gesangsausbildung, was er konnte. So leicht war das zu meiner Zeit in der Stadt Québec nicht«, hatte Léopold gemeint.)

Rabe wusste, er würde sich nie von Marcel trennen. Bis zum Ende seiner Gesangslaufbahn war der Kater mehr als ein Begleiter, er wurde zum unschätzbaren Ratgeber. Bei Vertragsabschlüssen verlangte Rabe ausdrücklich die Gegenwart Marcels während der Proben. Erhob die Theaterleitung Einwände, lehnte er die Rolle ab. Sein Agent wollte den Grund wissen, warum er ohne das Tier nicht arbeiten wollte. Sich als *primo uomo* mit unverständlichen Sonderwünschen (er nannte sie »Fisimatenten«) aufzuführen sei lächerlich und unzeitgemäß. Rabe sagte ihm nie, welche Gabe Marcel besaß. Doch bald stellte man sich in der Opernwelt auf seinen Wunsch ein und gewährte Marcel einen eigenen Sessel, der so stand, dass Rabe seinen Freund ständig beobachten konnte. Je nach dessen Verhalten änderte er sein Spiel, die Intensität des Ausdrucks und die Stärke der Stimme, schuf durch Gesang und Spiel Distanz zu den anderen Sängern und wurde in wenigen Jahren *der* deutschsprachige Mozartianer, dessen Stimme so süß und weich war wie die von Simoneau und dabei so fest blieb wie bei Valletti oder Wunderlich. Die Kritik hatte nur noch Augen und Ohren für ihn, die Opernhäuser wollten ausschließlich ihn, sein Impresario handelte im In- und Ausland unerhörte Gagen für seine Auftritte aus. Als Tamino, Don Ottavio, Belmonte und in anderen großen Mozart-Rollen für Tenor stand er ganz oben auf der Börsentafel und so unbestritten, dass er völlig das italienische Repertoire des 19. Jahrhunderts aufgab, Donizetti, Verdi, Boito, Puccini und damit Partituren, die er vor seinem Aufstieg ebenfalls geschätzt hatte.

Marcel folgte ihm, erfüllte ohne Murren seine Aufgabe, ertrug gelassen die Reisen, bei denen er stundenlang auf dem Schoß des Meisters vor sich hin döste. Er hatte gelernt, seinen Missmut weniger nachdrücklich auszudrücken, und fuhr die Krallen bei Prüfungen an Konservatorien oder bei der Rollenverteilung in Opernhäusern nur halb aus, gerade genug, um seinen Freund vor einer problematischen Stimme zu warnen, denn er hörte schneller und klarer als das menschliche Ohr, wo die Fehler lagen. Er brauchte nur eine Bewegung zu machen, wie die Pfoten rasch öffnen und schließen, wobei er gerade die Haut der Schenkel leicht kitzelte. Wenn er dagegen allein in seinem Sessel auf der Bühne lag, ließ er seinem Unmut freien Lauf – angelegte Ohren, beleidigtes Knurren, die Krallen tief in den Sitz gegraben.

Da Marcel schlecht Flugreisen vertrug (der Kabinendruck verursachte ihm Schmerzen im Mittelohr), nahm das Paar nur noch den Zug oder reiste im Auto. Kurz nach seinen ersten Stimmschwächen zog sich Rabe vom Bühnenleben zurück. Auch wenn man ihm schwor, er sei noch im vollen Besitz seiner Fähigkeiten, so glaubte er Marcel, dem Unbestechlichen, der während der Übungsstunden zu Hause den Teppich malträtierte.

Um die Zukunft brauchte sich Rabe keine Sorgen zu machen. Von seinem beachtlichen Vermögen kaufte er die Villa vor den Toren der mittelgroßen Stadt seiner Heimat, wo er mit Marcel seinen Lebensabend so angenehm wie möglich beschließen wollte.

Als unsere beiden Nachtigallen zum gnadenlosen Liederstreit antraten (der Berliner war nur ein gemeiner Sperling), hatte Marcel bereits ein hohes Alter erreicht, unserer Berechnung nach siebzehn oder achtzehn Jahre. Trotz der Reisen und der damit unvermeidlichen Unpässlichkeiten – Durchfall, Erbrechen, Übersäuerung, Mangel an Bewegung –, verfügte er über eine eiserne Gesundheit. Gleich beim Aufstehen bürstete ihn Rabe, gab durch behutsame Massagen den Gliedern ihre Geschmeidigkeit zurück. Marcels Futter bestand aus von Rabe selbst zubereiteten Gerichten, meist einem Gemüsegemisch von Karotten, Fenchel, Spinat, hier und da ein paar Kartoffelstückchen, dazu Kalbsleber oder gehacktes Lamm, und immer in einer recht flüssigen Soße, über die er Bierhefe-Flocken streute. Hinzu kamen Vitamine, Stärkungsmittel und das wöchentliche Bad. Ein Kind hätte es nicht besser gehabt. Doch auch die beste Pflege der Welt und die größten Tierärzte hätten Marcel nicht seine Schönheit und sein ungewöhnlich langes Leben geben können. Er war auch deshalb noch in Hochform, weil der Meister ihn verehrte und nie vergaß, dass es der Kater und dessen geheimnisvolle Intuition gewesen waren, die sofort sein tiefstes Wesen in der Gasse hinter dem Straßburger Münster erkannt hatten. Marcel wollte damals spontan einen Pakt eingehen, *weil er sofort wusste, wer der andere war*. Und er, der Sänger, in einem Augenblick überirdischer Klarsicht oder tiefsten Wahns – das wird immer im Ungewissen bleiben –, hatte dieses in jeder Hinsicht außergewöhnliche Tier aufgenommen. Ihre Beziehung war mehr als Zuneigung oder Wahlverwandtschaft. Ein unsichtbares Band verknüpfte sie miteinander, das die Jahre verstärkte und eine seltsame Ähnlichkeit der beiden Freunde zeitigte: Weißes Haar, weißes Fell, topasfarbene Augen, perfekte Zähne, Eleganz und geschmeidige Bewegungen, Gleichmut und Heiterkeit.

Seit geschlagenen vier Tagen hatten der Richter und sein Schöffe die beiden Gegner und den Provisorischen in Atem gehalten. Man flüsterte im Haus, Rabe hätte den Verstand verloren. Vergessen war, wie gespenstisch schnell es mit der übrigen Besetzung gegangen war. Musste nicht eine andere, neue Jury her? Sogar den Professor quälten Zweifel.

Am fünften Tag betrat Rabe mit Jonathan und Laurent die Bühne, setzte Marcel auf einen gepolsterten, samtbezogenen Stuhl, nahm ihm gegenüber Platz und gab dem Klavierbegleiter im Hintergrund einige Anweisungen. In den ersten Reihen saßen etwa fünfzig Personen, vor allem Gesangsstudenten der Musikhochschule, ein paar Journalisten und Beobachter. Der Provisorische zeigte offen seine Ungeduld, wandte sich an den Professor: »Was juckt ihn denn, unseren Unglücksvogel?« Und zu Rabe: »Meister, kommen wir zum Ende! Die Generalprobe findet in einer Woche statt!« Der versicherte ihm, in weniger als einer Stunde sei alles entschieden.

Der Provisorische hatte bereits am Ende des dritten Tages Rabes Prüfungen als »Martyrium der Nachtigallen« bezeichnet und mehrfach seine Ungeduld »Meister Rabe« gegenüber ausgedrückt, dessen Familienname er leicht höhnisch betonte, was ihm empörtes Schweigen seitens des Professors eintrug. Der Provisorische beschwor seinen Spezialisten: »Sie haben mir erklärt, die Rolle wäre eine der kleinsten der *Flöte*, nur zwei Solo-Arien und eine Menge Schwatzerei mit anderen Figuren. Wie es scheint, sind beide Kandidaten gut, jeder hat seine Vorzüge. Das haben Sie selbst gesagt. Machen wir endlich Schluss!«

Aber der musikalische Ratgeber nahm seine Rolle ernst: »Jetzt können wir das Procedere nicht mehr ändern, dafür ist es zu spät. Den Meister darf man nicht drängen, auf gar keinen Fall. Die zehn ersten Aufführungen sind schon ausverkauft. Das Orchester ist gut eingespielt, die Regie funktioniert bestens, die Kostüme und die Bühnenausstattung sind fertig, unsere Maschinisten und Beleuchtungstechniker haben ihre Anweisungen. Etwas Geduld, bitte, wir sind ganz nah am Ziel!«

Während der Quälereien im Studio hatte Marcel bei keinem der beiden Sänger ein wirklich als deutlich geltendes Zeichen gegeben, nur zuweilen bei dem einen und dem anderen ein paar Kratzer, die gestern bei Jonathan unvermittelt dringlicher geworden waren. Wie bisher wollte der Meister ihn frei entscheiden lassen, wenn es um eine neue Produktion ging. Er bezweifelte nicht, dass der Kater sein Urteil fällen würde, sollte einer der Kandidaten eine bisher vertuschte Schwäche zeigen.

Der Mann am Klavier begann mit den ersten Takten der Arie *Zu Hilfe!*, wo die drei Begleiterinnen der Königin der Nacht die grausige Schlange töten und Tamino das Leben retten. Stimmlich ein Kinderspiel, zweimal ein hohes *a*, sonst nichts. Hier ist die Gestik des Prinzen wichtig, denn er soll nicht feige oder schwach wirken und bei der Ohnmacht wie eine dumme Gans umsinken, der eine Maus über den Schuh gehüpft ist. Der Zuhörer soll begreifen, dass eine andere Welt in Tamino schlummert, denn der Held weiß nun, was Gut und Böse ist. Seine Bewegungen dürfen nicht wie aus einem Stummfilm wirken, also kein Handrücken vor der Stirn, nicht die Faust aufs Herz, keine nach Halt rudernden Arme. Jonathan ging in die Falle, warf Hände und Arme zur Seite, in die Höhe, nach vorn, als gäbe es im Saal nur stocktaube Zuhörer, mit denen er sich durch Zeichensprache verständlich machen musste. Er sang gut und richtig, doch prallte sein Hinterteil bei der Ohnmacht dumpf auf den Boden, was einige der Zuschauer zum Kichern brachte.

Laurent zog sich glänzend aus der Affäre. Seine Hilferufe, die Panik beim *Rettet, schützet mich!* waren perfekt dosiert, seine Schwäche bestand in einem langsamen Zusammensinken. Bei Jonathan hatte Marcel mehrfach eine bequemere Lage gesucht; Laurent beobachtete er aufmerksam.

Es folgte *Dies Bildnis ist bezaubernd schön*. Tamino erhält das Miniaturbild Paminas von der Königin. Er vergisst alles um sich herum, den plappernden Papageno, die Bemerkungen der drei Hofdamen. Die Königin hat sich nicht getäuscht, Amors Pfeil steckt tief in seinem Herzen. Denn sie braucht ihn, wenn sie ihre Tochter aus den Klauen Sarastros befreien will. In der Arie besingt Tamino die verzaubernde Schönheit Paminas. Schon will er sie für immer die Seine nennen. Anders ausgedrückt: Aus einem verängstigten jungen Mann wird ein seufzender Liebender des Ancien Régime, das Gegenteil Paminas, die dem Prinzen seit ihrer ersten Zusammenkunft nachläuft und ihm etwas zu rückhaltlos ihre Liebe erklärt.

Die leichte und geschmeidige Stimme Laurents gab die Melodie korrekt wieder, doch war seine Aussprache schauderhaft, was ihm Rabe während der letzten Tage schon mehrfach vorgeworfen hatte. Kaum jemand verstand den Text. Schlimmer noch: Seine miserable Kenntnis der deutschen Phonetik gab bestimmten Wörtern eine andere Bedeutung, was die Zuhörer köstlich amüsierte. Hinzu kam die schwache Projektion der Stimme in den undankbaren Saal; Laurent konnte sich nicht hören, was für jeden Sänger ein Albtraum ist. Er sang lauter, doch ohne Erfolg. Alles, was er vernahm, war das leise Lachen vor und das Gemurmel des Klaviers hinter ihm. Im neununddreißigsten Takt, beim *O wenn sie doch schon vor mir stünde!*, wo Tamino seinen brennenden Wunsch erklärt, die leibhaftige Pamina vor sich zu sehen, rief sich Laurent offensichtlich zur Ordnung, schüttelte den Kopf, wandte sich zur Seite, um die Zuschauer nicht mehr zu sehen.

Auch der erfahrenste Sänger kann sich schlecht konzentrieren, wenn sein inneres Gleichgewicht gestört ist. Laurent suchte nach einem Halt – sein Blick fiel auf den langsam hin und her wedelnden Schwanz Marcels, was dessen wachsende Gereiztheit verriet. Beim Singen darf man auf keinen Fall etwas fixieren, das sich bewegt, denn im selben Moment ist es mit dem »inneren Pendel«, das den Sänger beruhigt und ihm bei der Konzentration hilft, endgültig vorbei. Besser, von vorn anzufangen, aber in dieser Stunde der Wahrheit wusste der Franzose, eine zweite Chance hätte er nicht. Beim achtundvierzigsten Takt rutschte er auf *Busen* aus, einem weiteren hohen *a*, wirklich keine Bananenschale. Heraus kam ein Quäken, als hätte sich eine Ente verschluckt.

Marcel war aufgestanden. Seine Augen blitzten. Rabe wollte Laurent unterbrechen, der jedoch, wenn auch ohne

Überzeugung, das *Und ewig wäre sie dann mein* weitersang. Marcel hatte sich wieder hingelegt, als der Tenor seine Partie des Terzetts Sarastro, Pamina und Tamino in der einundzwanzigsten Szene des zweiten Akts begann, wo der Prinz seiner Angebeteten versichert, sie seien ja nur eine kurze Weile voneinander getrennt: *Glaub mir, ich fühle gleiche Triebe.* Einige Takte weiter, bei *Wie bitter sind der Trennung Leiden!*, verlor Laurent, der das Quäken nicht vergessen hatte, endgültig die Konzentration. Seiner Kehle entschlüpfte noch einmal dieser unglückliche Laut. Marcel wandte sich beleidigt ab, schlug die Krallen fest in den Samt. Es war einer jener unerträglichen Augenblicke, in denen sich jedes Jurymitglied, jeder Zuhörer verkrampft und ganz klein im Sessel macht. Man wünscht sich meilenweit weg oder zehn Klafter unter der Erde. Rabe sprach einige beruhigende Worte, dankte Laurent und bat Jonathan wieder auf die Bühne. Der Franzose verschwand taumelnd wie ein schwer angeschlagener Boxer – nach solch einer Niederlage will sich ein junger Künstler einfach in Luft auflösen. Er weiß, es gibt ihn nicht mehr, man hat ihn schon vergessen. Er packt so schnell wie möglich sein Köfferchen und fährt nach Hause.

Rabe wartete geduldig, bis sich das Räuspern in den ersten Reihen gelegt und Marcel sich beruhigt hatte; sein Schwanz zuckte kaum noch. Sobald Jonathan die Bühne betrat, nahm er seine Ausgangsposition wieder ein und konzentrierte sich. Im Parterre schlug man die Beine übereinander, rückte sich räuspernd im Sessel zurecht. Rabe wartete, lächelnd und unerschütterlich.

Der Franzose war aus dem Feld geschlagen. Also musste der Engländer siegen. Er begann vielversprechend, denn er verfügte über jede Menge Atem, seine Stimme füllte den Saal und beim vierfachen *Liebe* zwischen den Takten achtundzwanzig und dreiunddreißig legte Marcel zufrieden den Kopf auf die Pfoten. Doch ab dem siebenundvierzigsten Takt, wo Tamino sein wachsendes Verlangen besingt, richtete sich der Kater drohend auf. Gleichzeitig sagte sich Rabe: »Was ist denn plötzlich in ihn gefahren? Wenn das sein Lehrer hören würde! Brust- und Kopfstimme verschmilzt er überhaupt nicht, dauernd knackst er beim Wechsel! Das braucht noch ein paar Jährchen Arbeit, mein Lieber. Was für eine scheußliche Kratzerei! Und auch noch falsche Noten! Jetzt glaubt er sich bei Verdi, zum Teufel! Verflixt noch mal, er muss bei den Takten drei-, vier-, fünf- und sechsundfünfzig elegant auf den Noten *gleiten*, sie nicht angehen, als wär's was ungeheuer Dramatisches. Bei Mozart nur Leichtigkeit, auch bei tiefster Trauer. Und wie er sich aufführt! Er pumpt sich ja wie ein Maikäfer vorm Fliegen auf. Lächerlich. Wunderlich würde aus der Haut fahren. Marcel hat gestern etwas gemerkt, sich aber nicht klar geäußert.« Er sah zum Kater hinüber, der beleidigt die Krallen in den Stoff geschlagen hatte.

Rabe unterbrach die Marter. »Danke, Jonathan, danke. Ruhen Sie sich ein wenig aus. Wir sehen uns später.«

Dann wandte er sich an den Provisorischen: »Bitte entschuldigen Sie. So etwas ist mir selten vorgekommen. Aber Sie haben ja selbst gehört ...«

Der andere war purpurrot und stieß den Zeigefinger in Rabes Richtung: »Vier Tage?! Nein, fünf, und noch kein Ende? Hören Sie, das wird sofort geregelt. Nehmen Sie einen der beiden, er wird sich schon irgendwie durchwursteln. Ich verliere meine Zeit mit Ihnen! Und mein Geld!« Dabei dachte er wohl an unverkaufte Gebrauchtwagen. »Herr Rabe, nehmen Sie einen der beiden, zum Kuckuck!«

Der Meister stand auf, auch Marcel war von seinem Sessel gesprungen und stand jetzt majestätisch neben ihm. Der andere tobte weiter: »Schlimmstenfalls lassen Sie Ihren Kater jodeln!«

Da winkte der Meister Josef, dem Sperling, der sich bescheiden im Hintergrund gehalten hatte. Rabe setzte Marcel auf seinen eigenen Stuhl, gab dem Klavierbegleiter ein Zeichen. Während dieser mit der Einleitung begann, trat der Meister an den von den Scheinwerfern geblendeten jungen Mann heran und flüsterte ihm zu: »Durchatmen. In Positur. Konzentration. Musik und Text, alles da. Keine Mätzchen. Sie haben nichts zu verlieren. Tun Sie, als wären Sie allein und im Studio. Los!«

Josef war rot vor Aufregung. Er wandte sich dem Saal zu, fixierte einen Punkt in der Mitte des zweiten Logenrangs, atmete mehrfach tief ein und aus, hob den Kopf, verschränkte die Hände in Brusthöhe, als hielte er das Bild Paminas, womit er die beste Stützposition für sein Zwerchfell fand. Und aus dem Mickerling wurde ein überzeugender Tamino, der die Liebe seines Lebens gefunden hat. Wegen seiner soliden Technik rollte die Stimme wie von selbst durch den Saal, hell, weich und eindringlich. Josef stand vornehm und gelassen da; auf dem Wort *Liebe* und beim lyrischen letzten Schweben der Arie himmelwärts fügte er einen ergreifenden Unterton hinzu, fast ein Schluchzen. Bei *Und ewig wäre sie dann mein*, genau dort, wo der Engländer so schlecht seine »Mayonnaise gerührt hatte«, wie Rabe es später nannte, sang Josef brennendes Begehren. Als er geendet hatte, klatschte man in den ersten Reihen spontan Beifall. Der junge Sänger suchte den Blick des Meisters, der ermutigend mit dem Kopf nickte, sang das *Zu Hilfe!*, und dann die einundzwanzigste Szene des zweiten Akts, worauf ihn der alte Sänger bat, die beiden ersten Stücke zu wiederholen, »nur weil es so schön war«. Marcel lag derweil lang ausgestreckt auf dem Stuhl, hielt die Augen selig auf Josef geheftet. Seine Pfoten hingen lässig über dem Sitzrand, öffneten und schlossen sich, als bearbeiteten sie den Bauch der Mutter.

Rabe holte tief Luft: »Herr Direktor, ich stelle Ihnen unseren Tamino vor.« Er schüttelte die Hand des jungen Mannes, alle klatschten begeistert Beifall und riefen *bravo*!

Er verbeugte sich kurz mit ernster Miene und verschwand, gefolgt von Marcel.

Man stürzte auf die Bühne. Der Professor strahlte: »Herrlich! Unglaublich! Und Sie waren nicht einmal im Rennen! Ach, der Meister hat immer eine Überraschung im Ärmel. Meinen herzlichsten Glückwunsch.« Er wandte sich zum Provisorischen: »Ein alter Fuchs, ein Mann vom Fach! Vier Tage lang hat er uns auf die Folter gespannt!«

Der andere brummte, ohne Josef einen Blick zu gönnen: »Na endlich. Hätte er das nicht schneller herausfinden können? Künstler! Pfff! Keine Ahnung haben die, was meine Zeit kostet!«

Das Ende der Geschichte? Die Katze hatte die beiden Nachtigallen gefressen. Bei der Premiere schluckte der Saal weder die Stimme Josefs noch die der anderen, ihr Können besiegte die mittelmäßige Akustik. Die *Zauberflöte* feierte Triumphe, wichtige Kritiker kamen aus dem In- und Ausland, Gastspiele wurden an große Opernhäuser verkauft, Josef bekam einen Dreijahresvertrag, Rabe nahm ihn als Schüler an, »meinen letzten«, wie er sagte.

In dem Jahr, in dem Josef nach Wien verpflichtet wurde, starb Marcel im biblischen Alter von etwa dreiundzwanzig Jahren. Seine Seele (denn er hatte eine, kein Zweifel) wurde vielleicht von der göttlichen Stimme Régine Crespins ins Paradies getragen, als sie für ihn die gewaltige Arie der Dido in den *Trojanern* von Berlioz sang. Wie der Meister trauerte Josef tief um den Kater und dessen Genie. Rabe überlebte seinen außergewöhnlichen Freund nur um wenige Jahre. Nach seinem Tod ließ der ehemalige provisorische Theaterdirektor, dessen Hang zum Künstlerischen sich durch seine zweite Ehe mit einer Sängerin noch verstärkt hatte, ein Porträt »des großen Meisters Hugo Rabe« anfertigen, das heute im Foyer des Mitte der neunziger Jahre neu durchdachten und renovierten Stadttheaters hängt. Die Ähnlichkeit zwischen Rabe und dem weißen Angorakater auf seinem Schoß ist frappierend. Hugo Rabe kennen selbst junge Enthusiasten klassischer Musik auch heute noch. Über den Kater wissen sie jedoch nichts, nicht einmal seinen Namen.

Keine Katze fängt Mäuse ohne Lohn

»Diese Erzählung ist so verrückt, kein Mensch wird sie Ihnen glauben«, sagte mein Verleger nach der Lektüre. »Alle anderen kommen aus dem wirklichen Leben, oder sie könnten es zumindest sein, aber hier verleihen Sie einem Kater Fähigkeiten, die an den Murr von E.T.A. Hoffmann erinnern, der spricht, liest und *schreibt*. Ich habe mir die Seiten zweimal vorgenommen und mir ist immer noch nicht klar, was ich von Ihrer Katze halten soll. Fast ein kleiner Krimi, wie in der ersten Geschichte, die mit dem neapolitanischen Miniaturlöwen. Aber hier bin ich mir nicht sicher, ob der Leser Ihnen folgen wird.«

Das weiß ich auch nicht. Entscheiden Sie selbst, ob Ihnen die folgende Schilderung der Geschehnisse nicht etwas Besonderes gibt. Meiner Meinung nach sind und bleiben Katzen geheimnisvoll, ihre Macht ist groß und ihr Herz gründet tief. Ich glaube, sie sind zu fast allem fähig.

Die Dame, die mir diese seltsamen Ereignisse erzählt hat, kenne ich recht gut. Sie schmeichelt sich, zum engsten Kreis von Dr. Mathieu Chastel und seiner Frau Sandrine zu gehören, und hält mich auf dem Laufenden, denn ich frage sie regelmäßig, wie es meinem Protagonisten geht. Häufig begegnet sie dem Paar beim Abendspaziergang – sie wohnen im gleichen Viertel – mit Gustave an der Leine, obwohl sie seit kurzem ohne ihn ausgehen, weil er an einer jener unerklärlichen Depressionen leidet, die Katzen manchmal befallen. Die Chastels sind besorgt, denn sie lieben ihren Gustave. Auch der Veterinär steht vor einem Rätsel. Vielleicht leidet das Tier an seelischer und geistiger Erschöpfung, was wir bei Menschen ein Burn-out nennen. Es ist bestimmt nicht immer leicht, eine brave Hauskatze zu sein. Auf alle Fälle spielt er in der folgenden Geschichte die Hauptrolle und hat sich dabei völlig verausgabt. Nach der Lektüre sind Sie sicher auch der Meinung, dass dieser ungewöhnliche Kater Ruhe verdient.

Mathieu Chastel leitet ein biomedizinisches Labor der Syncor-Gruppe, einem vom Staat finanzierten Forschungsinstitut. Als hochqualifizierter Wissenschaftler ist er überzeugt, nein, er *weiß*, dass Gustave seltsame Kräfte besitzt. Doch nur mit den engsten Freunden kann er über die letzten Wochen sprechen. So hat er der eben erwähnten Dame berichtet, was sich zwischen ihm und Gustave abgespielt hat, doch nur, weil sie Katzen so verehrt wie er. Mit Rücksicht auf seinen Beruf und seinen untadeligen Ruf als Wissenschaftler hat mich meine Bekannte gebeten, die Namen der Hauptpersonen sowie den des Unternehmens zu ändern. Der Bitte bin ich nachgekommen. Der Einzige, der so heißt wie im wirklichen Leben, ist der Kater, denn »Gustave« passt einfach zu diesem sympathischen Tier. Dabei ist eigentlich nichts Besonderes an ihm. Wie viele – leider nicht alle – seiner Artgenossen ist er von ausgesuchter Höflichkeit, beweist beispielhafte Diskretion in allen Dingen, zerbricht nichts, führt ein ruhiges Leben in der hübschen Wohnung, schärft seine Krallen nicht am Sofa, einem Erbstück der Großmutter von Sandrine Chastel, sondern an einem wohlfeilen Kratzbaum. Wenn er seine Toilette benutzt, die in einem entlegenen Winkel steht, will er nicht gestört werden. Er kann wählerisch sein, wenn es um sein Futter geht. Kommen Gäste zu den Chastels und es gibt noch einen freien Stuhl am Tisch, gesellt sich Gustave manchmal dazu. Er wartet, bis die Hausherrin ein dickes Kissen für den Sitz gebracht hat, macht es sich darauf bequem, legt eine Pfote auf den Rand des Tischtuchs und angelt sich mit gezückten Krallen behutsam eine Scheibe Räucherlachs sowie Gemüsestückchen (er hat eine Vorliebe für Möhren *al dente*, verachtet jedoch Bohnen nicht), ein Häppchen gedünsteten Fisch oder durchgebratenes Rindfleisch. Zum Abschluss schleckt er eine Portion Eiscreme mit Sahne. Sorbets mag er nicht.

Gustave gehört zur Sippe der getigerten Kurzhaare. Von seinen Vorfahren hat er eine hübsch gezeichnete Maske geerbt, in der die Augen, so leuchtend grün wie eine Frühlingswiese, durch perfekt gezogene schwarze Randstreifen besonders zur Geltung kommen. Die Pfoten sind lang und feingliedrig, wie Pianistenhände, mit schwarzen weichen Kissen. Die Chastels glauben, seine Ahnenreihe weise eindeutig auf altägyptische Katzen hin, was eine fünftausendjährige Weisheit voraussetzt. Sandrine meint: »Schaut ihn euch an! Nicht nur, wie gesittet er sich bei Tisch benimmt, sondern die Augen! Aber seid diskret, sonst geniert er sich und geht weg. Habt ihr je so intelligente Augen gesehen?« Mathieu nickt dazu.

In Menschenjahren gerechnet, ist Gustave sechsunddreißig (geboren wurde er vor fünf Jahren). Sandrine ist sechsundzwanzig, Mathieu dreißig. Damit ist Gustave der Familienälteste mit der größten Lebenserfahrung. Sandrine ist eine impulsive Blonde; viele glauben, sie sei nicht besonders intelligent. Sie redet gern, scheint kaum zu hören, was man ihr antwortet, schminkt sich auffallend, trägt Modeschmuck und kleidet sich nach dem letzten Schrei. Sie sieht nach kleinem Weibchen aus, aber das täuscht, denn sie ist mit allen Wassern gewaschen, denkt klar und tarnt ihre Intelligenz mit kehligem Gurren, das die meisten Leute für das Zeichen einer sinnlichen Natur halten. Mathieu sieht sie gern in enganliegenden Pullovern und Hosen, die ihre wohlproportionierten Rundungen und die perfekten Beine zur Geltung bringen. Er selbst ist groß, mit breiten Schultern und braunem Haar, dicht bewimperten dunklen Augen. Frauen finden ihn sehr anziehend. Sein Lächeln ist kindlich-schüchtern und charmant. Das Sprechen überlässt er meist Sandrine. Wenn man ihn um seine Meinung bittet, wechselt er einen Blick mit ihr. Erst dann antwortet er sachlich und kurzgefasst.

Eins ist sicher: Auch nach sieben Jahren Ehe sind die Chastels immer noch ineinander verliebt. Das kann man nach einem Abendessen bei Freunden oder Kollegen von Mathieu gegen halb elf erleben. Sandrine setzt sich neben ihren Mann, nimmt seine Hand, streichelt sie und sagt mit einer Stimme, die in diesen Augenblicken wie eine verrostete Flöte klingt: »Wir haben einen herrlichen Abend verbracht. Aber morgen müssen wir früh raus. Und vielleicht braucht uns Gustave.« Dabei sieht sie Mathieu aus ihren ein wenig vorstehenden hellblauen Glasmurmeln an. Sie senkt den Kopf, die Lippen einen Spalt offen, ihr glattes Haar fällt wie ein Vorhang vors Gesicht. Offenbar möchte sie vor dem Einschlafen ein etwas stimulierenderes Intermezzo als das Ende eines netten Essens. Gustave dient natürlich als Ausrede.

Warum sie Katzenliebhaber sind? Das ist einmal so, eine Frage des Temperaments. Gustave jedenfalls führt ein Prinzenleben. Nach seinem wöchentlichen Bad ist sein Fell weich und seidig, er riecht frisch. Er wird nicht böse, wenn der Haartrockner kommt, im Gegenteil, er mag die warme Luft, nur nicht im Gesicht. Nach dem Föhnen legt er rasch mit der Zunge ein paar Härchen zurecht und schon ist er zum Spiel mit den Chastels aufgelegt. Am liebsten hat er Papierkugeln, die raschelnd über den Boden rollen. Fliegen leben nicht lange in der Wohnung. Der Kater springt mit offenem Mäulchen in die Luft, schnappt das Insekt, die Chastels freuen sich, er ist zufrieden. Vielleicht ist es nur eine optische Täuschung, aber Gustave scheint den ganzen Tag lang zu lächeln. Er miaut selten, verkriecht sich, sobald ihn, wie er glaubt, ein Gast ungerecht behandelt oder wenn man sich über ihn lustig macht, denn er hat seinen Stolz. Begegnet er beim abendlichen Spaziergang einer anderen Katze, mustert er sie von oben bis unten, bevor er wegschaut.

Auch Sandrine arbeitet bei der Syncor. Sie ist Sekretärin. Die Ergebnisse der verschiedenen Forschungsgruppen landen auf ihrem Schreibtisch; sie kennt auch die Lieferanten, Berater, Kosten, Protokolle, bis zu den Gehältern. Nichts entgeht ihr. Sie weiß um die Synergien zwischen den einzelnen Mitarbeitern, die Fortschritte der Projektaufträge. Sie konnte anhand der Krawattenfarben des ehemaligen Direktors sogar erkennen, ob er gut oder schlecht gelaunt war.

Im Haus C der Syncor, einem großen weißen, harmlos aussehenden Würfel, werden von jeher ehrgeizige Forschungen im Hinblick auf neue Medikamente und synthetische Hormone betrieben. Mathieu leitete die Gruppe für die Erzeugung von Endorphin bei starkem Stress, also dem vom Körper erzeugten Opioid, einem von Morphinen abgeleiteten Wirkstoff, der vor allem in der Hypophyse und dem Hypothalamus erzeugt wird. Dem Chef musste er an jedem Monatsende Bericht über die Ergebnisse seines Teams erstatten. Drei Angestellte arbeiteten unter seiner Leitung: die Biochemiker Georges Drôme und seine Frau Madeleine sowie Maxence Tallé, Assistent, auch »der Henker« genannt. Wir werden bald sehen, warum. Damals waren die Chastels oft bei den Drômes zu Gast, einem kinderlosen Ehepaar wie sie, angenehme und kultivierte Leute, die im Urlaub gern Reisen in alle Welt unternahmen und im Winter zwei Wochen auf die eine oder andere Karibikinsel flogen.

Sehen wir uns Gustave etwas genauer an. Wegen seiner friedlichen Natur, seines vorbildlichen Betragens verzeiht man ihm gern den Bauchschmer, der seine Silhouette verunschönt. Er hat nicht genug Bewegung und erweist sich als ein typisches Produkt der heutigen Zeit: Er ist verrückt nach allem, was sich auf einem Bildschirm bewegt, bleibt stundenlang vor dem Fernseher sitzen und schaut sich Werbung, Filme, Dokumentarstreifen über Tierverhalten, Nachrichten an. Deshalb lassen die Chastels den Apparat laufen, wenn sie – jeder in seinem Wagen – zur Arbeit fahren. Mathieu bleibt oft lange im Büro und ist morgens fast immer vor Sandrine dort; als Nachteule kommt sie schlecht aus dem Bett. Nach seiner Morgen- und Nachmittagssiesta setzt sich Gustave vor das Gerät und sieht seine Lieblingssendungen. Er hat schnell begriffen, auf welche Taste er zum Umschalten drücken muss. Ein sehr intelligentes Tier.

Sobald die Chastels zu Hause ihre Computer anwerfen, kommt er auch schon angelaufen. Er hat eine besondere Vorliebe für den uralten Macintosh, »meinen Dinosaurier«, wie ihn Mathieu nennt. Sandrine mag das schwerfällige und langsame Gerät nicht; außerdem beschwert sie sich über die Tastatur, bei der das *e* seit langem hakt. Sobald die Festplatte des Macintosh startet, legt sich Gustave ganz nahe an den Rechner, schnurrt gemeinsam mit dem Ventilator und beobachtet höchst aufmerksam die Buchstaben auf dem Bildschirm und die Finger Mathieus. Er berührt oft bestimmte Tasten mit einer Pfote, was ihm ein »ts-ts-ts!« einbringt, denn Mathieu weiß, dass der Kater gern das leise Klicken hört. Sandrines ultramoderner Laptop ist praktisch geräuschlos, aber sobald der Schirm aufgeklappt ist, folgt Gustave auch hier den Fingern und Buchstaben. »Ein geborener Informatiker«, sagen die Chastels lachend.

Vor ungefähr einem Vierteljahr erhielt Mathieu eines Tages eine seltsame Nachricht im Büro, mit dem Vermerk »p rsönlich« und »v rtraulich«. Er brauchte etwas Zeit, um sie zu verstehen: *»achtung auf g wiss w nig hrlich nächst g«* stand dort, sicher eine Warnung, aber was sollte *nächste* bedeuten? Welche »Nächsten« waren gemeint? Die Nachbarn im Haus oder Mitarbeiter aus der Syncor? Und wer konnte *g* sein? Mathieu sah nach dem Absender. Bei dem fehlenden *e* hatte er sofort an seinen Dinosaurier denken müssen. Aber wie oft klemmt gerade diese Taste, der Buchstabe, der ja am häufigsten in fast allen indoeuropäischen Sprachen vorkommt! Die Sender-Adresse war ein Kauderwelsch aus Buchstaben und Ziffern. Das Datum und die Uhrzeit bewiesen jedoch, dass die Nachricht am selben Morgen abgegangen war, und zwar während seiner Fahrt in die Firma. Bestimmt kein Streich von Éléonore, ihrer Putzfrau, die nichts von Computern versteht. Sandrine? Genauso unmöglich. Seit jeher ist sie unfähig, ihm etwas zu verheimlichen. Außerdem ist sie nicht besonders humoristisch veranlagt. Und sie würde nie freiwillig den Mac benutzen.

Blieb *g* für Gustave. Gustave? Aber woher denn! Katzen können Fliegen, Mäuse und unvorsichtige Vögel fangen. Jeder weiß, dass sie klug sind, aber einen Computer starten, eine Nachricht schreiben, sie abschicken und auch noch die Absender-Adresse in Code verwandeln?

Mathieu wollte gerade zum Telefon greifen und seine Frau anrufen, als Tallé hereinkam und ihm ein Formular zur Unterschrift hinschob; ein Lieferant musste bezahlt werden. Bevor Mathieu seine Initialen neben den Betrag setzte, schnaubte er ungehalten: »Hören Sie, ich habe Ihnen schon zigmal gesagt, anzuklopfen, wenn Sie etwas von mir wollen. Spazieren Sie überall einfach so rein?« Dann klopfte er ungeduldig auf den ziemlich hohen Betrag: »Schon wieder ein Gerät, das hin ist? In der letzten Zeit habe ich ganz schön viele Zahlungsanweisungen unterschrieben. Oder täusche ich mich?«

Der Henker straffte sich und murmelte etwas. Mathieu hob kurz den Kopf: »Was haben Sie gesagt? Ich kann nichts verstehen, wenn Sie vor sich hin nuscheln. Zur Sache. Sie sehen, ich habe eine Menge zu tun.«

Tallé stammelte verlegen: »Kann ich vielleicht demnächst vierzehn Tage Urlaub bekommen? Irgendwo im Süden. Am liebsten in die Karibik. Davon hab ich schon immer geträumt. Sonne, Palmen, Sand am Meer. Ich bin fix und fertig. Die Tiere sterben mir weg wie die Fliegen, ich schlaf kaum noch und frag mich, wie lang ich das noch aushalte. Vorgestern hab ich gemeint, ich dreh durch.«

Mathieu sah auf seinen Schreibtisch; Stapel von Akten sammelten sich dort an, die er bis Ende des Tages durchackern musste. »Sie wissen doch, das bestimme nicht ich. Stellen Sie den Antrag beim Chef.« Er wies auf die Ordner: »Ich habe jetzt keine Zeit, mich um Sie zu kümmern. Im Notfall lassen Sie sich ein paar Tage krankschreiben.« Und schlug eine Mappe auf. Dass sich der Henker seiner Opfer wegen Gedanken machte, überraschte ihn. Doch hörte er kaum hin, was der Labortechniker ihm antwortete, bevor er hinausging. Über der Lektüre vergaß Mathieu die Nachricht von *g* und die Frage, die er Sandrine stellen wollte.

Auch am Mittag konnte er nicht mit seiner Frau in der Kantine sprechen, denn Georges Drôme wollte mit ihm die erstaunlichen und vielversprechenden Fortschritte seiner Forschungen über die Träume verschiedener Tiere durchgehen: Ratten, Hunde, Katzen, und deren autogene Erzeugung von Endorphinen als Reaktion auf schmerzhafte Reize. Jedes Tier wurde im Schlaf während der REM-Phase mit ihren raschen Augenbewegungen gefilmt, wobei Mathieu seiner Gruppe das von Professor Leyhausen erweiterte Procedere von Jouvet und Sastre vorgeschrieben hatte.

In den siebziger und achtziger Jahren hatten diese Wissenschaftler insbesondere das Katzengehirn untersucht. Nach dem Ausschalten der für die traumtypische Muskelatonie verantwortlichen Neuronen beobachteten sie während der REM-Phase die oft rasend schnelle Übertragung von Traumgeschehen in Aktion – wie die Verfolgung einer Beute, Sprünge ins Leere, zuschnappende Kiefer, Zuckungen der vorderen Kopfmuskeln. Die Franzosen waren zu dem Schluss gekommen, dass ganz junge Katzen dieselben Träume haben wie erwachsene Tiere, was bedeutet, dass die Gattung über stereotypische Verhaltensweisen nicht hinauskommt. Der Deutsche war noch weiter gegangen, denn er hatte bei Katzen das für Schmerzsignale verantwortliche Zentrum gefunden und damit die Grundlagen für die von der Syncor unternommenen Untersuchungen geschaffen.

Bei seinen Vorbereitungen für das Forschungsprogramm hatte Mathieu eine Vergleichsstudie zwischen amerikanischen Experimenten (an Ratten), russischen (an Hunden) und französischen (an Katzen) erstellt. Die eigenen Untersuchungen ergänzte er dann um ein neues Element: klassische Musik während der paradoxen Schlafphase, bei gleichzeitiger Stimulation des Schmerzzentrums. Der Gedanke war ihm nach seiner Lektüre der Aufsätze von Dr. Gardner, einem Zahnarzt in Boston gekommen, der seine Theorie an Tausenden von Versuchspersonen erprobt hatte. Während der Behandlung legte er für seine Patienten Aufnahmen ihrer Lieblingsmusik auf, die sie mitgebracht hatten. Meist handelte es sich um Stücke des klassischen Repertoires. Das Resultat war verblüffend: Fünfundsechzig Prozent von ihnen spürten deutlich weniger Schmerzen, und ganze fünfundzwanzig Prozent wollten nicht einmal eine Betäubungsspritze.

Klassische Musik als Narkotikum? Gardners Gegner hielten ihm den auch in anderen Zusammenhängen beobachteten Ablenkungseffekt vor. Seine Anhänger waren jedoch der Überzeugung, das Gehirn der Patienten hätte unter dem Einfluss der Musik Endorphine erzeugt, die als natürliches schmerzstillendes Mittel wirken. Deren Rolle war in den siebziger Jahren noch wenig erforscht.

Die Experimente der Syncor sollten die Art Musik bestimmen, die bei allen drei Tiergattungen zu vergleichbaren Endorphinausschüttungen führte. Das klang einfacher, als es war: Die Atonie der Muskeln wird unterdrückt, der Wissenschaftler beobachtet und filmt die Stresssituationen im Verlauf eines Achtstundenschlafs; am Tagesende misst er den Endorphinpegel.

Zu Anfang der Experimente vor knapp einem Jahr waren die Ergebnisse bei Ratten und Hunden enttäuschend gewesen. Doch seit einem Monat hatte Georges ganz erstaunliche Ergebnisse erzielt: Alle drei Tiergattungen reagierten jetzt auf bestimmte Musikstücke; das Hirn der ersten beiden Arten erzeugte tatsächlich nennenswerte Mengen von Endorphin. Wenn er mit dem *felis catus* von Anfang an große Schwierigkeiten gehabt hatte – kein einziges Versuchstier wollte auf musikalische Reize ansprechen –, so konnte er sich jetzt vor Freude kaum fassen, denn plötzlich fand Tallé bei den Blutanalysen von Katzen zum mindesten Spuren endogener Opioide. Mathieu ermahnte sich zur Vorsicht: Er wusste, dass er es mit einer enthusiastischen Forschernatur zu tun hatte, und misstraute dessen Übertreibungen.

Gerade als Mathieu sein Büro verlassen wollte – in seinem Kopf schwirrten noch die Zahlenreihen, die er zusammen mit Georges durchgegangen war –, traf eine zweite Nachricht von *g* ein: *»k in aufr gung. s ist nicht all s gold was glänzt«*. Diesmal war Mathieu nicht nur überrascht, sondern beunruhigt, denn er erkannte einen Satz wieder, den er am Vorabend bei der Arbeit an einem Artikel über synthetische Hormone formuliert hatte. Er wollte die Sache daher gleich mit Sandrine besprechen und griff nach dem Hörer, um zu erfahren, ob sie noch im Verwaltungsgebäude war. Doch legte er wieder auf, bevor er ihre Nummer ganz gewählt hatte. Irgendetwas hinderte ihn plötzlich daran, ihr diese Mails vorzulesen. Wenn wirklich Gustave dahintersteckte ... Der Kater – sollte er tatsächlich der Absender sein – hatte sich ausdrücklich an ihn gewandt.

Einmal zu Hause, begrüßte er flüchtig seine Frau, die gerade das Abendessen vorbereitete. Er sah sich gleich den Mac an. Der Computer war ausgeschaltet. Er warf ihn an, klickte auf das Icon *Briefkasten – abgeschickte Mails*: Die letzte stammte von gestern, eine Frage an einen Kollegen. Keine Spur von den mit *g* gezeichneten Meldungen. Er war froh, dass er sie ausgedruckt und dann gelöscht hatte, denn man konnte nie wissen, ob das Sicherheitspersonal der Syncor nicht die eingegangenen Mails prüfte. Er schob die beiden Kopien in die Akte *Verschiedenes*, wo er Briefe, bezahlte Rechnungen und die Ausgaben für den Haushalt ablegte. Auf dem Weg zur Küche begegnete er Gustave, der ihn »lächelnd« beobachtete. Er bückte sich und kraulte ihn hinterm rechten Ohr, wo der Kater von jeher kitzlig ist. Der nieste, stand auf und folgte Mathieu, denn Sandrine hatte aus der Küche gerufen, das Essen sei fertig. Mathieu wunderte sich nur eine Sekunde lang, dass Gustave kein Interesse für den Computer gezeigt hatte.

Der Rest des Abends verlief wie gewöhnlich. Nach dem Essen setzte sich Gustave vor den Fernseher, auf dem lautlose Bilder wechselten, während sich Sandrine und Mathieu alle Einzelheiten des Tages erzählten. Nach dem Abendessen besprachen sie immer unweigerlich den vergangenen Tag. Diese Sitzung war wie eine Droge; ohne sie konnten beide nicht schlafen. Dabei wurde normalerweise alles, wirklich alles besprochen, die Syncor, das werte Befinden von Gustave, die Arbeit von Éléonore, der Nachbarschaftsklatsch.

An diesem Abend jedoch gingen Mathieu ständig die Mails und die Zahlenreihen von Georges durch den Kopf, ohne dass er das eine oder das andere erwähnt hätte. Ihm fiel auch zum ersten Mal die Beweglichkeit der Ohren Gustaves auf. Statt sie nach vorn zu richten, um vielleicht doch einen Ton zu erhaschen, spielten sie in alle Richtungen und verfolgten, wie die Chastels den Platz wechselten, Wein tranken, ohne dass er den Kopf gewendet hätte. Als sich Sandrine und Mathieu auf das Erbstück der Großmutter setzten, wiesen Gustaves Ohren nach hinten wie zwei kleine Trompeten mit abgeflachtem Trichter. In dieser Stellung blieben sie, solange die Chastels sich unterhielten. Sandrine berichtete in aller Ausführlichkeit, was sich tagsüber zugetragen hatte. Entweder war sie eine verflixt gute Schauspielerin, oder sie wusste nichts von den Mails. Mathieu entschied sich für die zweite Möglichkeit; er kannte seine Frau zu gut. Was den Kater betraf, kam er zu einem bestürzenden Ergebnis: *Gustave hörte ihnen zu.*

Eine Woche später kam die dritte Nachricht: *»d in nächst r g org s tust du twas od r nicht g«* Das war zu viel, er musste etwas unternehmen. Da riet ihm *g*, Georges zu beobachten! Mathieu schrieb auf gut Glück zurück: »Warum?«, bekam aber keine Antwort. Also sagte er sich, *g* müsse wohl an Paranoia leiden, was ja bei jedem Lebewesen, ob Mensch oder nicht, vorkommen soll. Er verdrängte rasch den Gedanken, wer hier eigentlich an Paranoia litt – hoffentlich kein Witzbold, der den Schlüssel zur Wohnung besaß.

Als gut beleumdeter Wissenschaftler mit hervorragenden Zeugnissen von seinem vorigen Arbeitgeber strich Georges ein sattes Gehalt ein. Im Verlauf ihrer abendlichen Unterhaltungen wunderten sich die Chastels allerdings oft über den Luxus, in dem die Drômes lebten. Gut, bei den anderen kamen zwei hohe Forschergehälter herein, während Sandrine als Sekretärin kein großes Einkommen hatte. Trotzdem, so viel Geld auszugeben wie die beiden … Sandrine hatte schon öfter gemeint: »Keine Ahnung, wie die das schaffen. Sie laden immer ein Dutzend Gäste zum Diner ein, und es gibt nur vom Besten und Teuersten. Wenn wir so lebten, wären wir bald pleite.«

Sie berührte da einen Punkt, der auch Mathieu beschäftigte, denn ihm blieben die finanziellen Eskapaden des Paars ebenso unerklärlich wie seiner Frau.

Bevor er nach Hause gefahren war, hatte er die Daten Madeleines geprüft und nichts gefunden, was ihn überrascht hätte. Sie passten zu den Angaben ihres Mannes. Erst als er die Zahlungsanweisungen für die Laborgeräte von Tallé unter die Lupe nahm, fiel ihm auf, dass seit einem Monat weder die Anzahl der Tiere noch deren

Nummern mit denen auf den Unterlagen der Drômes übereinstimmten. Tallé nahm Messungen vor und analysierte die Blut-, Harn- und Fäkalienproben. Außerdem kümmerte er sich um das Material für die Experimente, zu dem auch der Ankauf der Tiere gehörte. Die Verluste waren rasant gestiegen, vor allem bei den Katzen. Im Schnitt beträgt deren Lebensdauer im Labor etwa sieben Monate. Doch seit etwa vier Wochen belief sie sich auf knapp drei Tage, und seit kurzem verendeten sie schon ein paar Stunden nach Versuchsbeginn. War Georges tatsächlich einem wichtigen Phänomen auf der Spur? Auf jeden Fall hatte er der Wissenschaft eine wahre Hekatombe von Katzen geopfert.

Seit er im Haus C arbeitete, hatte sich Mathieu wenig Gedanken um die laufenden Ausgaben gemacht. Vor der Syncor war er an der Universität wissenschaftlicher Assistent im Fachbereich Biochemie gewesen, wo er über jeden ausgegebenen Cent Rechenschaft ablegen musste. Hier jedoch stellte die Geschäftsführung ohne jede Beckmesserei beachtliche Mittel zur Verfügung. Seit einem Jahr hatte er die Ausgabenlisten von Tallé paraphiert, ohne die einzelnen Posten nachzuprüfen: Als selbstverantwortlicher Forscher wäre ihm dies bei der Syncor kleinlich und unter seiner Würde erschienen. Doch jetzt sah er genauer hin: Nicht die Versuchstiere hatten die Ausgaben nach oben schnellen lassen – der Posten war recht unbedeutend im Verhältnis zum Gesamtbudget –, sondern die gebrauchsunfähig gewordene Apparatur. So waren immer wieder von Tallé Foto- und Spirometer, Kompensationsschreiber, teure Oszillographen, Zentrifugen und eine Menge anderer Messgeräte mit der Bemerkung »defekt« ersetzt worden.

Da war etwas faul, denn er kannte die Apparate noch von seiner Arbeit an der Universität her. Sie waren fast unverwüstlich.

Mathieu machte sich Vorwürfe, dass er nicht regelmäßig in die beiden unterirdischen, weißgekachelten Räume ging, wo die Versuche durchgeführt wurden. Er mochte das gleißende Licht der Scheinwerfer nicht, die von acht Uhr morgens bis vier Uhr nachmittags auf die Tiere gerichtet waren. Im ersten Raum – dem Reich von Tallé – standen die Käfige aus perforiertem Plexiglas sowie die praktisch ausschließlich von ihm benutzten Vorrichtungen. Sobald er Schäden feststellte, musste er sie umgehend Georges und Madeleine melden. Im zweiten Labor arbeitete Georges, der die Gehirne unter dem Elektronenmikroskop untersuchte, sie fotografierte, die Endorphinmengen genau maß und Statistiken erstellte. Im dazwischenliegenden Büro wertete Madeleine die Ergebnisse aus und erstellte Graphiken.

Auch die Tiere besuchte Mathieu nur ungern. Wenn er eine Katze in diesen an mittelalterliche Folterkammern anmutenden Fesseln und Gurten sah, musste er immer an Gustave denken. Er wiederholte sich dann, dass das Versuchstier keine Schmerzen spürte, selbst wenn in seine Schädeldecke ein Loch gebohrt war und eine Menge Drähte es mit Messgeräten verbanden, die seine Hirntätigkeit und die wichtigsten Lebensfunktionen aufzeichneten. Doch nicht nur der Situation der Tiere wegen stieg er ungern hinunter. Wegen der starken Desinfektionsmittel, vermischt mit den Ausdünstungen der Ratten und den beizenden der Hunde roch es hier unangenehm. Zum Glück sind Katzen so gut wie ohne jeden Geruch.

Sobald Georges Tallé auftrug, ein Tier zu töten, führte der den Auftrag aus, entnahm das Gehirn, legte es in Formaldehyd und schnitt es später in feine Scheiben, die Georges untersuchte. Den Spitznamen »Henker« verdankte Tallé dieser Aufgabe, die ihn übrigens kaum zu stören schien, denn er meinte – vielleicht zu Recht, wie Mathieu ungern zugeben musste –, das Herz eines Versuchstiers mit einer tödlichen Dosis Curare zum Stillstand zu bringen wäre eine »Erlösung«.

Mathieu sagte sich, er habe es doch gut getroffen, denn er selbst setzte nur die Richtung der Experimente und deren Procedere fest, bewertete die Fortschritte und prüfte regelmäßig die Versuchsanordnung. Sandrine stieg noch seltener als er in die »Hölle«: »Ich weiß natürlich, dass die armen Tiere nicht sinnlos gequält werden. Ihr zeichnet ja nur auf, was in deren Gehirn vorgeht, und filmt sie im Schlaf. Sie sterben für einen guten Zweck, aber bei ihren Zuckungen und den abrupten Bewegungen kann ich nicht anders, ich glaube, Albträume quälen sie. Hoffentlich helfen eure Experimente bei der Entwicklung neuer Medikamente gegen Angst, Panik, Beklemmung und Stress. Ihr tut eben, was ihr müsst.« Dabei hatte sie Gustave auf ihrem Schoß mit geistesabwesender Miene gestreichelt.

Zuerst wollte Mathieu den Labortechniker gleich auf die hohen Ausgaben für die Messgeräte ansprechen. Dann beschloss er, lieber erst nach dem Abendessen mit Sandrine darüber zu reden. Als er den Regenmantel abgelegt hatte und mit der Aktentasche in sein Arbeitszimmer ging, sah er Gustave in der Ecke des kurzen Gangs sitzen, der vom Wohnzimmer in die anderen Räume führte, dem bestmöglichen Platz, von dem aus er alles überwachen konnte. Gustave schenkte Mathieu den Blick eines Lehrers, dessen Schüler bei der Lösung einer Rechenaufgabe weitergekommen ist. Als der sich zu ihm beugte und hinter dem Ohr kraulte, flüsterte er: »Alter Knabe, mir scheint, wir sind auf einer interessanten Fährte.«

Sandrine hatte den Tisch gedeckt und das Essen aus der Küche gebracht. »Seit einer Woche benimmt sich Gustave merkwürdig. Hast du bemerkt, dass er sein Futter kaum anrührt? Als ich nach Hause kam, war der Fernseher ausgeschaltet, was er praktisch nie tut. Er war in deinem Zimmer und hat gegähnt, als hätte er Hunger. Dabei hat er das leckere Futter aus dem Döschen stehen lassen, auf das er sonst ganz wild ist. Ich frag mich, was ihn so durcheinanderbringt.« Sie seufzte, fügte hinzu: »Etwas Ernstes ist es wohl nicht. Der Tierarzt hat ja gesagt, manchmal würden Katzen ohne Grund am Futter herummäkeln. Warten wir noch ein paar Tage ab. Wenn er so weitermacht, lassen wir ihn untersuchen. Was meinst du?«

Mathieu war der Ansicht, Gustave verfüge über reichliche Fettpolster. »Mach dir keine Sorgen. Ein bisschen Fasten tut ihm ganz gut.«

Der Kater lief in die Küche, leerte seinen Napf und schleckte gehörig Wasser. Wieder hatte Mathieu ein ungutes Gefühl: Gustave verabscheute Besuche beim Tierarzt. Schon im Wartezimmer und vor Impfungen und Untersuchungen verlor er büschelweise Haare. Dass er jetzt so prompt auf die Bemerkung Sandrines reagierte, konnte nur eins bedeuten: *Gustave verstand, was sie sagten.*

Mathieu behielt ihn im Auge, beinahe so, als hätte er ein Versuchstier vor sich. Gustave benahm sich völlig normal: eifrig betriebene Toilette von Kopf bis Fuß, Pfoten und Bauch. Und doch hatte er den Eindruck, seinerseits von Gustave beobachtet zu werden. Denn sobald der eine kurze Pause machte, um Speichel zu sammeln, glitten die grünen Augen so gleichgültig über ihn hinweg, dass Mathieu dachte: »Er tut als ob.«

Nach dem Essen setzten sich die Chastels zu ihrem Tagesbericht auf das alte Sofa. Sandrine hörte ihrem Mann aufmerksam zu. Dann sagte sie: »Tallé? Der ist nicht intelligent genug, allein zu handeln. Ein grober Kerl, der macht, was man ihm sagt. Lass mich ein bisschen nachdenken.« Sie sah aus dem Fenster, ohne die erleuchteten Rechtecke im gegenüberliegenden Wohnhaus zu bemerken, wie immer, wenn Mathieu ihr etwas erzählte, das nach einem Rätsel schmeckte.

Nach sieben gemeinsamen Jahren war ihr Denken derart ineinander verschlungen, dass sie oft gleichzeitig etwas sagten. Danach beglückwünschten sie sich gegenseitig und erklärten, sie hätten »eine Seele aus dem Fegefeuer geholt und auf der Stelle in den Himmel befördert«, ein Spruch von Sandrines Mutter. Mathieu schätzte die Überlegungen seiner Frau. Sobald er ihr die Teile eines Puzzles in die Hand gab, gelangte sie zu Schlüssen über das Verhalten und das Leben dieses oder jenes Mitarbeiters, Nachbarn, Freundes. Dabei benutzte sie eine einfache und klare Sprache.

»Tallé steckt nicht dahinter«, sagte sie, während sie Gustave streichelte, der auf ihrem Schoß lag. »Der Mensch ist dumm genug, sich auf frischer Tat erwischen zu lassen. Es müssen die Drômes sein. Die anderen Forscher kommen schon deshalb nicht in Frage, weil jede

Gruppe für sich allein arbeitet. Was du machst, berührt die anderen nur in Ausnahmefällen. Kannst du dir vorstellen, dass sich Kollegen für deinen Kram interessieren, wenn sie an Entzündungskrankheiten, Asthma oder Leberschäden arbeiten? Sie haben so wenig Zeit wie du, und wenn sie dreimal nicht die Frist einhalten, werden sie laut Arbeitsvertrag entlassen. Es macht dem Chef gar nichts aus, wenn die Arbeiten sogar das Doppelte vom Voranschlag kosten. Er will Ergebnisse, die er dem Minister vorlegen muss. Die hat Georges jetzt. Er und Madeleine kriegen ihre vertraglich festgelegte Zulage, ein saftiges Paket. Du hast bloß das Forschungsprotokoll erarbeitet, überwacht und dich um die Einhaltung der ethischen Grundsätze gekümmert. Und genau wie du bekommt Tallé nichts.«

Gustave schnurrte leise. Sandrine blickte Mathieu fragend an. Er gab ihr ein Zeichen, weiter laut zu denken.

»Ich nehme deshalb an, sie haben den Henker womöglich geschmiert und die Ergebnisse so hingebogen, dass sie nach was aussehen. Georges protokolliert die Daten über die Endorphin-Erzeugung, aber Tallé hat wahrscheinlich gerochen, dass da was nicht koscher ist. Ich bin ja keine Biochemikerin, aber wenn Forschungen so schnell vorangehen, braucht man kein Uni-Diplom zu haben, um stutzig zu werden. Georges hat vor knapp einem Jahr mit dem Projekt angefangen. Rechne doch ein bisschen mit: Das viele Material bestellen und aufbauen, bis zur Chirurgie – scheußlich, daran will ich gar nicht denken! Dann ständig neue Anschlüsse zwischen Maschinen und Versuchstier, das Kalibrieren der Apparaturen, wovon ich natürlich nichts verstehe, aber du weißt, wie das geht. So etwas dauert mindestens zwei bis drei Monate. Das Wichtigste kenne ich immerhin, denn jede Gruppe folgt im Grunde einfachen, aber strengen Vorschriften. Zu solch überzeugenden Ergebnissen in so kurzer Zeit kommen, hm! Zweifelhaft. Als er dir die Daten zeigte, war er ganz aufgeregt, nicht? Klar, dass er ganz aus dem Häuschen ist! Er verbirgt dir nämlich etwas. Keine Ahnung, was es ist, aber das kriegen wir noch raus. Du bist am Zug.«

Mathieu ließ Gustave nicht aus den Augen. Der Kater hatte sich auf die linke Seite gelegt und bot Sandrine seine Kehle dar, ein Bild des Friedens. Dabei peitschte sein Schwanz energisch die Luft, viel stärker, als wenn ein Vogel eine Fensterbank besuchte. Dabei nickte und seufzte Mathieu, denn die Rolle, die ihm Sandrine da aufhalste, gefiel ihm nicht.

»Du hast leicht reden. Angenommen, alle drei stecken unter einer Decke. Aber wie soll ich denen auf die Schliche kommen? Wie kann ich beispielsweise den Henker überwachen, ohne dass er es merkt? Wonach suche ich überhaupt? Für mich ist besonders Georges ein Problem. Ich mag ihn, ein guter Forscher. Mit Madeleine versteh ich mich lange nicht so gut, ich weiß auch nicht, warum. Hör mal, die beiden sind unsere Freunde, wir sind oft bei ihnen eingeladen. Wenn ich herausfinde, dass sie die Daten gefälscht haben, ist ihre Karriere im Eimer. Warum sollten sie so etwas Dummes tun? Beide haben hohe Gehälter, besonders er, und sie können sich viel leisten. Ich kann mir nicht vorstellen, dass sie ihre Zukunft aufs Spiel setzen.«

Sandrine machte eine ungeduldige Bewegung und schlug Gustave dabei unabsichtlich auf eine Pfote. Er stand auf, streckte sich, drehte sich einige Male im Kreis und ließ sich auf die rechte Seite fallen.

»Fang bei Tallé an! Als Laborassistent hat er ein mieses Gehalt. Aus irgendeinem Grund braucht oder will er Moneten. Du hast den Verdacht, dass mit dem Labormaterial etwas nicht stimmt – zu viele kostspielige Verluste. Weißt du denn, wo die ›defekten‹ Apparate landen? Und bei wem? Das müsstest du herausfinden. Vergiss nicht: Er verschafft Georges und Madeleine, was auch immer sie bei ihm bestellen. Wer weiß, was die Drômes ihm versprochen haben – fünf oder zehn Prozent der Prämie zum Beispiel, die sie bekommen, wenn ihre Ergebnisse allen Überprüfungen standhalten? Mir kommt das alles höchst verdächtig vor. Eine Menge Fäden sehe ich da. Keine Ahnung, wohin sie führen …«

Mathieu zögerte. Georges auszuspionieren war ihm zuwider. Bei Tallé hätte er keine Skrupel, der Mensch ging ihm zutiefst gegen den Strich. Über Madeleine wusste er kaum etwas, nur dass sie wie ihr Mann in Biochemie promoviert hatte. Der Posten bei der Syncor war ihre erste Stelle.

»Du musst etwas unternehmen. Es geht ja auch um den guten Namen des Instituts«, war das letzte Argument Sandrines. »Stell dir vor, was passiert, wenn herauskommt, dass die Syncor bei ihren Experimenten pfuscht! Vom Staat finanzierte Forschungen! Ich sehe schon die Schlagzeilen: ›Millionenbeträge für Kurpfuscher‹, ›Steuerzahler schamlos betrogen‹, und so weiter. Zunächst fliegt dein Team, ganz klar, zusammen mit dem Chef. Es geht auch um deine Haut und deinen Ruf. Denk an dich. Du zeichnest verantwortlich für deine Leute. Was Georges tut, nimmst du auf deine Kappe. Wenn alles nur eine Luftblase ist, geht's dir auch an den Kragen, und wie! Wenn das Institut geschlossen wird und ich auf der Straße stehe, na, das wäre nicht so schlimm. Ich finde schon was anderes. Aber ich kann dir helfen – schließlich habe ich alle Passwörter für die Computer, auch deins und das vom Direktor.«

Mathieu stand auf und tätschelte den Kopf von Gustave. Dessen Schnurren war jetzt kaum hörbar, aber seine Kehle vibrierte ständig. »Na gut. Ich werde sehen, was ich tun kann. Du hast recht. Die hecken etwas aus. Fragt sich nur, was.«

Am nächsten Morgen fand er eine neue Mail: »*zu rst mad l in dann di and r n g hirn falsch dat n schwind l i n g*« Mathieu murmelte: »Schau, schau. Sehr interessant.« Er wartete. Um vier löschte Tallé die Scheinwerfer, was den Tieren, deren Köpfe in Metallgestellen steckten und mit Lederriemen festgezurrt waren, das Leben etwas erträglicher machte, vor allem, weil ihre Augen mit Klammern offen gehalten wurden, damit Georges jede Bewegung während des künstlich induzierten Schlafs beobachten konnte. Bevor er das Licht ausschaltete, nahm Tallé ihnen die Klemmen ab und schloss die Kanülen mit den automatisch geregelten Augentropfen, wechselte die Plastikbehälter mit der intravenösen Nahrung, tauschte die Sonden im Anus und die Katheter in der Harnröhre aus, notierte Ungewöhnliches, wie Blutspuren oder erhöhte Körpertemperatur, analysierte die Exkremente und druckte die Ergebnisse für Georges, seinen unmittelbaren Vorgesetzten aus. Um sechs verließ er das Haus C.

Georges und Madeleine gingen meist kurz nach sieben,

so auch heute. Das gab ihnen gerade genug Zeit, sich für den Abend umzuziehen: Theater, Konzert, Oper, Kino, eine Ausstellungseröffnung, ein Abendessen im Restaurant. Seit ihrer Ankunft hatten sie ein weites Netz ausgeworfen, in dem bereits alles steckte, was in der Stadt Rang und Namen hatte. Einmal im Monat gaben sie einen Empfang in ihrer weitläufigen Wohnung. Dort konnte unangemeldet hingehen, wer sie kannte. Wie Tallé blieben sie abends nie im Labor. Etliche Forscher anderer Gruppen arbeiteten wie Mathieu ebenfalls nach Feierabend. Sie würden sich nicht wundern, wenn er noch spät am Abend ins Haus C kam.

Auf das Blatt, das Mathieu jetzt aus der Tasche zog, hatte Sandrine die Passwörter geschrieben. Er begann mit Madeleine, druckte die Datenreihen und die Graphiken aus, öffnete ihre Schubladen und Stahlschränke – niemand durfte etwas abschließen – und besah sich alles genau. Er prägte sich die Reihenfolge der Dokumente ein. Es waren dieselben Listen wie auf dem Bildschirm. Vom Beginn der Experimente bis zum letzten Monat war die gemessene Endorphinmenge bei den drei Gattungen unerheblich geblieben: Klassische Musik schien nicht den mindesten Einfluss auf das Schmerzzentrum auszuüben. Er schaltete den Computer ab, ging in den ersten Laborraum mit den Fotos der Gehirne aller bisherigen Versuchstiere. Vor den drei Leuchtplatten hingen Dias im Riesenformat, die Schmerzsignale in leuchtenden Farben zeigten. Sie glichen faszinierenden Werken eines wahnsinnigen Künstlers, mit zahllosen, unendlich feinen Linien, die ein verwirrendes rot-blaues Knäuel bildeten. In der Mitte ein schwarzer Kreis, das Loch für die Sonde und die Fläche der zerstörten Neuronen. In drei niedrigen Aktenschränken befanden sich weitere Fotos; jedes trug die Nummer des Tieres, das Anfangs- und Enddatum des Experiments. Mit klopfendem Herzen notierte Mathieu die unverhältnismäßig hohe Zahl der geopferten Katzen, acht Mal mehr als Ratten und Hunde. Er erinnerte sich an eine diesbezügliche Bemerkung von Georges, der bei Katzen den stärksten Widerstand gegen Manipulation durch Musik festgestellt hatte: »Sieht so aus, als ob sie ein viel primitiveres und älteres Hirn hätten als Ratten und Hunde. Die Katzen haben mir das Leben schwergemacht, wenigstens zu Anfang. Aber seit kurzem habe ich ein Mittel gefunden, sie zu überlisten.«

List, Fälschung. Die beiden Wörter gehörten zusammen. Aber wie konnte man das Gehirn einer Katze überlisten? Er verglich wieder die Dauer jedes Experiments bei den drei Gattungen. Anders als die Ratten und Hunde hatten die Katzen monatelang selbst bei extremem Stress keine nennenswerte Menge endogener Endorphine erzeugt. Der Pegel blieb praktisch gleich null. Der Henker hatte sie unweigerlich auf einen Befehl von Georges ins Jenseits befördert.

Auch die Rasse schien keine Rolle zu spielen. Mathieu wusste, dass die Größe des Gehirns von Haus- oder Straßenkatzen selten dreiunddreißig Kubikzentimeter übersteigt. Je hochgezüchteter, desto kleiner das Gehirn: Kaum sechsundzwanzig für Siamkatzen, noch weniger für Abessinier (sehr teuer beim Kauf), und ganz am Ende die Perser, die nur noch die Himalayakatzen schlugen, eine Mischung zwischen Persern und Siamesen, deren Gehirn derart geschrumpft ist, dass man sich fragen muss, ob sie nicht völlig verblödet sind. Durch Georges' Hände waren so gut wie alle Rassen gegangen, europäische Wildkatzen (*sylvestris*), eine Menge Hauskatzen, daneben auch seltene Exemplare, wie die fahlgelbe indische *ornate* und eine *lybica* aus Nordafrika. Andere waren Bengalen oder kamen aus dem Irak, Pakistan, Ostafrika, eine teurer als die andere. Alle hatten die Mitarbeit verweigert, sogar die Japaner mit Stummelschwanz und als Letzte eine schwanzlose Manx, von der britischen Man-Insel, die noch dickköpfiger als ihre Kollegen gewesen war. Georges hatte sie damals wie eine Sehenswürdigkeit vom Jahrmarkt an der Leine von einem Büro ins andere geführt, denn statt einen Fuß vor den anderen zu setzen, war sie herumgehüpft wie ein Hase. Alle hatten Tränen gelacht, aber ihr ungeschicktes Herumhopsen hatte ihr nicht geholfen, auch sie musste sterben. Dann, ganz plötzlich, nach zehn Monaten – Mathieu hatte bemerkt, dass Georges inzwischen wieder den guten alten Dachhasen einsetzte –, reagierten sie genau wie Hunde und Ratten: rasche Bildung schwacher Endorphinmengen beim Reizen des Schmerzzentrums, danach ein verhältnismäßig hohes Niveau, das einige Stunden dauerte, doch nicht länger als einen Tag. Danach hatten sie allein das Zeitliche gesegnet, ohne dass der Henker nachgeholfen hätte.

»Höchst merkwürdig, dieses plötzliche Ende«, dachte Mathieu. Er hatte nicht bemerkt, wie schnell die Zeit vor den Leuchtplatten und beim Aktenlesen vergangen war. Er rief Sandrine an: »Tut mir leid, es ist schon spät und ich bin noch nicht fertig. Etwas fehlt, eine Spur übersehe ich, und ich weiß nicht, wo ich ansetzen soll. Bisher ist nur der sehr hohe Verlust von Katzen verdächtig, und zwar ausschließlich seit knapp vier Wochen. Dabei schöne Ergebnisse. Interessante Bildung von Opioiden. Aber dann stirbt das Tier plötzlich. Keine Ahnung, woran und warum. Entweder bin ich vernagelt und die Lösung ist so einfach, dass ich sie nicht sehe, oder wir haben uns getäuscht, du und ich.«

Seine Frau riet ihm, nach Hause zu kommen und sich auszuruhen. »Wie es heißt, guter Rat kommt oft über Nacht. Du wirst sehen, auf einmal fällt dir die Antwort ein. Iss erst mal was und entspanne dich.«

Aber die Nachtruhe brachte ihn so wenig weiter wie der folgende Tag, als er nach dem Abendessen mit Sandrine sprach, während Gustave so tat, als interessierte er sich nur für das, was in seinem Napf war. Danach hatte er seine Massage verlangt, denn er war vom Morgen bis zum Abend sehr beschäftigt gewesen – vor dem Fernseher sitzen und die Wohnung überwachen, nach jedem Bissen Toilette machen, trinken, die Streu aufsuchen. Mathieu beobachtete, wie der Schwanz matt durch die Luft fuhr, bis er die rätselhafte, plötzliche und spektakuläre Endorphinausschüttung erwähnte. Seine lässige Haltung gab er nicht auf, doch schlug jetzt der Schwanz gegen die Hand von Sandrine, die ihn streichelte, ohne weiter auf sein Verhalten zu achten.

Am nächsten Morgen erwartete Mathieu die fünfte Mail, diesmal in Großbuchstaben, womit der Absender seine Ungeduld ausdrückte: »*HÖR DI MUSIK AN ALL S FALSCH B TÄUBT G*« Er schlug sich an die Stirn und sprang auf. Die Wahl der Musikstücke hatte er nicht überprüft! Weil er sich auf diesem Gebiet wenig auskannte, übrigens wie Sandrine, hatte er einen musikbewanderten Freund um Rat gebeten, der ihm eine Reihe von Aufnahmen mit Stücken von Vivaldi, Bach, Haydn, Mozart sowie Lieder von Schubert und Schumann empfohlen hatte. Ratten und Hunde reagierten rasch auf diese Art Musik, vor allem bei langsamen und beruhigenden Sätzen von Sinfonien, lehnten jedoch Barock und Romantik ab. (Dieselben Versuche hatten übrigens Forscher bereits mit einer Herde Kühe über einen Zeitraum von zwei Jahren durchgeführt. Damals wurde eindeutig festgestellt, dass die Milcherzeugung bedeutend anstieg, sobald man den zweiten Satz der achtunddreißigsten Sinfonie in D-Dur, der »Prager« spielte, was die Milcherzeugung um acht Prozent steigerte. Es sei nebenbei bemerkt, dass die Landwirte die Empfehlungen der Wissenschaftler in den Wind schlugen und das Experiment als dummen Schwindel abtaten. In Wirklichkeit hing ihnen das Stück nach einigen Wochen zum Hals heraus.)

Katzen hatten überhaupt nicht auf klassische Musik reagiert. Ihre Träume, die sich in Gesichts- und Pfotenbewegungen übertrugen, schienen von der gleichen unerfreulichen Natur zu sein wie sonst. Im sechsten Monat änderte Georges radikal das Programm. Er verabreichte ihnen jetzt Rock, Heavy Metal, psychedelische Sachen. Auch dabei tat sich nicht das mindeste bei den Katzen. Seit einem Monat spielte er ihnen New-Age-Stücke vor. Schlagartig änderten sich die Daten. Er führte ein Logbuch, das er unter unwichtigen Papieren im Schreibtisch versteckte, und war vorsichtig genug gewesen, seine Beobachtungen und Änderungen im Protokoll nicht in die vorgeschriebenen Formulare einzutragen – ein höchst unprofessionelles Verhalten, das ihn seine Stelle kosten konnte. Eine der letzten Bemerkungen lautete: »Walrufe. Wellenrauschen. Indische Zither. Achtzig Zentimeter entfernte Weihrauchstäbchen angezündet.« Eine Zeile weiter stand, klein und eng geschrieben: »Dazu etwas nachgeholfen.«

Katzen reagierten also auf New-Age-Stücke? Wenn schon. Nur: Nachdem sie die Sphärenklänge gehört hatten, wurden sie von ihnen ins Paradies begleitet. Dabei hatte Georges diese Musik einmal ohne jeden Anlass als »Blödsinn für Vollidioten« bezeichnet. Vielleicht hatte ihm vorgeschwebt, eine auf jede der drei Gattungen abgestimmte Musikart zu finden, die fähig wäre, Schmerzen zu lindern oder gar verschwinden zu lassen. Wenn sich das bewahrheitete, würde er der Pharmaindustrie einen furchtbaren Schlag versetzen. Es könnte sein – aber das war zu absurd, sagte sich Mathieu –, dass Georges und Madeleine sich einen Sensationserfolg erhofften. »Nein, unmöglich, irgendetwas anderes steckt dahinter. Wenn's ein Schwindel ist, finden wir das gleich heraus, denn Lügen haben kurze Beine. Ich darf nur glauben, was ich sehe und von A bis Z überprüfen kann. Ich stelle fest, dass Katzen starrköpfig bleiben – bis sie den ›Blödsinn für Vollidioten‹ hören. Weiß der Teufel, was dabei in ihrem Gehirn vorgeht und was sie bald danach umbringt. Und warum ist das bei Ratten und Hunden anders? Ach was, am besten, ich bespreche das mit Sandrine.«

Zu Hause blieb er zunächst wortkarg, kaum dass er wie sonst die Kochkünste seiner Frau lobte. Einmal auf dem Sofa, erzählte er ihr von der Sackgasse, in der er steckte: »Georges war sicher erbittert, dass ihm die Katzen den

Teppich unter seinen Arbeitshypothesen weggezogen haben. Das New-Age-Zeug hat ja bei den anderen Gattungen funktioniert. Aber nach der Schlappe hat er nicht mal mehr die Titel der Musikstücke auf den Kontrollblättern eingetragen. Wenn du mich fragst: Tallé hat ganz genau gewusst, dass sein Chef das Forschungsprotokoll eigenmächtig geändert hat. Allein damit konnte er Georges und Madeleine erpressen.«

Sandrine sah nachdenklich auf die gegenüberliegenden Fenster.

Er fuhr fort: »Eine Frage bleibt aber offen. Wenn außer dem ›Blödsinn‹, wie er sagt, die früher gespielten Musikstücke nichts bewirkt haben, wie hat er es dann geschafft, die Schmerzschwelle zu senken? Ich glaube, ich fange an zu spinnen. Und Spekulationen kann ich mir nicht erlauben. Zu gefährlich. Machen wir Schluss für heute, sonst muss ich eine Schlaftablette nehmen. Morgen sehen wir weiter.«

Der Katzenschwanz bewegte sich kaum. Gustave gab sich ganz dem Vergnügen hin, lag lang ausgestreckt auf dem Schoß der versonnen lächelnden Sandrine. Sie sagte langsam:

»Was Georges wohl mit ›Nachhilfe‹ meint? Nach monatelangen Versuchen stellt er fest, dass Katzen auf Musik überhaupt nicht reagieren, außer einer Sorte. Deiner Meinung nach sind die Ergebnisse auch bei Ratten und Hunden im Grunde nicht so umwerfend, aber immerhin gültig. Was meinst du: Kannst du noch mal schnell zur Syncor fahren und die Autopsieergebnisse der drei Arten durchgehen? Sagen wir, vom letzten Dutzend Versuchstiere? Wenn du sie nicht bei Georges findest, sieh beim Henker nach. Der macht ja die Tests und hat bestimmt Kopien von den Resultaten. Ich warte solange. Lass dir Zeit.«

Nach einer Stunde war Mathieu wieder da, atemlos und mit hochrotem Gesicht. Er lief vor seiner Frau auf und ab. Gustave beachtete er nicht.

»Recht hast du gehabt! Die Ergebnisse der Bluttests waren im Schreibtisch von Tallé. Da steht schwarz auf weiß, dass alle drei Gattungen etwas gemeinsam haben, wenn auch in verschiedener Konzentration. Und zwar, halt dich fest … Acetylsalicylsäure, anders gesagt, ordinäres Aspirin. *Damit* hat Georges also die Bildung von Endorphinen erzielt! Die Berieselung mit Musik hat tatsächlich nie funktioniert! Nie! Bei keiner Tierart! Ratten und Hunde haben das Medikament besser vertragen, wahrscheinlich, weil er ihnen schwächere Mengen verabreicht hat. Also gab es dort auch viel weniger Opfer als bei Katzen. Ich kann kaum glauben, dass er bei denen bis über hundert Milligramm gegangen ist, um überhaupt eine Reaktion zu erzielen. Wenn er doch nur einen Kollegen von der Veterinärmedizin nach den Folgen gefragt hätte! Bei so hoher Dosierung sterben Katzen an inneren Blutungen. So ein Dummkopf! Nicht mal die Dosis hat er umgerechnet – bei entsprechendem Körpergewicht hätte er auf einen Satz fünfundzwanzig Tabletten zu 325 Milligramm geschluckt, mehr als acht Gramm. Auch mit einem Magen aus Teflon hätte er sich tödliche Blutungen eingehandelt. Da haben wir den Grund für die seit einem Monat so kurze Überlebenszeit der Katzen! Deshalb hat der Henker von den beiden Geld verlangt und auch prompt bekommen! Und nicht, weil Georges sein eigenes Protokoll erfunden hat.«

Sandrine sah ihn aufmerksam an. »Setz dich doch. Ich bin schon ganz nervös wegen deiner Rennerei. Und Gustave auch. Jetzt macht er sogar einen Buckel. Dabei schnurrt er wie verrückt.«

Mathieu setzte sich neben sie und atmete ein paarmal tief durch. »Wir haben uns immer gewundert, wieso die Drômes auf so großem Fuß leben können. Ausgegeben haben sie ihr Geld, bis auf den letzten Heller. Tallé wird ganz schön viel gefordert haben. Dabei hatten sie nichts auf dem Konto. Sie konnten nicht zahlen. Da haben sich die drei einen Trick ausgedacht und ständig neues Labormaterial über den Henker bestellt, das sofort verscherbelt wurde. Abnehmer dafür kennt ja jeder in unserem Fach. Die Sache ist so einfach, dass ich sie nicht gesehen habe. Mit seiner Frau und dem Henker als Komplizen hat sich Georges über die elementarsten Regeln unserer Disziplin hinweggesetzt und Resultate erzielt, die jeder Zauberlehrling mit Verachtung von sich gewiesen hätte. Alles gefälscht hat er. Ein ganz mieser Typ. Und ich bin wütend, weil er mich in seinen Schwindel mit reinziehen wollte. Dabei habe ich ihm jedes Wort geglaubt. Ein Esel bin ich gewesen! Ohrfeigen könnte ich mich! Jeder weiß doch, dass Gier nach Geld und Macht bei Betrügern die Hauptmotive sind.«

Sandrine war blass geworden. »Nun sei mal nicht so hart mit dir. Jedem kann ein Fehler unterlaufen, auch wenn er die Beweise vor der Nase hat. Mir ist das Wort ›nachhelfen‹ aufgefallen. Im Gegensatz zu dir versuche ich immer, mich in einen anderen Menschen hineinzudenken. Dann verstehe ich ihn besser. Von dem Wort bin ich einfach nicht losgekommen. Es passte nirgends hin. Aber du hast es gefunden, mein Guter! Übrigens, hast du sie mitgebracht, die Beweise? Prima! Dann bleibt nur eins: Schlaf durch, und morgen ein gutes Frühstück, bevor du zum Chef gehst. Mir schwant, da wird eine Menge Porzellan in die Brüche gehen.«

Mathieu dachte: »Sie weiß nicht, dass *g* sich das schon alles vor ihr ausgeknobelt hat. Aber die Idee mit den Schwindelrechnungen und den Testergebnissen hatte sie. Dem Henker hat sie von Anfang an nicht über den Weg getraut. Ohne ihre Bemerkung wäre ich nie darauf gekommen, in seinem Schreibtisch nach den Autopsieergebnissen zu suchen. Bei Georges waren sie nämlich nicht. Wahrscheinlich hat er sie vernichtet und gedacht, Tallé hätte keine Kopien gemacht. Ach, dieser Typ! Ich habe nicht aufgehorcht, als er mir mit dem Süden kam und dem Urlaub. Er wollte es mal so wie seine Vorgesetzten haben, Sonne, gutes Essen, bedient werden und Luxus. Dabei hat mich Sandrine mit der Nase auf sein mäßiges Gehalt gestoßen. Im Moment habe ich mich nicht mal gefragt, woher er wohl das Geld nimmt. Zwei Wochen im Süden sind nicht gerade geschenkt. In die Karibik wollte er, wie die Drômes! Ja, vernagelt war ich. Ein so hartgesottener Kerl wie der, und Krokodilstränen wegen der Tiere. Ohne ein saftiges Schweigegeld hätte er nicht wegfahren können. Natürlich hatten ihm Georges und Madeleine schon eine Anzahlung gegeben. Das hat ihn unvorsichtig gemacht. Das Trio hat den Staat übers Ohr hauen wollen – und ich habe die Zahlungsanweisungen brav paraphiert! Die Schlagzeilen hätten übermorgen in allen Zeitungen gestanden. Das Trio fliegt morgen, aber nicht auf eine schöne Insel.«

Am nächsten Morgen erstattete Mathieu dem Chef Bericht über den Betrug. Der Mann fackelte nicht lange. Tallé musste auf der Stelle die Geräte abschalten und die Tiere einschläfern. Er packte seine Sachen und verließ das Haus C, wie die Drômes, die ihre Entlassung ohne Widerrede hinnahmen. Madeleine und Georges warfen mit zusammengekniffenen Lippen ihre Sachen in Kartons. Als sie weggingen, sahen sie nicht rechts und nicht links. Niemand arbeitete an diesem Vormittag im Haus, die Neuigkeit war zu niederschmetternd. Die Unterlagen, Listen, Graphiken der drei wanderten ins Büro des Direktors.

Die Geschichte hat ein überraschendes Ende.

Im Haus C war wieder Ruhe eingekehrt. Der Verwaltungsrat hatte den vorzeitigen Abschied des von den Ereignissen tief verstörten Direktors angenommen. Mathieu stieg einige Sprossen nach oben. Eine Woche später fand er die sechste und bisher letzte Mail von *g*: *»gut arb it v rdi nt in b lohnung sch nkst du mir twas hübsch s in gold n s h rzch n würd mir g fall n«*

In seiner Dankbarkeit für *g*, der ihn so sicher in dieser Angelegenheit geleitet hatte und für die man Augen braucht, die auch im Dunkeln sehen, fand Mathieu die Bitte durchaus angemessen. Ohne *g*, dessen Fähigkeiten ein Geheimnis zwischen ihnen bleiben sollte – Sandrine würde sich vielleicht doch verplappern –, hätte er nie die Nadel gefunden, mit der er die Luftblase des wahnwitzigen Betrugs zum Platzen gebracht hatte, und Dutzende braver Katzen wären weiterhin geopfert worden.

Am nächsten Morgen kaufte er ein Kettchen mit einem reizenden Herz aus Gold, fuhr damit rasch nach Hause und hängte es Gustave um. Als er am Abend aus seinem neuen Büro kam, umarmte ihn stürmisch eine glückstrahlende Sandrine: »Du bist ein Schatz! Ein Riesenschatz! Du hast meinen Geburtstag nicht vergessen! Und wie originell von dir, das Geschenk Gustave um den Hals zu legen! Danke! Danke! Hinreißend ist das von dir! So romantisch! Das Herzchen werde ich immer tragen und mich dabei an deine Beförderung und deinen Scharfblick erinnern!«

Gustave lag in Sphinxhaltung auf dem kleinen Teppich vor der Glastür zum Balkon. Er kehrte ihnen den Rücken zu und sah in den Himmel. Er hatte die Ohren angelegt. Sein Schwanz peitschte wütend hin und her.

Vor kurzem hat mir die Freundin der Chastels erzählt, dass die verschiedenen Behandlungsversuche des Tierarztes, sogar Antidepressiva, nichts geholfen haben. Gustave muss selbst mit seinem Problem fertigwerden. Wie andere Katzen wird er aus der Weisheit seiner pharaonischen Ahnenreihe schöpfen, statt sich von seiner Umgebung beeinflussen zu lassen. Als der erste Mensch auf Erden beschloss, sich auf die Hinterbeine zu stellen, war die Katze schon längst vor ihm da, und zwar so, wie wir sie heute kennen. Manchmal verliert sie ihre Zurückhaltung und schenkt uns zu großes Vertrauen. Gerade dann zeigt sie, wes Geistes Kind sie ist. Oft verhext sie uns, manchmal braucht sie eine Belohnung. Darin ähnelt sie den meisten Menschen. Wir dürfen nie vergessen, dass eine Katze meistens im eigenen Interesse handelt. Wird sie einmal von uns überlistet oder hat sie sich geirrt, verfällt sie der Melancholie. Doch irgendwann überwindet sie ihre Enttäuschung und findet zu ihrem alten Ich zurück.

Ich bin sicher, dass Mathieu nie wieder irgendwelche Botschaften von *g* bekommt. Ganz gleich, wer sich hinter dem Buchstaben verbirgt: Sein Stolz verbietet ihm, nicht zweimal denselben Fehler zu begehen.

Ein georgisches Sprichwort sagt: »Wenn die Katze miaut, fängt sie keine Maus«. Ich danke Eva-Marie v. Hippel für ihre aufmerksame Lektüre, ihre willkommenen Änderungsvorschläge, ihr beneidenswertes Sprachgefühl beim Aufspüren des passenden Worts, ihren Einsatz, ihre Tüchtigkeit und … den Takt, mit dem sie mich auf Unklarheiten hingewiesen hat. Die Zusammenarbeit mit ihr hat mir nicht nur viel gebracht, sie hat Spaß gemacht!

HJG